THE ROAD TO SCIENCE FICTION

科幻之路

⑭

永恒之夏

[美国] 詹姆斯·冈恩 编著
James Gunn

朝朝暮暮 等 译

译林出版社

图书在版编目（CIP）数据

永恒之夏 / （美）詹姆斯·冈恩（James Gunn）编著；朝朝暮暮等译. -- 南京：译林出版社，2025. 1.
（科幻之路）. -- ISBN 978-7-5753-0428-3

Ⅰ. I561.45

中国国家版本馆CIP数据核字第20247ED619号

著作权合同登记号 图字：10-2023-21 号

永恒之夏 ［美国］詹姆斯·冈恩 / 编著 朝朝暮暮 等 / 译

策　　划 姬少亭 李兆欣
统　　筹 伍江南
责任编辑 项文婷 李 蕊
翻译监制 东方木
装帧设计 孙逸桐
责任校对 王 敏
责任印制 闻媛媛

出版发行 译林出版社
地　　址 南京市湖南路 1 号 A 楼
邮　　箱 yilin@yilin.com
网　　址 www.yilin.com
市场热线 025-86633278
排　　版 南京展望文化发展有限公司
印　　刷 南京新世纪联盟印务有限公司
开　　本 880 毫米 × 1240 毫米 1/32
印　　张 8.5
插　　页 1
版　　次 2025 年 1 月第 1 版
印　　次 2025 年 1 月第 1 次印刷
书　　号 ISBN 978-7-5753-0428-3
定　　价 68.00 元

目录

保持距离的 D. G. 康普顿

尽管地理上的连接十分紧密，但英国科幻作家们在写科幻的同时并不会成为科幻圈子的一份子。而在美国，作家本身通常就来自书迷圈子，即便不是那样，书迷或其他作家也经常会去把他们找出来。那是一个群居的社区。像小沃尔特·米勒这样的作家，偶尔也会闭门不出，但这需要坚决的回避技巧。就连库尔特·冯内古特（Kurt Vonnegut）这样为了转行坚持不要把他的作品归为科幻小说的人，也仍然参加了米尔福德科幻作家会议[1]的一次活动，并在自己的作品《上帝保佑你，罗斯瓦特先生》（*God Bless You, Mr. Rosewater*）中提及此事。

然而，英国不仅为主流作家们提供了一个能够发表科幻小说而又不用感到尴尬的渠道，还允许科幻作家之间保持距离，D. G. 康普顿就是一个很好的例子。他 1930 年出生于伦敦，他的十多部小说为

1. 1956 年，居住在宾夕法尼亚州米尔福德的科幻作家达蒙·奈特、詹姆斯·布利什（James Blish）和朱迪斯·梅丽尔一起创办了“米尔福德科幻作家会议”，这是历史上的第一个科幻写作班。会议的成功也直接催生了 1965 年成立的“美国科幻作家协会”（SFWA），创办者和首任主席正是达蒙·奈特。

科幻小说的标准做出了重要贡献，但他仍然还是一个局外人。尽管他曾受邀参加过名为“海上米尔福德”[1]的英国作家会议，并于1979年为《科幻小说基金会刊》撰写了一篇自传体文章。但有可能是因为他的性格，有可能是因为他几乎只写长篇小说（他为《科幻脉冲》贡献了一个短篇故事，在本书中也收录了这篇故事），也有可能是因为英国人注重隐私，种种原因造成了他离群索居的生活。

康普顿一直都知道他能写，但作为剧作家的早期成功，使他偏离了日后真正的职业。他服完兵役后，在当演员的母亲帮助下，找到了一份舞台助理经理的工作。但在他和舞台导演的妻子私奔后，这一切都结束了。在那之后的十年里，为了养家糊口，他做过各种工作。在这场婚姻结束前，他又当了七年作家（1971年，他再次结婚）。

写剧本，尤其是广播剧本，让他小有成就。康普顿的作品在德国一直颇受好评（他1985年创作的科幻长篇小说《飞毛腿的游戏》直到1988年才出版，这件事情或许导致了他的沉寂。其间他与约翰·格里宾[2]（John Gribben）合作的《诸神黄昏》是个例外）。但他通常是写推理小说，在1966年写了六部。不过，在1965年，他出版了自己的第一部科幻小说《慈悲的本性》（*The Quality of Mercy*, 1965），并以每年一部左右的速度接连创作新的科幻小说，直到1980年。

1969年，康普顿还在《读者文摘》的伦敦办公室找到了一份全职工作，他保留着这份工作直到1981年。他最著名的小说有《永别了，地球乐园》（*Farewell, Earth's Bliss*, 1966）、《合成快乐》（*Synthajoy*, 1968）、《钢铁鳄鱼》（*The Steel Crocodile*, 1970），还有《毫无间隔的凯瑟琳·莫滕霍》（*The Continuous Katherine Mortenhoe*,

1. 1972年，上文提及的美国米尔福德科幻作家会议创办者之一的詹姆斯·布利什和太太搬到英国居住，在那里他们创办了英国版本的米尔福德科幻作家会议，命名为“米尔福德在海上”。
2. 英国科普作家，天体物理学家，苏塞克斯大学天文学访问学者。

1974）。伯纳德·塔维尼尔在1980年，将这个故事改编成优秀电影发行后，这个故事又在1981年改名为《死亡凝望》（*Death Watch*）被再次出版。在1974年至1979年期间，康普顿还创作了五部历史爱情小说，他现在定居在美国。

康普顿曾写道，他写出"那些人们善意地称之为科幻小说的作品"的原因，"是因为我本质上是一个相当害羞的人，我害怕接受某种承诺。我喜欢科幻小说所营造的距离感，毕竟，在一个显得不那么'真实'的情况下，作者专注在角色身上要安全得多。"

康普顿的小说通常包含着一个惊人的想法，比如《沉默的民众》（*The Silent Multitude*, 1966）中，来自太空的孢子破坏了混凝土；在《钢铁鳄鱼》中，计算机被编程用来干预技术进步；在《平常的疯狂》（*A Usual Lunacy*, 1978）中，病毒使人们互相爱上对方；或是像《毫无间隔的凯瑟琳·莫滕霍》中，摄影机伪装成了电视台记者的眼睛。但他绝大多数的小说关注个体之间的关系，以及他们背叛彼此或世界背叛他们的方式。所有这些可能都源于他早期的剧作经验，因为只有当人们在舞台上互动时，戏剧才能打动人心。

当然，在《最好该有栋英国房子》（"It's Smart to Have an English Address"，1967）这篇小说中也是如此。康普顿在前面那段话之后继续写道："总的来说，我不太喜欢当今世界，而让世界再发展几年，是探明原因的好方法。或许甚至能够看出如何改变它。"在《毫无间隔的凯瑟琳·莫滕霍》中的"不眠之眼"将电视节目那种下作的好奇心，延伸到了不可原谅的对于隐私的侵犯上。在《最好该有栋英国房子》中（这篇文章可能是为《合成快乐》所做的准备，也可能是在《合成快乐》的写作中产生的），他提醒读者们注意，延缓死亡将同时带来机会和压力，甚至有可能会超越合理的限度。

（朝朝暮暮　译）

最好该有栋英国房子

D. G. 康普顿

保罗·卡萨维特斯静静地坐在出租车后座的正中间。乘汽车旅行对他来说是一次小憩，让他得以从无休无止的生活压力中解脱出来。他乐意能这样静静坐着，放松下来。尽管他不想去那儿，但出租车正载着他开向目的地。他喜欢就这样待在车里，在英国大地上往来穿梭，别的什么都不用操心。他已经 84 岁了，厌倦了无休无止地忙活。当他愿意开口的时候，他会向经理人抱怨，他从没去过真正想去之处，从没见过真正想见之景，从没做过真正想做之事。他会说他是所有人的奴仆，甚至比那些替他翻乐谱的人还要低微。而现在，尽管他毫无兴趣，但仍要长途跋涉去看望老约瑟夫——他简直成了老约瑟夫的仆人了。

或许这一切都是真的，但在他的一生中，唯一真正想做之事就是弹钢琴。迄今为止，他已经弹了足足 70 年了。

他端端正正地坐在座位中间，斑驳的双手空握成杯状，分别放在两边的膝盖上。尽管他样子有些僵硬，就像那些需要自己留神的老人那样，但他坐得还算舒服。他让司机开得稳些，于是现在年轻的司机正快活地行驶在慢车道上，旁边不时有智能汽车飞驰而过，带起的气流把他们的车吹得晃来晃去。他向司机解释，高速行驶让他头晕脑胀，司机的眼睛里却流露出不以为然的神色。这种速度可不会让谁头晕脑胀——那是由晕车带来的不安引起的。而伟大的卡萨维特斯又怎么会感到不安呢？但只有笨蛋才会和老人争辩，只有傻瓜才会和顾客争吵，于是司机把车速控制在每小时 130 英里以下。老人把公文包夹在自己的小肚子和大腿之间，在后排当中坐得笔直。他那滑稽的样子，既老迈又显得灰溜溜的，活像一只剥了皮的猴崽子。

经过索尔兹伯里[1]，司机用自动驾驶系统搜索选择更合适的路线，驶离了高速公路。穿过一排粉色的宿舍楼小区后，他们来到了一个小村庄，里面有一些老房子，现在已经变成了高级住宅单元，供那些做广告的或是搞整形外科的人来居住。保罗注视着整洁的墙壁、窗户、屋前的小花园，它们从车畔一一掠过。在他的记忆中，这些村庄原本要破旧得多。

驶离村庄，道路开始陡峭地上坡。保罗身体前倾，轻敲起玻璃隔板来。

"别敲玻璃，先生。"司机彬彬有礼，态度随和，"座位的两边都有一个呼叫按钮，按着它，我就能听见您说话了。"

老人显得有些不知所措，每个扶手上都有好几个按钮，每个按钮旁都有着清晰的标签。他按到了错误的按钮，把靠外侧的车窗降了下来。司机在后视镜里看着他，任他去做。

保罗检查了一下，定了定神。他找到了正确的按钮，按了下去，开始说话。他用过成百上千次出租车内部对讲机，要不是长途旅行使他过于松弛，他决不会搞错这些事情。

1. 位于英格兰南部的威尔特郡，下文提及的世界著名文化遗产巨石阵便坐落于此。

“在山顶那儿左转，”他吩咐道，“就在过了那片停靠站综合体的地方。那里的弯道很窄。”

秋日的阳光照在店铺的铜质装饰板上，上面布满了浅浅的小坑。它们就像第一天刚装上去那样，温暖而明亮。这家汽车旅馆远离道路，它的两个入口，分别在一个长长的单层故事酒馆两头。汽车旅馆和加油站前院的旗帜，迎风飘扬。山顶俯视着下方的平原，网格状的图案向远方延伸，一直到巨石阵那里……综合体里的另一座建筑或许是用来打保龄球、跳舞、上雕塑课、玩室内板球、欣赏音乐的。保罗认不清那些写得像谷仓一样大的字，他也无意于此。

“左转？”出租车司机瞪大眼睛说，“您真的要左转吗？”

“我说过，这里的弯道很窄。”

“好吧，我反正也不在乎挡泥板是不是光滑闪亮。”

路上铺了碎石，只在树篱上开了一个整齐的缺口。开车进去代价高昂，自然不引人注目。出租车正正好好能开进去，悄无声息。司机大声地呼了口气，加速离开，尘土飞扬。

“现在已经不远了，”保罗用手指按着按钮说道，“穿过这片树林，你就能看到那栋房子了。”

他把手指从按钮上松开。

“如果你开始告诉我，你看到这所房子第一眼时的感觉，”他对着司机擦得干干净净的脖子说道，“我想我会喊出声来的。”

“那么说，您以前来过这儿？”司机问。

“很多次了。”老人又按下按钮，“房子属于一个与我相交很久的老友。”汽车掠过了最后一棵树。

“这房子真不错。”司机说，“您知道这种景象对我意味着什么吗？如果说这让我为自己是一个英国人而自豪，您不会笑话我吧？”

“我不会笑话你的。”

“美国人可能什么都有了，但他们没有任何东西能与这所房子相比。”

“只是现在还没有。”

“抱歉，您说什么？”

“我这位朋友是著名的作曲家。当他死后，他的房子将属于‘文化之谷’。这房子实际上已经卖掉了。”

“总有一天，真正的英国将不复存在，卡萨维特斯先生。”

保罗默不作答，甚至他自己都不是在英国出生的。无论如何，即便世上有过“真正的英国”，那也早已面目全非了。约瑟夫的房子，不再仅仅是一栋坐落在橡树林和榆树林之间的都铎式红砖宅邸。这所房子有不少照片，现在它已经是英国文化遗产的一部分了。它独一无二，设计别致，它本身就是财富的象征。汽车猛地爬上坡道，又向下穿过最后一段铺着褐色砂砾的弯道。

“您的朋友住在这样一个地方，真是不赖。”

“约瑟夫·布朗，他是一所大型美国大学的音乐教授，他在国际上同样也是知名人士。”

“如果他在美国工作，为什么还要住在这里呢？”

保罗的回答只包含了一部分真相：“……他喜欢这所房子。”

汽车在房子前停下，旁边就是通向平台的台阶。保罗在车门上寻到一个按钮，按了下去。汽车已经停得四平八稳，中继器接通了电路，车门发出微弱的嗞嗞声打开了，保罗爬出车子。他并没有说出约瑟夫住在霍尔农场的真正原因，但他也不觉得有什么值得内疚的。他和这个男人的关系是电子化的，不过是按下按钮，得到机械化的服务，仅此而已。他拿过旅行记录卡，然后签上名字。他并没有像往常那样，写“满意”，而是写下“出色的司机，值得信赖，通情达理”。这司机理应得到更多的特殊奖励——他表现出了极大的克制，按照乘客要求的速度行驶，一点儿也没有在这个极其脆弱的乘客身上占便宜。保罗把卡片还给司机，在他阅读卡片时，保罗观察他的反应。任何感谢都显得那么拐弯抹角。

“我会留意您的音乐会的，卡萨维特斯先生。也许甚至会去看一场。”

司机担心这听起来，像是要搞一张免费的票子。于是他迅速地摇上车窗，驾车离开了。保罗站在通往平台的第一级台阶上，轻轻地呼吸着，看着汽车在树丛间飞驰而去。橡树上还长着叶子，但榆树的枝干却已经变得光秃秃了，一片惨白。保罗在脑子里想象着，一丛燃烧了 80 年的篝火所散发出的味道。他转过身，艰难地爬上了那些窄窄的台阶。

约瑟夫的墨西哥管家开了门。

“先生，布朗先生现在正在音乐室里。也许您愿意在我带您过去之前，先洗一下手，先生。”

“你不必带我过去，我又不是第一次来这儿。”

“这里已经变得不一样了，先生，容易让人晕头转向。衣帽间在您的左边，先生。”

固执是一种不得体的放纵。如今——除非和他的音乐有关——保罗从不和任何人争论什么。他跟了过去，洗了手，小心翼翼地擦干手指间容易皲裂的皮肤。为了让管家满意，他在小便池前站了许久，但那只是一场徒劳。然后他回到门厅，管家对着他上下打量，检查这个老人是否拉上了裤子拉链。

他们以管家认为合适的龟速前行。约瑟夫的音乐室以前一直在前面南边的第一个房间，而现在显然已经搬到楼上去了，就在肖像画廊的尽头。保罗拖着脚走，就像别人期待的那样。画廊的门擦得锃亮，散发着一股老式家具蜡的味道，远处尽头的门是开着的。他们走上一级台阶，四周就暗了下来。当他们走到门口时，管家在墙上按了一下小小的铃。灯亮了，露出上边台阶上的第二扇门。第二扇门所在的那堵墙，大约在三英尺远的地方，墙和画廊之间的通道两边都灯火通明。在墙和画廊的地板之间，还有一个发出亮光的缝隙。这堵墙实际上像是悬浮在空中一般。保罗走近些，他看到墙壁和原来的房间天花板之间，在顶部也有着一道缝隙。管家说得对，这里已经变得不一样了。

内侧的门开了，约瑟夫站在门口，一时没认出眼前的人是谁。保罗听见管家舔了舔嘴唇。

"先生，卡萨维特斯先生来了，您正在等他。"

约瑟夫走下台阶，迎接保罗。他张开双臂，声音洪亮、身材魁梧、充满自信。他个子高大、活力四射，甚至让人觉得有些受不了。在他手术后的最近几年里，他的举止变得越来越年轻，越来越充满活力。这显得有些做作，现实并非如此。保罗觉得他把约瑟夫身上最坏的一面显现了出来——在他俩这个年纪，这些事情变得举足轻重起来。保罗比约瑟夫年轻了 54 天，所以约瑟夫必须装样子给他看。随着夕阳西下，一切都要安顿下来。

"我亲爱的保罗，你看起来棒极了……你能来我很高兴。我有一间新房间要带你看看。我刚写完一首新的奏鸣曲——哦，等会有个人要来拜访，我特别想让你见见他。"

他宽大的胳膊搂着保罗的肩膀，热情而又体贴。

"一路过来还顺利吧？我猜你是坐车过来的。那些火车可不适合我们这些老家伙们。"

他这样说是要给保罗一个台阶下，保罗对此并不介意。他们已经认识 60 多年了，彼此知根知底。那些他们共同熟悉的场所、时光、感觉，现在都已不复存在。在他们友谊的最初几年里，保罗更喜欢这个人，而不是他的音乐。最近这个顺序反了过来，但是他和约瑟夫仍然会为了对方不辞劳苦。他们之间的长期友谊已成了一种习惯，不管是在公开场合还是在私下。

“很高兴又见到你，约瑟夫。希尔达向你问好，猫也希望你还记得它们。”

“希尔达——她还好吗？你们在忙什么呢？现在音乐会少了很多，你在忙什么呢？”

“希尔达侍弄花草，当然还要照顾猫。我们读了很多书，我还弹钢琴，人们打电话给我。”

“你得告诉我，你真正在忙些什么……但首先，我想带你参观我的新房间。”

除了他自己能听到、尝到、摸到和看到的以外，约瑟夫和现实没有任何交集。他打发管家离开，领着保罗穿过画廊的门。

“你能观察到它的四周，”他说，“里里外外，上上下下，它可以彻底防止窃听。”

保罗慢慢弯下腰，里面的屋子由 6 根 10 英寸长的透明细柱子支撑着。保罗有过被窃听的经历——他在旅馆、航空公司的办公室和国际音乐厅待过很长时间，他已经习惯了窃听装置，当他待在这些地方的时候，他理所当然会注意自己的言辞。

“防窃听？约瑟夫，谁会想要在这儿窃听你？”

“这个屋子是完全独立的。自备冷暖空调，没有任何东西能从外面进去。我雇来的顾问说，这是唯一百分之百安全的技术。管家每天检查屋子的四周，进来吧。”

“在我看来，你的管家似乎有双狡黠的眼睛，你能肯定信得过他吗？”

约瑟夫把这话当真了。

“当然，绝大部分时间由我亲自检查。他算是这年头最靠得住的人了。”

他们一起站在门前的单级台阶上，两边各有一条狭窄明亮的狭缝。在他们身后，肖像画廊的地板上，镶嵌着阳光状花纹。他们往前再迈上一步，就可以进入音乐室敞开的门。里面有着灰绿色的墙壁，在屋子尽头摆着一只暗橙色沙发。

“进来吧。”约瑟夫说。他小心翼翼地关上保罗身后的门，踢了一脚椅子，示意保罗应该坐下来。然后自己走向钢琴。

“你有什么曲子要让我听吗？”保罗问道，“这就是你叫我来的原因？”

“我和你说过，一首全新的钢琴奏鸣曲。你也许想在下次独奏会上弹奏一下。”

请一位老人从诺福克远道而来，这个理由有些单薄。保罗合上双手，开始倾听。他还没参观新房间呢……约瑟夫演奏了他的新奏鸣曲。间奏的和弦紧绷犹如静水，而各个乐章像堆堆烈火，从上到下把彼此烧了个通透。演奏完毕，他坐在琴键前，弯下腰一动不动。

“听上去是不是有些太平直了，你觉得呢？”他继续说道，“我已经放弃电子音乐了，你会喜欢这首曲子的。”

“我当然喜欢，约瑟夫，或者我想我会喜欢的。我所能听到的，你仍然是一个令人惊叹的钢琴家，曲子让人很难评断。”

“我，一个了不起的钢琴家？看在上帝的分上，那么您又是个什么样的作曲家呢？”由于他们之间常常互相开着玩笑，保罗能轻易避免对约瑟夫的音乐做出严肃的评价。保罗明白，如果他真那么做，约瑟夫会闷闷不乐上好几个星期。

“约瑟夫，我挺喜欢这首曲子的。”保罗接着阐述原因，然后他又犹豫起来，“我觉得有些困难……例如第一乐章——是真的用琴键弹奏出来的吗？我想，我觉得我听到了——"

"你觉得听到了什么？"

"我说不准。也许里面有一根弦，也许里面有大提琴的声音？"

约瑟夫站起身，他高兴地叫嚷着："这么说你已经听到那些流言蜚语了。那都是真的，每一个字都是真的。"

保罗并没有听到什么流言蜚语，所以他微笑着等待。约瑟夫又坐了下来，两肘支在琴键上。他一直等到那阵刺耳的音符变成微弱的嗡嗡声。

"那是在瑞典，"约瑟夫说道，"在斯德哥尔摩，为我办的一个音乐节上。她在演奏我的第二首大提琴协奏曲。她拉得棒极了。我把她一起带回来了。我下个月要在伦敦捧红她，然后我们去纽约。"他从钢琴旁站了起来，在房间里踱来踱去，关上高保真音响柜，摆弄了一下那个磁带架，把一个小型石雕沿着架子移动了半英寸。

"她叫厄姆加德·伯林森，"他说，"她才23岁。"

"厄姆加德……约瑟夫，你念着她的名字，就像在迎接黎明，就像高山湖泊里清澈的湖水。"

"别那么虚伪，你心里清楚，你不赞同这事儿。"

"赞同？如果你能重新像这样创作音乐，那何止是'赞同'？"约瑟夫倒在沙发里，他陷入阴影，在天鹅绒般柔软的墙纸衬托下，只有他的白发露了出来。在那间坚固而没有窗户，立在6根玻璃柱子上的房间里，保罗转过他的椅子，看着老约瑟夫·布朗陷入回忆。周遭的一切让他不禁回忆过去。

"当然，她也可能是个小贱人……"

过了很长时间，他继续说道：

"我明白她是个艺术家。我明白对她来说，一切都殊为不易。我自己不也是这么一路走过来的。但为什么要选在鸡尾酒会上呢？一周前，在爱乐协会里，当着所有人的面……听着，我在很年轻的时候就写了那些钢琴小品，比她还年轻很多的时候。当然，她有权不喜欢它们，我自己也没那么喜欢它们，可是……”

保罗注意到约瑟夫桌子上，摆在白色大台灯下的钟。因为约瑟夫要在这儿安置录音设备，钟设置成了静音模式。

“她昨晚打电话给我。保罗，我很抱歉，我心情一直如坠深渊。她给我打电话。她还待在伦敦。明天才能离开……我的心情糟透了。”

“我希望你一切顺利，约瑟夫，你得让我来弹奏这首曲子。”

“我太多愁善感了，这就是问题所在。我们谈点别的吧，好吗？”

保罗端详着自己的手背，摊开手指，让它们不停运动。到了他无法再次弹奏的时候，他所有的精心练习、所有获得的荣誉，都会变成什么样子？

“刚才我问，谁会想要窃听你，约瑟夫，你还没回答我呢。”

“作曲的世界已经变得不一样了，保罗。”约瑟夫边说边放松下来，把手背在脑后，“对我们这类音乐的新兴趣改变了价值观。作曲家现在就像时装精品屋，一切都必须在一场盛大的揭幕仪式上焕然一新。”

“约瑟夫，我弹过新曲子。我知道要锁上门和各种安全检查。但像你这种地位的人不用，在你自己的家里更不用。”

“我的代理人看到了预订，他告诉我这些事情很重要。”约瑟夫听上去很高兴，“他们真正感兴趣的，是我下个月或明年可能会创作的曲子。”

“你的代理人让你像笼子里的老鼠一样躲起来，有必要这样吗？”

约瑟夫缩起身子。

“保罗，我猜你就会这么说。如果某件事是一项创新，对你来说，它马上就是坏事。你说的话听起来很糟糕，我不是一只老鼠，这里也不是笼子。我让那个年轻的西班牙人负责内部装潢，这间屋子美极了。”

保罗回想起那间旧音乐室，那里没有防窃听装置，房间还有着窗户，外面的天空常常又低又灰，有一种奇妙的丑陋感。他叹了口气。

“你说要我认识的那个人是谁？”保罗问道。

“他是个才华横溢的年轻医生，我的无线电起搏器就是他给我装的。”

约瑟夫的手腕上绑着一个小小的发射器，每次脉搏跳动都会发出一个信号。固定在约瑟夫心脏外膜上的接收器，会接收到这些信号并将其放大。信号是用来刺激心肌的，当生理变化使脉搏跳动得更快时，心脏也被刺激跳动得更快。这个接收器的内置电池寿命为25年。有它帮助，约瑟夫的心跳和他40岁时一样有力。只要他的动脉还正常，他就是个年轻人。要不是这个起搏器在不断激励心跳，他早就死了。

“麦凯医生了解最新的技术趋势，保罗。他很年轻，他对电子医学的未来充满热情。”

“我们似乎正在回到一个充满热情的时代。我经常看到年轻人满怀热情地相信未来会发生些什么。”

“我们俩都曾满怀热情，这有什么不对？”

这没有什么不对的。保罗真希望他能带着妻子一起过来。希尔达本可以解释，这里到底出了什么问题。他动了动手指，突然有些恐慌起来。

“只要他不设法说服我，去使用他的任何小玩意儿，约瑟夫。我想自然死去，我不想成为电子人。”

“我觉得你在挖苦我，我想……但我没感觉电子化。”约瑟夫盯着天花板，真诚地试图分析他真正的感觉，“我感觉到生机勃勃，我的感觉和往常一样。”

他停顿了一下。保罗注意到房间里是如此寂静。

“这给了我时间，保罗。去发现人生真谛的时间。”

约瑟夫突然从沙发上跳了起来，打破了沉寂。他居高临下，向保罗微笑起来。他握住保罗的手，轻轻地把他从椅子上拉了起来。保罗抬头看着他，几乎被他突如其来的亲爱之情吓坏了。他握着保罗的手站在那里，哼着简短的乐句，哧哧地笑着。他像是想要了解保罗，想要变成保罗。

然后他拉着保罗，领他参观屋里奇妙的物件，一件又一件。约瑟夫在巨大的 XPT 播放器前停下脚步。

“你知道现在医院里都在用这个吗？当然，这也是麦凯的工作。”

约瑟夫离开 XPT 播放器，转而向他展示发出短促高音的泛音合成器。阿尔特梅耶制造出的图像随着每时每刻的压力不断变化。那台实验性质的合成音声图示仪本应能记录下它听到的乐曲，但它从第一次装好开始，就没能正常工作过。保罗只是敷衍应对，因为他现在知道，他被邀请来的原因说到底是与新奏鸣曲无关的。他是来见麦凯医生的，来见那个与 XPT 有关的医生。体验刻录……约瑟夫毫不经意地谈到这一切，那背后有个计划。他认出了这些迹象。他们会对他提出某些要求。

就在这时，门上方的灯开始闪烁起来，明亮的蓝光像一阵剧痛划过。

“有人来了，”约瑟夫说，“我想应该是麦凯医生。”

他走到门前。

“你看，这儿不能有门铃。门铃可能会在我录音的时候响起。”

保罗看着他的手放在门把手上。约瑟夫站在他和门之间。即使打开门，外面也会有管家和麦凯医生。这陷阱层层叠叠，他已闯入其中，心里完全清楚自己太老了，应付不了这些。他的恐惧表面上毫不理智，但从根本上说又是这世界上最合理的事情。他默默地挣扎着，想要尖叫，想要躲藏，想要蜷缩起来，他不想再被要求做任何事情。可他这辈子从未能实现这个愿望。

麦凯医生长得高高的，非常年轻，神情真挚。他有着一双擦得干干净净的大手。约瑟夫介绍过了麦凯医生，保罗点点头，把双手背在身后微笑着，几乎不敢动弹。

“把茶端上来，好吗？”约瑟夫吩咐道。

管家走开了，门开了一会儿。外面的声音、阳光都漏了进来，还有擦得干干净净的画廊地板的味道。保罗意识到麦凯医生正在和他说话。

“……尤其是您演奏的贝多芬。乔[1]告诉我，您曾师从施纳贝尔。”

“我在美国学习了三年。”

“我收藏了几张他的经典唱片，他的演奏无与伦比。”

“人们只是因为他弹奏贝多芬而记住他，这并不公平。”老生常谈，接下来的逸事已经被讲过 1 000 遍了——再听一遍也不会使保罗高兴起来，“他也弹奏巴赫的曲子，不过很少在音乐厅里弹奏。他说，人们忽视了与巴赫之间的亲密关系——他们倾向于把他看作一个墨水瓶或一座大教堂。”

麦凯医生礼貌地笑了笑，约瑟夫笑得毫无节制。在这个故事被重复过的 1 000 遍中，约瑟夫听过不下 40 遍了。不知为什么，约瑟夫现在有些不安。麦凯医生转过身对着他，想找些话来说，也许交谈能让他轻松一些。

“最近还用得好吗？”麦凯医生问道。

1. 乔是约瑟夫的昵称。

"上星期才做的维护。"

"他手腕上的触点需要定期更换，"麦凯医生对保罗解释道，"否则有可能会造成相当严重的感染。"

约瑟夫还活着，这就是个巨大的胜利了。麦凯医生足够敏锐，他能觉察到保罗的想法，甚至觉察到那些背后未被意识到的想法。

"乔用起来很轻松。"他说，"我们都意识到，那些用来打击人类尊严的手段仍然很粗暴。但相信我，这确实让我们有些担心。"

"医生，疾病同样也是粗暴的，您不用提醒我。"

"但我们的确对此心怀忧虑。"

茶端上来了，杯子里倒满了茶，边加糖边搅拌。勺子放在碟子上，烤面包也撤了下去。谈话继续进行着，6 根玻璃柱子在微不足道的历史重量下颤抖着。

"请您原谅，"麦凯医生说，"如果我用一种略带专业的眼光看您的话，我的专业就是研究衰老问题。"

"我觉得没问题。我老了，不久就要死掉，这没问题。"

"您是一个聪明人，卡萨维特斯先生。您也是一个幸运的人。可世界上还有其他的男男女女，他们……"

"聪明人？"约瑟夫用手指捋了捋头发，孩子气地将头发背在后面，"聪明人？我会叫他反生命的人。回到疯狂的大自然里去的人。如果不是必然，谁愿意去死呢？"

保罗看出医生的处境不妙。约瑟夫承受不起打击带来的痛苦，可医生要给保罗留下一个好印象，这想来也十分重要。医生犹豫了一下，他的目光从一个老人移向另一个。他终于开口了，却没有对着他们俩中的任何一个。

"生命是一场循环。有些人很快能看穿这一切，其他人却需要更长的时间。就是这样。"

他的眼神要求保罗去理解这一切。保罗只对他感到害怕，他并不同情医生的处境。保罗决定进攻，最好了结这一切。

“约瑟夫告诉我，你在研究 XPT 纪录，医生？”

“研究纪录？他告诉您的吗？”

“并不是研究纪录。而是在你的……衰老研究工作中用到那些。”

麦凯医生看上去松了一口气，他放下空杯子，像是充满了热情而高兴起来，他为有真正的话题可谈而高兴。对他来说，交谈就代表着告知。他向前倾着身子，两只大而红的手掌，紧紧握在一起。

“这是一件非常奇妙的事情。”他说，“我们终于得到了一盘平静死去的磁带。在上帝的怀抱中死去……这真的很感人。看看它，看看它那动人的样子，那将使您热泪盈眶。”

屋外的门已经关上了。

“一个月前，曼海姆牧师住院了。”医生说道，“他知道自己快死了，我从来没有见过一个人这么平静。在他的允许下，我们安装了那台机器，对他的脑电波进行了完美的记录，直到一切终结。”麦凯医生盯着自己的指关节说道：“回放效果是您能想象到的最好的情况。有了这盘实验磁带，没人会再害怕死亡、愤怒或绝望。看看它，看看它那动人的样子，那将使您热泪盈眶。”

“如果这些恐惧、愤怒和绝望是合理的呢？”保罗平静地说，“甚至是有必要的呢？”

“我的工作是减轻痛苦。我是个医生，不是哲学家。”

约瑟夫用他的钝指甲轻敲着绑在他手腕上的小黑盒子。

“这些关于死亡的讨论，”他说，“这是保罗的错，我想那对他有一种病态的魔力。”

“我想知道，”麦凯医生轻声道，“卡萨维特斯先生，您对 XPT 磁带大致有什么看法？”

“我从未尝试过那种东西。”

他们正在步步紧逼。

“卡萨维特斯先生，人们原则上常常提到科学的负面作用，常说科学只能增加生命的数量——很显然，XPT 所做的，不正是在提高生命的质量吗？通过对一个人的大脑波动进行全频记录，再把它施加到另一个人的大脑上，这个人就能体验到远远超出其正常范围的情感和感觉。这一定能算生命质量上的提高吧？”

“我能说的是，它具有巨大的商业潜力。”

保罗一根手指接着一根手指，轮流插进椅子的扶手里。

“听着，卡萨维特斯先生——一个哑巴可以感知到说话的心理‘感觉’。这样一来，他只需用一半的时间就能学会说话。一个正在寻找上帝的人，可以通过分享神秘主义者的伟大经验而得到帮助。”

“麦凯医生，在各各他[1]没有一台这样的机器，真是可惜。”

“您的反应简直歇斯底里，卡萨维特斯先生，我没想到您会这样。”

保罗站了起来。他穿过柔软的灰色地毯走到门口。当他走近时，他明白门已经上了锁。他能感觉到约瑟夫在看着他，而医生没有注意他。医生自己动手又来了一片烤面包，弄得碟子叮当作响。保罗离开门，走向钢琴，坐在琴键前。

“事实上，我已经录制了 XPT 磁带。”麦凯医生说，“我和妻子都已经录制过了。这件事是绝对保密的，我不是一个廉价的哗众取宠的人，磁带上没有任何线索能够表明我们的身份。我们不要任何报酬。我不感到羞耻、尴尬，或诸如此类的感觉。”

“你为什么要告诉我这些？”

“通过阅读和坦诚的讨论，以及一次初步的尝试。我很清楚，我

---

1. 耶稣受刑，被钉死在十字架上的地方。

和我的妻子达到了一个非常高的程度——”

“为什么你要告诉我这些？”

“我不想说些空头大话。如果我告诉你，我们这样做是为了全人类的利益，嗯，那就是事实。录音过程十分隐蔽，我们俩的感受被考虑得很周全。”

“我想，如果不那样做就没法成功了吧？”

“当然不行。对于如此微妙而短暂的经历来说，不那么做当然不行。”

麦凯医生对于技术的热情是如此盲目，保罗靠在钢琴上。事实上，那排黑白琴键挡住了音乐的去路。音调应该由内耳产生，而不是用手指发出。音乐不在乎手指。

“保罗？”约瑟走过来，站在他身边说道，“保罗——他们想要你来弹奏贝多芬。他们想记录下你弹奏时的感受。把磁带和光盘一起发行，你明白这件事情有多么美妙吗？”

“我只认识两种观众，咳嗽的和不咳嗽的。”

“人们将第一次知道音乐的真正含义。他们能感受到你真正听到的音乐——这不是你一直在追求的理想吗？”

“他们可以用钱买下这些感受吗？”

放茶具的地方传来一些动静，保罗没有抬头。

“您不用马上做决定，”医生说，“相比以往任何已知的体验，音乐体验都要完整得多。”

“你是最棒的演奏家，保罗，否则他们就不会来问你了。这是一种荣耀。”

“你真是个傻瓜，乔。卡萨维特斯先生并不追逐虚名。”

保罗坐在钢琴的琴键上，手指摊开，并没有触及琴键。他累了，老了，疲于抗争。他与这些人的争论没有穷尽，这是一场他们甚至不能理解的战斗。一场隔着一堵又厚又高的墙进行的争论，他们甚至无法听清对方的声音。

“卡萨维特斯先生，告诉我——请告诉我，卡萨维特斯先生，您认为我录制这些磁带是错了吗？”

“错了？”

保罗试图用语言来表达他灵魂深处的厌恶，找到恰如其分地表达出确定的词汇。他挣扎着，什么也没有找到。他感到自己的思维模糊，琴键变成了红色，支撑世界的玻璃柱子一个接一个地断裂。每根柱子断裂的声音就像牙痛一样。在断裂的柱子上，他仍然试图向约瑟夫说明，向麦凯说明。他想哭泣，但他们听不见。他们向他压了过来，成千上万个他们，镜子里满是他们……琴键是如此僵硬，又微微有点暖和，白色的琴键像缎带一样舒展开来。他的脸贴着它们，他没法把脸抬起来。约瑟夫和麦凯在谈话，他们把他抱起来放在沙发上，他感觉得到他们抬得很轻松。

保罗能看到他们的脸，他们的嘴巴并没有在动。

“……是脑出血，看起来还不严重。”

“可怜的伙计，可怜的伙计。”

他甚至看不见他们在移动。

“……这会影响他的意识吗？”

“不太可能。不过这也是一个需要考虑的因素。”

“他怎么知道自己的意识是否受到了影响？更可怕的情况是，他没法知道这些。”

“瘫痪了。看——右边完全都——”

“这就是他在淌口水的原因吗？”

“他也许能听到我们……你感觉怎么样？卡萨维特斯先生，先生，你感觉怎么样？”

保罗大脑中的冰层噼啪作响，一一裂开，没有回声。噪音响起，他强颜欢笑。

“他能——”约瑟夫轻声问道，“——活下来吗？”

“他当然会活下来。”

“他能——”约瑟夫的声音更轻了，“——继续演奏吗？”

“可能吧，我们有电子再教育技术。在病人的配合下，我们可以做任何事情。”

病人的配合。

“否则，这将是世界的巨大损失。”

“我们会让他完全恢复起来的，不用担心。”

病人的配合。

“我打电话叫救护车。”

在病人的配合下，他们什么都能做到……

他们以为保罗在发抖。他们用各种各样的毯子盖住他，给他做卒中治疗。他没有发抖，他在笑。因为那张脸再也看不出开心的样子了，所以他们没有注意到这些。他在担架上一路笑着，被抬下了克伦威尔[1]式的楼梯，他用内耳听到了自己的笑声。

他已经打败了他们。

（朝朝暮暮　译）

1. 英国政治家、军事家、宗教领袖。

天地之大，无奇不有[1]

到了1960年，科幻小说在英美两国逐步踏上文坛，受到重视。然而受到重视的表现形式却各不相同。在美国，学术界接纳了科幻小说，也导致高中和大学纷纷开设起对应的课程，同时科幻小说也有了相关的学术文本、选集、参考著作和学术研究。而在英国，类似的课程至今仍是凤毛麟角。另一方面，英国通俗科幻杂志有限的影响力和科学浪漫主义的传统，可能已经缩短了科幻类型写作和主流文学之间的差距。它们之间的融合更加频繁，也更少受到非议。

某种意义上，一个英国人引领了美国学术界对于科幻小说的研究，他以自己的文学声誉赞扬了这种通俗读物。在1959年，金斯利·艾米斯[2]坚持把他在普林斯顿大学的克里斯蒂安·高斯讲座[3]，留给了科幻小说。第二年，这些讲座的内容以《地狱新地图》（*New*

1. 原文为MORE THINGS IN HEAVEN AND EARTH，引自《哈姆雷特》（第一幕第五场）。
2. 英国小说家、诗人、评论家。被称为20世纪后半叶英国最杰出的喜剧小说家。
3. 美国著名文学评论家和文学教授，在普林斯顿大学担任全职教授以及现代文学系主任。之后为了纪念他，普林斯顿大学开设了以他命名的文学评论讲座。

Maps of Hell）为名出版。又过了一年，他和罗伯特·康奎斯特[1]在英国推出了一系列名为《光谱》（*Spectrum*）的年度科幻选集。他们以此普及科幻小说，并使其倍受重视。甚至在更早的时候，以埃德蒙·克里斯平（Edmund Crispin）作为化名写作的罗伯特·布鲁斯·蒙哥马利（Robert Bruce Montgomery），在这之前就编辑了一套名为《最佳科幻小说》（*Best SF*）的英国科幻丛书。该丛书始于 1955 年，到 1970 年一共出版了七卷。当 1964 年，特德·卡内尔离开《新世界》的编辑职位之后，他创作了一套名为《科幻新著》（*New Writings in SF*）的精装本系列。到 1972 年他去世时，这套精装本已出版了 21 卷。

这样的选集在二战后的美国更为常见，但主要是科幻业者提供给科幻读者的。他们将推广科幻小说付诸行动，尤其是《时空冒险》（*Adventures in Time and Space*, 1945）。这部书由雷蒙德·J. 希利和 J. 弗朗西斯·麦科马斯合作编辑，这部书作为现代图书馆系列的一部分，持续再版多年。然而，最早的科幻学术选集还包括了罗伯特·西尔弗伯格的《无限之镜》（*The Mirror of Infinity*, 1970）；哈里·哈里森的《轻幻想》（*The Light Fantastic*, 1970），那本书的副标题为"主流文学中的科幻经典"；另外还有迪克·艾伦（Dick Allen）的《科幻小说：未来》（*Science Fiction: The Future*, 1971）。

两国的主流作家偶尔会借助科幻小说的构思和形象来讲述自己的故事。在美国，类似的例子包括约翰·巴斯（John Barth）的《烟草经纪人》（*The Sot-Weed Factor*, 1960）和《羊孩贾尔斯》（*Goat-Boy*, 1966）；威廉·巴勒斯的四部曲小说，它们始于《裸体午餐》（*Naked Lunch*, 1959），终于《新星快车》（*Nova Express*, 1964）；托

---

1. 美籍英国历史学家和诗人，斯坦福大学胡佛研究所研究员。

马斯·品钦的《V》[1]（1963）、《拍卖第四十九批》（*The Crying of Lot 49*, 1966）和《万有引力之虹》（*Gravity's Rainbow*, 1973）；安·兰德[2]（Ayn Rand）的《颂歌》（*Anthem*, 1938）和《阿特拉斯耸耸肩》（*Atlas Shrugged*, 1957）；伯纳德·沃尔夫（Bernard Wolfe）的《地狱边境》（*Limbo*, 1952）以及赫尔曼·沃克（Herman Wouk）的《洛莫可娜文件》（*The "Lomokome" Papers*, 1956）。但这些作者并不认为他们写的是科幻作品，出版商也不会将它们当作科幻作品来出售。事实上，库尔特·冯内古特在1963年出版《猫的摇篮》（*Cat's Cradle*, 1963）时，就坚持要求出版商不要把这本书标为科幻小说。尽管这本书显然属于科幻，跟他更早期的作品《自动钢琴》（*Player Piano*, 1952）和《泰坦星的海妖》（*The Sirens of Titan*, 1959）一样。

另一方面，威廉·戈尔丁的第一部小说《蝇王》（*Lord of the Flies*, 1954）和第二部小说《继承者》（*The Inheritors*, 1955）延续了英国科学传奇的文学传统，而且这也无损于他获得诺贝尔奖。内维尔·舒特的《海滩上》则仅让他名噪一时。之后，多丽丝·莱辛在1979年以《希卡斯塔》（*Shikasta*, 1979）为首，推出了她的“南船座”[3]系列小说，此前她已经出版了两部科幻小说。文学评论家们接受了她在体裁上的选择，并认为这种选择与众不同，但值得认真考虑。

这些就是1962年安东尼·伯吉斯写了5部主流小说后，创作《发条橙》（*A Clockwork Orange*）时的情形。尤其在1971年，由斯坦利·库布里克将其拍摄成电影之后，这部作品可能就已经成了他最著名的作品。他还写过另外3部带有科幻元素的小说，尤其是

1. 这部小说中的人物“V”也催生了阿兰·摩尔的同名漫画《V字仇杀队》（*V for Vendetta*, 1983），并于2006年被詹姆斯·麦克特格改编成著名的同名电影。

2. 俄裔美国哲学家、小说家。她的哲学理论和小说开创了客观主义哲学运动，她同时也写下了《阿特拉斯耸耸肩》等数本畅销的小说。她的哲学和小说里强调个人主义的概念、理性的利己主义，以及彻底自由放任的资本主义。

3. 原南天最大的星座。18世纪后被拆分为四个星座：船帆座、船底座、船尾座和罗盘座。

《缺少的种子》(*The Wanting Seed*, 1962)，这本书讲述了人口爆炸以及为控制人口而做的努力。

伯吉斯是约翰·安东尼·伯吉斯·威尔逊最常用的名字。1917年，他出生于曼彻斯特，并在那里获得了文学学士学位。从1940年到1946年，伯吉斯在英国陆军教育兵团[1]服役，后来他分别在英格兰和马来亚任教。在被误诊得了不治之症后，他转为独立撰稿人，以此养家糊口。之后他成为英国最知名、最多才多艺的作家之一，他写过小说、歌曲、戏剧、批评性调查、评论，同时也担任编辑和翻译工作。

也许他唯一写过的科幻短篇小说就是《缪斯》(*The Muse*)，这篇作品结合了他对于语言和莎士比亚的痴迷，他在这两个领域都有过著作。《缪斯》最初发表于1968年的《哈德孙评论》。伯吉斯在其中使用了简单的时空理论，也使用了宇宙中存在多个世界让或然现实成为可能的理论。他的作品也提供了一个新的理论来解释（就像与其同一时代的剧作家本·琼森所说的）莎士比亚创作时“文不加点”。

（朝朝暮暮　译）

1. 英国陆军的一个团队，负责教育和指导各种技能的人员。1992年，它成为副官将军团的教育和训练服务处（ETS）。

缪斯

安东尼·伯吉斯

“你很确定吗，”斯文森第一百次问道，“你想要把这件事继续下去？”他的双手在五人操作的设备控制台上来回移动，双脚踩在踏板上，发出交错的节奏。他已值耄耋之年，身上涂了一层能够返老还童的化学物质。他非常聪明，有着长达百年的经验，可站在25岁的文学历史学家佩利身边，他看上去倒更像是个同龄人。佩利仍然耐心地笑着说：

“我想继续下去。”

“情况不会和你想的一模一样，”斯文森说（他以前也这样说过多次），“这不可能完完全全一样，它会在最料想不到的地方让你震惊。我记得那次带惠勒去的情景，你也知道吧，可怜的家伙，他以为那将是书本里的14世纪。但那是个截然不同的14世纪。那里倒是有茅草屋、教堂、庄园等等，还有可爱的大教堂。但那里也有统治着封建社会的多头怪，它们还长着许多触角。听惠勒说，他们还说着最优美的诺曼法语。”

“他在那儿待了多久？”

“他在三天里连续不断地发出信号。可是那个可怜的家伙等了足足一年，我们才把他救出来。他被关在地牢里，他们对他的中古英语或是其他什么东西产生了怀疑。我们把他弄上船时，他已经满头白发，语无伦次。他说自己的狱卒是一种长着三只脚的灵皮怪。”

“不过，那并不在 B303 星系中，是吧？”

“很明显不是。”老斯文森有些暴躁地说道，“那已经是几年前的事了。几年前，B303 星系似乎还能享受着伊丽莎白时代，早期统治的种种好处，就像现在那样。”

“对不起，我犯傻了。”

“你们当中有些年轻人，”斯文森走到一排显示器前说，“对于时间抱有过高的期望。你们期望历史时间也能具有可塑性，就像其他类型的时间一样。因为可以操控微观时间流和宏观时间流，你们认为我们应该可以用同样的方法，去做——”

“对不起，对不起，对不起，我只是没想明白。”他脑子里塞了这么多其他主意，他竟然暂时不适应时钟时间、太阳时间等枯燥的现实，这有什么奇怪的吗？

“这就是你们年轻人的毛病了——啊。”斯文森满意地说，“这是个漂亮的转换。”时间路径切换到了空间路径，顺滑得犹如舌头从一个音素[1]区滑向另一个音素区。地球和 B303 星系之间的无数兆英里对他们的飞船来说，就像横跨大西洋的往返航班那样容易。现在，他们要前往另一个地球，其距离之遥远令人晕眩，它就跟他们自己的地球一模一样，只是处于历史上一个更早的时期。物质的内核划过了它们，就像从一个梦境滑向另一个梦境。在那样一个世界里，固体物质能够存在下去，如此陌生又似曾相识，遵循着犹如张弓[2]的宇宙法则。斯文森从小就知道，时间和空间是可以互相转换的。即便

1. 人类语言中能够区别意义的最小声音单位。
2.《老子》77 节：“天之道，其犹张弓欤？”

这一切让人漫不经心、哈欠连天，但他也从未停止过对于物质从彼此连接转为并肩毗邻的奇迹而感到惊奇（毫无疑问，古老的德语词汇最能说明这一点！）。到目前为止，监控屏幕上什么都没有，但是位于控制塔正当中的水晶机器里面开始转动着吐出磁带。他们正在进入太阳系，磁带上显示着这太阳系的信息，冰冷而准确。斯文森看了一遍，点点头。他像北欧云杉般高大，浑身散发着化学物质的青春气息。佩利靠在舱壁上，看着这个男人，嫉妒他身材高大、筋肉虬结。但是他想，斯文森可没办法把自己伪装成一个营养不良时代的居民。佩利自己矮小而黝黑，就像那些遥远的不列颠曙光时代的志留人[1]一样。他可以悄悄溜进他们即将接近的伊丽莎白时代的英国，他可不会被当作一个外星人而引人注意。

“差别多么微不足道，这真令人惊讶。”斯文森说，“宇宙是多么有限，形式上的更替是多么虚弱无力啊——”

“哦，来吧。”佩利笑着说。

“你想想看，那些古代音乐家只用 12 个音符[2]所做出的——”

“人类的思维，”佩利说，“能沿着一条直线而行，宇宙却是弯曲的。”

斯文森从卷成一堆的磁带旁转过身，只见五人操作的控制台平稳而愉快地闪烁着灯光。然后他走到一个仪表盘前，拉动上面的杠杆可是需要力气的。这个杠杆更像是给铁匠用的，而不是给管风琴手用的。“右舷，”他说，“15.8 度。现在我们有重力了。”他使劲拉着杠杆。监视器屏幕上显示出一行又一行的光，稳定地向上移动。“我想，这里应该——”他在杠杆上方一块齐肩高的面板上，转动着

---

1. 英国南部的一个古代部族，生活在今南威尔士的区域。于公元 48 年至 78 年间为罗马征服消灭。“志留纪”的命名即因最初发现该地质年代的代表性地层位于他们曾经的活动区域。
2. 指将一个八度平均分成十二等份，每等份称为半音，是现代最主要的调音法。

两个校正刻度盘。“现在，”他说，“自由落体。”

“那么，”佩利说，“我们正在被拉过去——”

“没错。”然后斯文森问，“你确信自己想继续下去吗？”

“你和我一样清楚。”佩利耐心地笑着说，“我必须坚持到底。为了学术研究，为了我的名誉。”

“名誉。”斯文森哼了一声。接着他看着监视器说，“啊，有东西过来了。”

雾气弥漫，云盘旋而起，一个固体形状若隐若现从蒸汽状的迷雾中显露出来。佩利过来看了一眼。“这是地球。”他惊奇地说。

“这是他们的地球。”

“这个地球和我们的一样。美洲、非洲——”

“构造不太一样，看那里，在南端尖角的下面——”

“我看不出有什么差别。”

“马达加斯加要小得多。”

“云又来了。”佩利看了又看，真是难以置信。

“想一想，”斯文森和蔼地说，“在你看到创世的模式完全重现之前，要有多少个星系出现，绝对多得无以计数。这对你来说似乎很奇妙，因为你完全无法想象，能有无数个又无数个其他世界与我们的世界是如此不同。”

“还有天上的星星。”佩利心里突然闪过一个念头，说道，“我是说，他们从那里，从他们的伦敦看到的星星——和我们所看到的星星是一模一样的吗？”

斯文森耸了耸肩。“大致相近，”他说，“它们之间有一种粗糙的亲缘关系。”“但是，”他解释说，“我们还不是很清楚。记住，你这次旅行也只是第十或第十一次。那些已经说过做过的事情，不过是过去罢了。既然你可以迈向未来，为什么还要回到过去？”他得意地张大了鼻孔。“G9 星系，”他说，“我到那边去过几次，知道自己能再活上 20 年总是件好事。我很清楚地看到它就在那里，一个小小的纪念匾立在罗斯特郎广场上，上面刻着‘纪念 G. F. 斯文森，1963—2084’。”

“我们必须验证一下历史。”佩利咕哝着。他自己的追求似乎微不足道，所有这些机器，所有这些专业知识，只不过是为了一个相当微不足道的调查任务。“我想知道威廉·莎士比亚是否真的写了那些戏剧。”

正如佩利所料，斯文森哼了一声：“能把这件事搞清楚也不错。”他接着说：“今年刚好是他 500 周年诞辰，而你想证明这事情也没有什么值得庆祝的。”“不，”他补充说，“那类事情跟我关系不大。我一向都不怎么读诗。啊——”他把头伸进佩利的脑袋和屏幕之间，凝视着什么。地图册被翻过一页，现在只有欧洲向他们而来。“现在，”斯文森说，“我需要制定一套最精确的日程。”他皱着眉头摆弄着表盘，高兴地哼着小曲，然后大步朝佩利走去，说道：“你不是应该已经准备好了吗？”

佩利的脸红了起来，穿过宇宙中这么一大片区域时他们几乎完全无所事事，他本该赶在接近港口的时候，把事情尽快做好的。他脱下那件单人工作服，从柜子里拿出伊丽莎白时代的乔装衣物。衬衫、皮箱、护裆、紧身上衣、带羽毛的法式帽子、显得破烂的鞋子——这些衣服都是用合成布料做的，完全仿照旧时的编织工艺，鞋子是用上等的皮革手工做的。还有那个底部有着伪装按钮的香袋[1]，里面藏着一个小小的双向信号器。这倒不是说，如果他遇到了困难，能指望那个派上用处。斯文森准备（并且有严格的限定）在一年之

1. 古代香客（朝圣者）随身携带的旅行袋。

后才会来接他。信号器会显示他在哪儿，他还在那里，显示这位来自过去的客人和他的藏身之处。斯文森必须进入太空的更深处，他要在FH78星系接上希敏斯教授，接着在G210星系接上关莫灿博士，然后会在返程途中接回佩利。佩利测试了一下信号器，然后检查了他的香袋里那些见得了光的、货真价实的内容物，其中最重要的是威廉·莎士比亚的作品集——没有莎士比亚的早期作品，只包括在这个B303星系的公元1595年，莎士比亚尚未写出来的六部作品。这些剧本仿制于《第一对开本》[1]，精确还原了伊丽莎白时代的原稿，做得足以乱真，纸张也按着伊丽莎白时代剧作家所使用的粗硬材料，惟妙惟肖地仿制了出来。佩利把其他东西也整理了一遍，特别是装在小袋子里的粉末状的预防药品，以及最重要的金币——有新鲜出炉的天使金币[2]，还有少许葡国金元[3]。

“好吧，”斯文森带着一丝兴奋说，“英格兰，我们来了。”佩利俯视着熟悉的河流形状，那是蒂斯河、亨伯河、泰晤士河。他咽了一下口水，飞速地演练了一遍。“倒计时现在开始。”斯文森说。一个合成的声音在舱壁里，冰冷地嘀答嘀答响了起来，从300秒开始倒计时。“那我该说再见了。”佩利咽了一口唾沫，打开甲板上的活门，这活门通向那架小型单人喷气飞行器。“你应该在泰晤士河口降落，”斯文森说，“再会[4]，不是再见。我希望你能证明任何你想证明的东西。”200——199——198。佩利走下去，在座位上坐了下来，检查了一下简单的控制装置，似乎等待了一个世纪。他苦笑着审视自己，看到一个伊丽莎白时代装束的人，双手握着一架21世纪微型飞

---

1. 现代学者为第一部威廉·莎士比亚剧本合集所起的名字。
2. 又称“天使贵币”，1465年英王爱德华四世铸造的金币，因其上印有大天使米迦勒屠龙的图案而得名。
3. 葡萄牙16世纪发行的一种金币。
4. 原文为法语。

行器的方向盘。60——59——58。他检查了一下自己伊丽莎白时代的元音，复习了一下自己虚构的身世：一个来自诺维奇[1]、有艺术抱负的年轻人（“看，我业已写了一个剧本，而且写得很好。”）。合成的声音在小木屋里嗡嗡地响着，数到了最后几个数字，4——3——2——1。

倒计时到0，佩利飞出母船腹部，他突然平静下来，继而心里一阵雀跃。月光下，绿色的乡村睡着了，河流银光灿烂。他的路线是斯文森预先设定好的，他对于飞行器的控制有限，但最终平稳地降落在水面上。他现在要做的就是慢慢地抵达岸边，他在月光下驾驶，小马达发出轻柔的咕噜声。这里的河面很宽，他就像置身于水天一色的世界中。快来到岸边了——到处都是树、莎草、灌木丛。四周没有人烟，甚至一艘船也没有。要是另一艘船看到他会怎么想？他一点也不害怕，小飞艇伪装得很好，船已经收起了翅膀，从远处看去，就像一艘毫无特色的驳船。现在，为了安全起见，他不得不把它用草叶覆盖，隐藏起来。但在上岸之前，他必须先设定好时间开关。当他安全登岸后，会使金属机身充满高压电荷，对所有想要登船的人都产生足以致命的电击。很遗憾，但事情就是这样。它会在整整12个月，即一年后自动关机。与此同时，这个好奇的检查者，这个寻求机会者，他会发现何种神话、何种疯狂、何种连老练的伦敦人都不相信的传说？

现在，伦敦，他来了。

佩利在夜间的河边散步，他发现一切都易如反掌。月光照亮了田野的小径和石阶，到处都有小农舍沉沉睡去。有一次，他以为听到了远处的口哨声。有一次，他以为听到了城里的钟声。他不知道

1. 英国东安格里亚地区的中心城市。11世纪时曾是全英国第二大城市，仅次于伦敦，距离伦敦约187公里。

这个夜晚现在是几月、几日、几点，但他猜想现在应该是晚春的某一天，离天亮大概还有 3 个小时。根据斯文森的说法，1595 年是确定无疑的。时间在这里的运行跟在真实的地球上是一样的。两年前，斯文森把一个人带去莫斯科公国[1]，他们根据基督教体系在那里计算时间的结果，那一年是 1593 年。佩利走着走着，这里的空气呼吸起来是如此清新，但他常常因为不熟悉的星座形状感到不安。天上有着仙后[2]的椅子，像是个歪歪倒倒的莎士比亚名字的首字母，但也有他从未见过的星座。会不会就像伊丽莎白时代的人们所相信的那样，这些星辰能改变历史？这个伊丽莎白时代的伦敦，只是因为仰望着真实地球上未知的星星，所以它就和另一个如今只能从书本里了解的伦敦一模一样吗？好吧，他很快就会知道的。

伦敦这头灰色的石头怪兽，并没有突然出现，而是缓慢而轻柔地现出身形。房屋坐落在树丛之间，坐落在富人区附近凉爽的近郊。接着，就像在西沉的月光下的低沉小号，伦敦塔[3]现出身姿。然后出现了拥挤的房子，一切都沉浸在梦乡中。佩利闻到了这个夏天伦敦的气息，他不喜欢自己身上的味道。那是一种由旧破布、脂肪和泥土混合而成的气味，但他也知道，这种气味是他翻越婆罗洲[4]，提心吊胆地穿过丛林边缘时闻到过的，那也许是丛林的气息。像是为了证实这一点，远处传来一声嚎叫，那是狗的嚎叫。狗，人类最好的朋友，也在这个外太空星球上；狗在嚎叫，冲着广袤得不可思议的宇宙对面的狗。接着传来一个人的声音，还有靴子踩在鹅卵石上的声音："四点钟，清晨好天气。"他本能地躲进一条小巷里，身体紧贴在潮湿的墙面上。现在还没到他出现的时候。他尝试了一下更夫打

1. 沙俄的前身和核心，存在于 13 至 16 世纪。
2. 仙后座，北天星座，北半球一整年都可以看到它。
3. 位于伦敦市中心泰晤士河北岸的一座城堡，1988 年被列为世界文化遗产。
4. 加里曼丹的旧称，位于东南亚，处于岛屿东南部的中心部分。

更时发出的元音——比现在的英式英语更接近美式英语。“四丝丝点真。”他终于知道了时间，他下意识地去摸了摸那块并不存在的停掉的腕表[1]。他不知道天亮以后该怎么办才好，这里可没有通宵营业的旅馆。他拽了拽自己的黑胡子（已经蓄了3个月的胡子），然后决定，既然他越早开始他的学者之旅越好，他便向肖尔迪奇[2]走去。剧院就在那里。剧院坐落在这座城市的边界之外，那是讨厌娱乐活动的市议会所鞭长莫及之处。根据历史记载，那是一座崭新而漂亮的建筑。学者的热情，观察事物的渴望，使他忘记了早晨凉爽的清风正在渐渐刮起。他对自己所处世纪的伦敦街道走向的了解，并没有给他多少帮助。他向北走去——米诺斯区[3]、猎犬沟[4]、主教门[5]——走着走着，有一两次不由自主地对狗舍里的臭气作呕。除此之外，还有一种更大、更浓、更脏、更难闻的气味，他想这气味定是来自舰队沟[6]。他往香袋里掏了掏，捞出一撮药粉。他把药粉放在舌头上，使肚子安静下来。

一路走来他连一只老鼠都没看到。在滚滚的乌云下，一切都灰蒙蒙的。他看到了，他看到了，那就是剧院，但眼前的景象却令人感到失望。那只是一堆低矮的木头竖在木栅栏上，屋顶铺着粗糙的茅草。事物总是比人们想象得要小，也显得更为平凡。他不知道是否能进去，似乎没有守夜人在看门。在接近入口的地方（这里更像通向私室，而不像通往缪斯[7]的神庙）之前，他欣赏了整个月光下的景色，简陋的房屋、鹅卵石、周围令人惊讶和意想不到的绿色植物。

1. 尽管在16世纪已经有了“臂表”的记录，但已知最早的腕表实物迟至1806年才出现。
2. 伦敦东部的一个区域。
3. 古代伦敦一个民事教区名称，靠近伦敦塔。
4. 位于古代的伦敦墙之外，用以处理废物，特别以埋葬死狗的地点而闻名。
5. 主教门大街，以伦敦墙最初的八个大门之一命名。
6. 古代伦敦的一条沟渠，因两侧经常有粪便和污水排入而闻名，现已成为伦敦最大的地下河。
7. 希腊神话中主司艺术与科学的几位古老文艺女神的总称。

然后他看到了第一个活物。

一只老鼠并不值得激动，他想了想，但那些长着长尾巴的动物肯定是老鼠。三只老鼠在离剧院不远的地方，啃着一些垃圾堆里的宝贝。他小心翼翼地走近一些，老鼠们立刻跑开了，每一根胡须在光线下都很清晰。这些是他所认识的那种老鼠——尽管他只在大学的实验室里见过它们——这些有着明亮眼睛和厚实尾巴的老鼠，但他接着看到老鼠正在吃什么。

从垃圾堆里拖出来的是一个人的前臂，佩利对此毫无准备。他的脑海里充斥着这样的画面——叛徒的头颅被钉在宗教法庭上，尸体被潮水一点点冲走，残肢冲上泰晤士河岸，直到腐烂。四肢在泰本[1]（在他那个年代是大理石拱门）被砍断，然后随意地留给食腐动物啄食（鸢，当然是鸢了。现在这些鸢都已回巢栖息了）。从生理角度来说，他吃了药的胃已经平静下来。他看了看这块被咬过的残肢，上面还有很多肉，筵席刚要开始的时候就被打断了。不过，手腕上有一块撕破的、黏糊糊的补丁，这让佩利皱起了眉头——以解剖学的眼光来看，这块肉有些眼熟，但肯定不属于正常人的手臂。他突然想到，这可能是个眼窝，眼睛被拧了出来，但软软的眼窝还没有完全损坏。然后他笑了一下，尽管很难笑出来。

他转过身，背对着这个可怜的人类遗体，径直向大门走去。他惊讶地发现门没有锁。他推开门时，门嘎吱嘎吱地响了起来，这是欢迎来到这个 1595 年世界的声音，这声音怪异而熟悉。剧院里有着再三夯实的土地，以便充作地基，有着侧边包厢、突出的幕前舞台、没有帷幕的后台、横梁、高塔和它的旗杆。他虔诚地深吸一口气。这就是那个剧院了，然后——

1. 处决伦敦罪犯和被定罪叛徒的主要场所。

“啊，抓住你了！”佩利的心就像一副不合适的假牙，好像要从嘴里跳出来一样。他转过身，见到了第一个伊丽莎白时代的人。感谢上帝，那人虽然有点脏，但看起来还算正常。他穿着一双笨拙的靴子、一条鹅黄色的紧身裤、一件发臭的短上衣。他像喝醉酒似的，摇摇晃晃地走了几步。当他走近佩利的脸时，佩利突然吓了一大跳。那人目光呆滞，深深地长时间地嗅着佩利，似乎想通过气味来确定他的位置。那人喝醉了，恍恍惚惚，对待佩利神情轻蔑，以至于有胆子凑上来嗅他……佩利说话了，留神着自己的元音：

“我是一位来自诺里奇的绅士，初到此地。站远点，伙计。难道你不知道一位大人物正站在你面前吗？”

“我不认得汝，也不明白汝夜深人静时为何到此处。”但那人站开了。佩利心中暗喜。这就像一个自学俄语的人，当他第一次来到莫斯科，发现自己的俄语完全能被听懂时的那种喜悦。他说：

“汝？汝？我可不是汝、尔之辈。伙计，我要和伯比奇大师[1]谈谈。”

“哪位伯比奇大师，年轻的还是年老的[2]？”

“哪位都行，我写了些剧本，很乐意给他们看看。”

这显然是位看门人，他又嗅了嗅佩利：“你可能真是位绅士，但你闻起来不像基督徒，你也没遵守基督教时间。”

“我说过，鄙人初来乍到。”

“我没看见你的马，也没看见你的旅行斗篷。”

“那些东西——我把它们留在客栈里了。”

看门人低声说道：“你还说你是刚来的呢，走吧。”然后他咯咯地笑了起来，同时小心翼翼地把右手伸向佩利，仿佛要给他祝

1. 英国舞台演员，莎士比亚的商业伙伴和朋友。
2. 理查德·伯比奇还有个哥哥库斯伯特·伯比奇，兄弟俩都是肖尔迪奇剧院的拥有者。

福。“我知道这是怎么回事，”他笑着继续说，“此乃一次毫无意义的幽会，你跟一个丫头，不，还不如说是跟一个人妻幽会了一圈，而她也没有让她的母亲知道。”佩利对此不以为意。“来吧，”那人说，“寒风凛冽正宜雪中送炭。”佩利一脸茫然。“而乃需一铺位。”那人说得更大声了。佩利这才恍然大悟，他明白了那人为何手掌张开，手指不住摆动，他是要金子。佩利往香袋里摸了摸，掏出了一枚金天使。那人接过金币时下巴都要掉了。“先生。”他边说，边用手碰碰帽檐致礼。

“说实话，”佩利说，“我被关在我的小旅馆门外了。我外出访客，回来晚了。我拼命敲门，但店主人就是听不见。”

“啊——”看守人说着，用手指碰了碰鼻子，他做了个俗气的手势。然后用金币擦了擦自己的脸颊，又在胸前比画了几下，最后把金币塞进腰带上的一个小钱包里，“跟我来吧，先生。”

他快步走出去，佩利跟着他，心跳加速。“那么，我们去哪儿呢？”他问道。那人没有答话。月亮快下山了，初露夏日的曙光。佩利在风中瑟瑟发抖，他真希望自己带了一件斗篷，而不必只想在这里买一件。如果他真被带去床铺，他也会同样乐意。在温暖的毯子里睡上一个小时左右，别管有没有跳蚤。街道上空无一人，尽管佩利认为他听到了远处的猫叫——痛苦的求爱，接着是更痛苦的交配，就像在真实的地球上那样。佩利跟着看门人，走进主教门外一条狭窄的小巷，小巷里又黑又臭。药物的作用开始减弱，他觉得自己的肠胃又像以前那样不舒服起来。但他的鼻子注意到，这股臭味和以前的臭味有着微妙的区别。他有点疯狂地想着，那味道像是在一边旋转，一边重新分配着臭气的成分，仿佛它能够自主行动。他一点儿也不喜欢现在这种气味。他抬头望着苍白的星星，他确信它们也完成了诡秘的改造工作，正在形成新的星座，这一切就像沙盘放在一架砰砰作响的钢琴上。

“我们到矣。”看门人说着，走到一扇门前，不慌不忙地敲起门来。“天主保佑。”他眨了眨眼，但是眼睑上只有呆滞和空虚，他又敲了敲门。佩利说：

“此亦无妨。现在将人们从床上叫醒，要不已然太晚，要不还太早。”一只并不熟练的小公鸡，在他们身边断断续续地啼叫起来。

“对谁都无所谓。此乃皮肉交易之道，对吧。”他还没再次敲门，门就开了。一个脾气暴躁、睡眼惺忪的女人出现了。她穿着一件肮脏的睡袍，睡袍的胸口，似乎有一朵马蹄莲在向外窥视。她恼怒地把它塞了回去。她是个伊丽莎白时代的老女人，大约38岁，灰白头发。她喊了一声：

“啊？”

“一人对一人。他自称是位绅士。”看门人从钱包里掏出金币，举了起来。她举起蜡烛，以便看得更清楚些。马蹄莲又露了出来，她满面笑容地向佩利行了个屈膝礼。佩利说：

“所涉不过一张床铺而已，夫人。”另外两人听到“夫人”便笑了起来。“我从诺维奇到此，长途跋涉，疲惫不堪。”他补充说。她行了个更深的屈膝礼，带着比刚才更具嘲弄的口吻，嘶哑着喉咙说道：

“不过是一张床，没有铺褥子，也不是一块地板。给诺维奇来的那位绅士，他所来之地奶牛喝麦片粥。”看守人咧嘴一笑，他是个瞎子，佩利肯定他是个瞎子。在他的右手大拇指上，似乎有什么东西在不停地眨眼。门在他身后关上了，佩利和女人一起站在臭气熏天的走廊里。

“跟我来，跟我来。”她说着，先吱吱嘎嘎地上了楼，她的烛光投下的阴影并不深。在东方，整个天地开始渐渐发白。楼梯间的墙上挂着镶框的画，其中一幅是粗糙的木刻画，画的是一名殉道者被吊在一棵树上，火在他身下熊熊燃烧。从他微笑着的嘴里冒出这么句话："而涤荡我所谓今日罪孽之生活。"另一幅图画上，一位国王戴着王冠，一手拿着宝球，一手拿着权杖，额头上还嵌着第三只眼睛。佩利问道："这是哪位国王？"她转过身，一脸惊讶。"尔等在诺维奇真是一无所知。"她说，"愿上帝让尔等安息。"佩利没有再问什么，只是对他们经过的另一张画像有些好奇。画像上写着"Q. 贺拉斯·弗拉库斯[1]"，但画像上是一个留着胡子的阿拉伯人，那不是阿威罗伊[2]吗？

女人在楼梯顶上大声地敲门。"贝丝，贝丝，"她叫道，"他有金子，甜心。这是一个干净的美男子。"她转身朝佩利微笑，"她一会儿就来，她肯定会打扮得像个新娘子一样。"马蹄莲又从睡衣的胸口探了出来，佩利想他看见一只眼睛眨了眨，嵌在马蹄莲的脑袋里。他开始感到一种特殊的恐惧，这种恐惧与其说是来自未知事物，不如说是来自已知事物的。他的小飞艇坚不可摧，这个世界对他的小飞艇无计可施。假设有这种可能，这个世界在某种程度上被另一个过程变得坚不可摧。他脑子里似乎有个声音非常清晰地说："任何人都可以扰乱——"然后门开了，那个叫贝丝的女孩出现了，脸上挂着职业化的微笑。那个女人也笑着说：

"你看，可爱得犹如鲜羊肉调好了料。"她伸手要钱。佩利有些困惑，从他的香袋里掏出一把叮当作响的金币。他把一枚金币塞到她手里，但她等着不走。他再递过去一枚，又递过去一枚。这时她才似乎满意，但佩利明白这只是暂时的满足。"我们有酒，"她说，

1. 奥古斯都时期的著名诗人、批评家、翻译家，代表作有《诗艺》等。古罗马文学"黄金时代"的代表人物之一。
2. 阿拉伯哲学家。

“需要我——？”佩利表示无须美酒，并谢过她。她头上的白发竖了起来，行过屈膝礼后离开了。

佩利小心翼翼地跟着贝丝走进卧室。天花板正一阵一阵地收缩，像是有脉搏一样。“小猪猪，”贝丝尖叫着，从胸前扯下她唯一的衣服。她的乳房摇摆着，乳头向他抛着媚眼。如他所料，乳房上长着一对眼睛。他做出满意的样子点点头。当然，现在不可能去睡觉了。“亲爱的。”贝丝咯咯叫着，她的眼睛转了转，长长的睫毛上下翻动，卖弄风情。佩利紧紧地抓住他的剧本。如果这种扭曲——据他判断，可能会变得越来越糟——如果眼前这种对于感官数据的扰乱，是面对外物侵入的常规保护措施，那为什么在自己的地球上，没有更多相关信息呢？其他时间旅行者也曾冒险前行，回来时毫发无伤，带回的记录明明白白。不过，等等，真是如此吗？别人又怎么知道真相呢？斯文森提到了惠勒，他在中世纪被长着三只脚的灵皮怪所囚禁。据斯文森说：“我们把他弄上船时，他满头白发，语无伦次。”那斯文森自己对未来的设想呢，一块能显示他出生日期和死亡日期的纪念奖章？也许未来并不阻止来自过去的侵入。但是（佩利摇了摇头，好像生怕醉酒似的，拼命让自己恢复理智）这不是一个关于过去和未来的问题，这是一个关于此刻存在其他世界的问题。此刻的过去已经完成，此刻的未来也已注定。也许放置在布莱顿[1]罗斯特朗广场的那块纪念匾，上面记载着大约20年后斯文森去世的那块，也许那只是幻觉，一件产生满足感，而不是产生恐惧的装置，但那仍然是为了阻碍对世界运行模式的干扰。“我的时间不多了，”佩利突然说，用的是21世纪的急促语音，而不是伊丽莎白时代的语音，“如果你愿意带我去莎士比亚大师的房子，我就给你金子。”

1. 英格兰东南部的一个海滨市镇。

“达师[1]——”

“沙士比阿[2]。”

贝丝的耳朵变得越来越大，她盯着佩利，像是看到他身后的墙上在出现越来越多的战争场面蒙太奇：“汝非那种人。女子汝所好。我从汝面观之知也。”

“这事迫在眉睫，这事是件生意，快点吧。我想，他住在主教门。”他要在这扰乱认知的敌人获胜之前找到他。然后再试着活下去，在安静的地方待上一年，保持信号，保持清醒。他要给斯文森发信号，再收到斯文森的回复作为保证。也许——谁知道呢？——会听到遥远的时空传来消息，他将在预定日期之前被带回家，来自地球的指令，计划有变……“汝当知，”佩利说，“我指的是什么人。那是大剧院里的戏剧大师莎士比亚。”

“是的，是的。”声音很快变得黏稠不清。佩利自言自语，这一切都取决于我。这个女孩的乳房上没有眼睛，下巴之下的那张嘴也不是真的存在。这样一来，幻觉就会动摇，并被暂时推开，但幻觉的力量仍然强大。贝丝穿上一件简单的衣服遮住裸体，从壁橱里拿出一件破旧的斗篷。“现概割窝齐。”她说。佩利绞尽脑汁想理解这句话的含义。“现在给我钱。”她说。佩利给了她一枚葡萄牙金币。

他们用脚尖点地，轻声下楼。佩利试图目不转睛地盯着楼梯间里的画像，但没有时间让他们说出真相了。楼梯猝不及防地变成了21世纪式样的自动扶梯。他强迫它们变回颤抖的楼梯间。他相信，如果他放任贝丝不管，她一定会融化成某种怪物，再把他的心变成石头。要快，他费了好大劲才让天空中时间的指示物保持如常。街上行人稀少，他不敢看他们。“路还远吗？”他问道。附近很多大公

1. 原文为“Maister”，为英语“Master”的故意拼写错误。
2. 原文为“Shairkspeyr”，为英语“Shakespeare”的故意拼写错误。

鸡开始打鸣。

“不远。”但在这个拥挤不堪、摇摇欲坠的伦敦，一切都并不遥远。佩利竭力保持头脑清醒。汗水从他的额头上滴下来，落在他紧紧抱着的香袋上。他像是肚子疼一样抱紧自己。他边走边看，不时在鹅卵石地面上磕磕绊绊。一滴咸汗水从他的毛孔里滴了出来，这滴汗水是来自这个外星世界，还是来自他自己的世界？如果他剪下自己的头发扔掉，如果他在那些恶臭的厕所如厕，在那里有个长着三个头的女人从粪堆里钻了出来。这个 B303 星系中的伦敦会排斥他吗，就像人体排斥移植的肾脏一样？难道这不是一个自然法则的问题，而是这个体系中的某个神明的问题？这个神在反对那个身旁带着恶魔的人，祂有可能被人战胜？他所对抗的是上帝的惯常规则，而不是某种更深层次的内在需要？无论如何，他在继续推进。伊丽莎白时代的伦敦沐浴在银色的晨曦中，稳固，晃动，稳住了，撑过来了。但压力巨大。

“到了，先生。”她把他带到一扇简陋的门前，这扇门警告佩利，如果他不牢牢维持住它的形状，它就会变成水，顺着鹅卵石往下流。“钱。”她说。但佩利已经给得够多了，他皱起眉头，摇了摇头。她伸出一只拳头，拳头变成了一张满脸胡须、眨着眼睛的男人脸，正在威胁他。他举起自己的手，摊平手掌，打了她一巴掌。她呜咽着跑开了，他把举起的那只手变成了拳头，开始敲门。他敲得很慢，没人回应，他不知道自己这样拼命维持这个世界还能挺多久。如果他睡着了，会发生什么？当他醒来时，这一切是否会烟消云散，而把他留在冰冷的空间里哭号？

“啊，那么你是谁？”一个畸形丑陋的男人出现了，他的胸前有一排明亮的眼睛在不断眨着，没有纽扣的衬衫让他的胸膛显得光秃秃的。他不是，也不可能是威廉·莎士比亚。佩利说话时极尽小心翼翼，但还是不知道自己到底能否准确发音：

“我要见沙士比阿达师。”那人脸色阴沉地带他进去，肩膀一耸，指明了他要敲哪扇门。那么，就是这里了。佩利的心贴紧胸骨拼命地跳动着。他敲了敲门，门是用结实的橡木做的，看来不会液化。

“好的？”一个轻快而愉悦的声音从门内传来，没有那种在清晨被打扰时的坏脾气。佩利吸了口气，打开门走了进去。他迷惑不解地环顾四周，这是一间卧室，衣服凌乱地扔在床上。房间里有一张堆着草稿的桌子，还有一把椅子，紧闭的窗户透进晨光。他走到纸张前，读了放在最上面的一页（“……把那个饴[1]他吧，免得又弄得一团糟。”）。佩利正在疑惑，或许声音是从哪个相邻的房间发出来的，然后他又听到这声音从他身后响起：

“未经允许，就偷看他的私人文字，这可不太体面。”佩利转过身来，看到了一幅莎士比亚肖像画的复制品。方形的画框在空中翩翩起舞，画中人嘴唇翕动，眼睛却毫无生气。他想开口打招呼，可是做不到。会说话的木刻人朝他走来——“真是粗鲁，没礼貌，或许你是个枢密院[2]的密探？”然后，画框的直边不断膨胀，木刻的特征消失了，一圈黑色的线条和空间试图结成一个实体。佩利什么也做不了，他浑身瘫软，甚至无法闭上眼睛。那结实的身体变成了一个动物的形状，粗鄙丑陋得难以形容——就像是某种长着尖刺的海胆，身材巨大。这个怪物点着头，带着可怕的智慧微笑着。佩利强迫它变成更接近人类的形状。他心中满是沮丧，充满恐惧地看到面前一个名叫“威廉·莎士比亚”的小说人物，一个扮演这个角色的演员。为什么他不能接触到事物的本身[3]，康德所谓的本体呢？但问题

1. 此处原为“giue”，为英语“give”的故意拼写错误。
2. 该机构主要由权贵、教士和重要官员所组成。此机构原本分别就立法、行政和司法事务向君主提供意见。在 15 世纪，枢密院就有权在无须证据的情况下，判处犯人死刑以下的任何刑罚。
3. 原文为德语。

就在这里，观察者会把事物的本身变成时空意义所规定的任何现象。他鼓起勇气说：

“到目前为止，你写了什么剧本？”

莎士比亚看起来有些惊讶，他回道：“是谁在问我？”

佩利说：“我所说的，你几乎不会相信。我来自另一个世界，哪里知道并崇敬莎士比亚的名字。我相信曾经有，或者现在有一个名叫威廉·莎士比亚的演员。那位莎士比亚写过剧本，上面有他的名字——这点我怀疑。”

“那么，”莎士比亚说，他像是要融化成一团被粗粗雕成莎士比亚形状的油脂，“我们都是怀疑论者。那么，就我而言，我什么都能相信。你将成为你所说的另一个世界的某种鬼魂。按理说，你应该在鸡叫时，就烟消云散了。”

“我的时间可能跟鬼魂一样短暂。到目前为止，你声称写了哪些剧本？”佩利讲的是他那个时代的英语。尽管那人的形象有所变化，变得柔和，向其他的形状靠拢，但眼睛变化不大，他的眼睛看上去机灵而聪明，很具现代感。现在那声音说：

“声称？《赫利奥加巴卢斯》《一句能吓着花丛客的话》《哈罗德一世和末世的恶政》《杜尔维治[1]的恶魔》……哦，还有很多很多。”

“拜托。”佩利觉得有些苦恼。这一切，包括这个人或他的思想，是真实的还是一种戏弄？一个绝望地想要控制数据的思想，那些感官数据[2]，让这一切变得有意义吗？一大堆剧本摆在桌子上，“给我看看吧，”佩利说，“给我看看你的作品吧。”

“让我看看你的证件，”莎士比亚说，“如果我们要谈论展示作品的话。不，”他愉快地朝佩利走去，“我自己会看。”现在他的眼睛非

1. 英国伦敦南部的一个地区。
2. 原文为法语。

常明亮，布满了奇怪而阴险的斑点。“一个漂亮男孩，”莎士比亚说，“我想说，不像某些人，或是某个人那么漂亮。但要在这夏日的清晨，天气热起来之前滚个床单那是很够了。”

“不，”佩利说，“不。”他往后一靠，觉得这古老的生物显得如此奇怪和无聊。“别碰我。”那个向前走的身影变得异常丑陋，他的脖子肿胀起来，一双眼睛在靠近手背的地方闪闪发光。那张脸长出了粗大的长鼻，观察着、感受着。两三个吸盘从它的末端冒出来，胡乱地向着佩利挥舞。佩利在挣扎中扔掉了香袋。这个怪物说出的话变得很含糊，咕噜不清，喃喃自语。佩利被推到桌子旁边的角落里，看到了一张满是涂改的草稿（他们是否曾经说过莎士比亚写起东西“文不加点”？）：

> 我一直在——挣扎？寻找？
> 如何才能将
> 这样一个监室？牢笼？和我所生活的
> 世界相比。
> 可是因为[1]……

学者佩利还在那里，仍保持着探索的精神，而他的身体却在竭力避开那两只大手，每张手掌上都长着十根手指。学者喊道：

“《理查二世》！你在写《理查二世》？”

在他，文学领域的克劳德·伯纳德[2]看来，他应该冒着一切风险

1. 此处原文为莎士比亚《理查二世》剧本第五幕第五场开头理查二世的独白“我一直在研究……”，但作者故意加上了一些小的修改。

2. 法国科学家，生理学实验方法的开拓者，多个生理学现象的发现者。有学者称赞他为“科学史上最伟大的人物之一”。早年他曾经试图成为剧本作家，但当时法国的著名评论家圣马可·吉拉丹阅读了他完成的第二部剧本后建议他放弃戏剧，专注于医学。

把这条信息传达给斯文森，莎士比亚在1595年就已经写了《理查二世》。他突然倒在地板上，抓起他的香袋，开始透过衬里按动发射器的按键。莎士比亚似乎对这种突然停止的反抗感到惊讶，他伸出叉子一样的双手，但什么也没有抓住。佩利被汗水弄得看不清东西，气喘吁吁地敲着键盘："理二由莎作[1]。"然后门开了。

"我可是听到这里很吵。"那个畸形的丑陋男人又出现了，眼睛长在赤裸的胸膛上，现在他看上去更丑了，他的样子突兀地不断变化着。他就像被无声而无形的锤子固定住了一样。"他是来攻击你的吗？"

"不是为了钱，汤姆金。他自拥金甚足，你看。"匆忙中香袋被扔在地上，金子撒了一地。佩利没有注意到这些，他本该把那些金子转移到他的——

"啊，金子。"那个叫汤姆金的生物贪婪地盯着金子，"其他人可没有带金子过来。"

"把金子和他都带走吧，"莎士比亚漫不经心地说，"统统随你处置。"汤姆金慢慢地走向佩利。佩利尖叫着，用手拿着香袋无力地挥打着，汤姆金一把抓住了他。

"里面还有呢。"他流着口水说。

"我不是说过了，随汝所欲，便是服侍好我？"莎士比亚说。

"这是文稿。"

"啊，文稿。"莎士比亚把它们拿走了。"把这个破门而入的陌生人带到女王的典狱长那里去。他说起话来傻里傻气的，就像以前那个阿拉曼人[2]。我该说，疯疯癫癫。换种说法，他像个疯子。典狱长知道该怎么做。"

1. 此处原文为"R2 by WS"，应为"由威廉·莎士比亚所作《理查二世》"之缩写。
2. 罗马时代日耳曼的一支，后并入法兰克帝国。法语中也用该词代指德国人。

“但是，”佩利被一双有力的铁腕抓着，喊道，“我是个绅士，我来自诺维奇，我和你一样，都是剧作家。看哪，你正拿着我写的剧本。”

“先说自己是个鬼魂，现在又说是从诺维奇来的。”莎士比亚一边微笑，一边在空中盘旋，就像他的那幅画像一样，画像上还挂着纸片。“去吧。难道没有别的，像我们自己的世界一样的世界，那里有魔法能让人离开那里，前来我们的世界参观？我以前听过这样的故事。有一个德国人——”

“这是真的，都是真的！”佩利紧紧抓住门把手，指甲抠在房门上。汤姆金在拉他，他说：“你是这个时代最聪明的人！你能够想明白的！”

“还有未出生的诗人们，叫德莱森，或是类似的什么名字[1]。还有丁尼波勋爵[2]，或是威尔士酒鬼[3]，还有 P.S. 艾略特[4]？你会被好好招呼的，就像那个人一样。”

“但这是真的，是真的！”

“走你的路，”汤姆金咆哮道，“你天生就该待在伯利恒疯人院[5]。”他把佩利拖了出来，佩利瘫倒在地，满嘴白沫，胡言乱语。佩利语无伦次道：

“你们都不是真的，你们中的任何一个都不是真的！你才是鬼！我是真实的，这完全是个误会，让我走，让我解释！”

“他说话甚怪。”汤姆金咆哮道。他把佩利拖了出来。

“把门关上。”莎士比亚说道。汤姆金一脚把门踢上，那个尖叫的声音越过沉重的脚步声，穿过外面的过道。很快房间就足够安静，

---

1. 英国著名诗人。
2. 英国诗人、剧作家。这里作者故意搞错了最后一个音节。
3. 当指狄兰·托马斯（1914—1953），英国诗人。生平好酒，死于饮酒过量。
4. T.S. 艾略特之误。
5. 伦敦著名的精神病院，原为伯利恒圣玛丽修道院，1547 年被亨利八世改为精神病院。

能坐下来看看东西了。

莎士比亚认为这些都是好剧本。据他判断，有些奇怪的是，其中一个是放高利贷的犹太人。这个诺维奇人显然读过马洛[1]的书，他看到了一个邪恶的洛佩兹[2]式的戏剧人物。他，莎士比亚，也曾有过类似的想法。就在眼前，一切都为他准备好了。里面也有一些光辉灿烂的历史剧，是一部关于国王亨利四世的戏剧，里面还有一部喜剧叫《无事生非》。这是一份礼物，一份天赐之物。他笑了，他想起了那个阿拉曼人，叫施莱耶博士之类的，也和这个疯子讲了类似的故事（疯子？疯子能做这样的工作吗？“疯子、情人和诗人”，这是施莱耶在那出关于仙女戏剧里的一句好台词[3]。可怜的施莱耶已经被瘟疫带走了性命）。施莱耶带来的那些剧本都是好剧本，但似乎不如这些好。

莎士比亚偷偷地（虽然只有他一个人）在胸前画着十字。当诗人们谈论着缪斯之时，他们也许说的就是现在这个在街上无力地尖叫着的访客。还有那个德国人施莱耶。或是那个遭受酷刑，还发誓自称来自美国弗吉尼亚的家伙，那人说美国的大学能比得上牛津、莱顿，或是威滕伯格大学，甚至更好？他耸了耸肩，天地之大，无奇不有。不管他们是谁，只要他们能带来剧本，他们就会受到热烈欢迎。他现在着手修改的施莱耶所写的《理查二世》，也许还需要修改。但是那些早期作品，从《亨利六世》开始，一直很受欢迎。他一边读着这批剧本的封面，一边抚摩着他那已经变成银灰色的红胡子，他用一只精致的灰色眼睛看着剧本。他叹了口气，读了一下摆

1. 英国伊丽莎白时代的剧作家、诗人及翻译家。1592 年他创作了一部悲剧《马耳他犹太人》，剧中塑造了一位报复心重的犹太富商巴拉巴斯。

2. 葡萄牙犹太人后裔，1581 年起担任英国御医，因被控试图毒死伊丽莎白一世被处决。研究者认为他的故事以及《马耳他犹太人》可能给了莎士比亚灵感，让他写出了《威尼斯商人》中的夏洛。

3.《仲夏夜之梦》第五幕第一场。

在桌上自己的剧本，然后把纸揉成一团。写得不太好，它虚弱无力，故事当中出现了太多的魔法。英吉尼奥公爵说道[1]：

列位先生当思，正如茫茫大海中，
凡间众生都能找到相似相类，
在遥远天空中我辈之生亦有雷同，
物物都有孪生，事事都有孪生，
孪生再生孪生，无穷无尽，
纵使星辰也有孪生……

写得太奇幻了，这可不行。他把草稿扔进垃圾箱，汤姆金会来倒空的。他拿起一张白纸，开始用漂亮的手抄写起来：

《威尼斯商人》

然后他继续抄写，一气呵成，文不加点。

（朝朝暮暮　译）

---

1. 莎士比亚作品中并无此人，但下文的诗隐含本文设定。

新浪潮的涅普顿[1]

1964 年，迈克尔・摩考克从特德・卡内尔手中接管了《新世界》杂志，当时他只有 24 岁，但已是声名大噪的奇幻作家，尤以他关于“永恒战士”和“美尼伯内的艾尔瑞克”的剑与魔法的奇幻故事而闻名。与 1930 年代的许多纽约未来派作家一样，科幻与奇幻小说很早就在他的生命里留下了重大印记，他的创作冲动形成极早，且一向高产。但他在另一个国家、另一个时段的成熟过程真正塑造了他的创作风格。

摩考克 1939 年生于英国萨里郡的米查姆。他 15 岁便离开学校，开始以写作、编辑与音乐创作为生。1956 年至 1958 年间，他从单纯编撰自己的“杂志”更进一步，开始担任《泰山的冒险》[2] 的编辑，他为该杂志创作了自己的第一部英雄奇幻系列小说（这些故事在 1977 年被汇编为“索扬系列”），以及一部长篇小说《金色驳船》

1. 标题 The Neptune of the New Wave，套用了所选小说 The Nature of the Catastrophe 格式，涅普顿（Neptune）是罗马神话中的海神，该词也是海王星的词源。
2. 1951 年至 1959 年间英国发行的一本漫画期刊。

（*The Golden Barge*）。此后，他于 1958 年至 1961 年间成为《塞克斯顿·布莱克图书馆》[1] 的编辑，并以笔名在这里撰写了一部惊悚小说《加勒比危机》。他还将自己的写作与编辑职责同音乐结合，为几个摇滚乐队担任歌手和作曲。

1961 年，摩考克创作了他的第二个，也是更为著名的英雄奇幻系列主人公艾尔瑞克，该角色的首次冒险出现于《灵魂窃贼与其他故事》之中。实际上，摩考克的奇幻故事或许更适合被称作“反英雄奇幻”，因为他的主人公往往脆弱不堪，故事中的大业注定失败，这与英雄奇幻的文类传统大相径庭。布赖恩·奥尔迪斯在《万亿年狂欢》中评论道：“埃德加·赖斯·巴勒斯或许曾是摩考克幼年的英雄，但这位年轻的英国作家改变了巴勒斯方程的算法。巴勒斯那些趾高气扬的英雄角色换成了摩考克优柔寡断、受尽折磨的受害者式英雄，就像艾尔瑞克与他的嗜血之剑，风暴召使。”

就这样，年轻的摩考克继承了《新世界》，他在反越浪潮声势极盛时撰写了一部长篇科幻小说 [《分裂的世界》[2]（*The Sundered Worlds*），起初连载于 1962 年至 1963 年的《科幻冒险》]，此时，英伦正处于摇摆之中（奥尔迪斯在《十年之期：1960 年代》[3] 中写道：“此时的伦敦正如 20 世纪 20 年代的巴黎，是文化发源与繁荣之地。”），革命的空气充斥城市。摩考克宣布，他要撰写一部比埃德加·赖斯·巴勒斯更像威廉·巴勒斯的小说，他召集了一群富于献身精神的编辑和作家，致力于创作一种新型的“推想小说”，以适应

1. 塞克斯顿·布莱克是一个创作于 1893 年的著名英国侦探形象，被称为“穷人的福尔摩斯”。出现于一系列默片、有声电影与广播剧中，1893 至 1978 年间，有 200 多位作家创作了四千多部塞克斯顿·布莱克故事。《塞克斯顿·布莱克图书馆》为该系列衍生作品，于 1915 年至 1968 年间出了五辑。
2. 该故事的扩写版本于 1994 年收入永恒战士系列选集。摩考克在该小说的 1962 年初版中使用了“多元宇宙”（multiverse）这一单词，使该词首次以书面形式定着于英语之中。
3. 奥尔迪斯与哈利·哈里森合作编撰的科幻史丛书，共三辑，另两部为《十年之期：1940 年代》（1975）、《十年之期：1950 年代》（1976）。

混乱不堪却又令人振奋的1960年代。

正如奥尔迪斯在《十年之期：1960年代》中所总结的："我们的西方文化在许多方面已经实现了文艺复兴初期定下的目标：通过观察、领悟和应用来掌控我们的世界……现在，我们该付账单了，这是数世纪以来的惊人成果积累下的账单。我们看到进步与污染、医学发现与人口过剩、科技发展与核扩散、通讯技术升级与恐怖主义、社会关怀与公众冷漠，如硬币的两面一般同时存在。"

革新的刺激与机遇吸引了大西洋两岸的诸多作家，然而事实证明，在无法得到更多公众支持的前提下，《新世界》的这场革新难以为继。奥尔迪斯为该刊物从英国艺术协会争取到了每期150英镑的补助金，这一度使杂志得以使用光面纸印刷插图，改善质量。但当1968年5月刊连载诺曼·斯宾拉德的《怪虫杰克·巴伦》时，杂志被从两大主要的报刊连锁店撤下，并在国会遭遇公开谴责，这证明了奥尔迪斯的努力依然不足以支撑杂志存续。

1968年10月，摩考克开始独立经营该杂志，此时杂志的维系完全依赖读者的订阅与捐赠。为了给作者支付稿费，摩考克花了大量时间以流水作业效率生产奇幻小说。此后杂志又发行了18期，直到1971年由于持续增长的债务而被迫停刊。其后，该刊物又出了一版平装本初版小说集，前6辑由摩考克编撰，但在出版10辑之后，该刊物亦于1976年停刊。1991年，它的平装本在大卫·加内特[1]（David Garnett）的主持下由格兰茨出版社重新发行。

如同许多与他一样高产的美国作家，摩考克的写作经历很难被巨细无遗地展示出来。他发表了二十多部奇幻长篇小说，以及三十多部科幻长篇小说，撰写了十余部科幻选集，若干奇幻选集，编

1. 英国科幻作家。区别于布卢姆茨伯里派主流文学作家大卫·加内特。

辑了十多部小说选集，还与人合撰了剧本《被时间遗忘的土地》[1]（*The Land That Time Forgot*）。他的短篇小说《试观斯人》（"Behold the Man"）赢得了1966年星云奖，而他的长篇小说《荣光女王》（*Gloriana*, 1978）同时获得了当年的坎贝尔最佳科幻长篇奖及世界幻想奖，他的作品还收获了许多其他荣誉。广受好评的《战争猎犬与世界之痛》（*The Warhound and the World's Pain*）于1981年出版。在"后《新世界》时期"，摩考克依然保持了自己的高产与特色。

摩考克在《新世界》的产物之一是他的反英雄角色杰瑞·科尼利厄斯[2]（Jerry Cornelius），摩考克将该角色的使用权开放给任何想要撰写他（或她）的作家。这些共享型作品都被收录到他的一部个人选集之中，该选集被命名为《灾难的本质》（*The Nature of the Catastrophe*），与摩考克的被收录短篇同名。实际上，该短篇于1970年初载于《新世界》倒数第二期刊物之上，其中包含了许多新浪潮元素，使人想起巴拉德式"经过浓缩的长篇小说"——隐晦的人物行为、快速的场景切换、讽刺性的小标题、刻意省略的过渡及说明性文字、带着责备的无奈情绪，以及听天由命的消极氛围。

科尼利厄斯还出现在了摩考克的一系列长篇小说之中，包括《终极计划》（*The Final Programme*, 1968，同名电影于1973年上映）与《英国刺客》（*The English Assassin*, 1972）。"时间尽头的舞者三部曲"（*The Dancers at the End of Time Trilogy*, 1972, 1974, 1976）中出现的杰吉·科尔尼安也是其衍生人物。

（憬怡　译）

1. 根据埃德加·赖斯·巴勒斯同名小说改编的影片，1975年上映。
2. 杰瑞·科尼利厄斯，著名的反英雄形象，其姓名、身份、性别变化多端，具有一定的暧昧性。以该人物为主人公的作品主要是"科尼利厄斯四部曲"（《终极计划》《癌症疗法》《英国刺客》和《缪扎克的状况》），主人公在这个多重宇宙中，经历了变形、死亡、重生，以整本书为单位的混乱状态，最终发现自己的本质。

灾难的本质

迈克尔·摩考克

序　章

独幕剧女演员

布伦纳小姐[1]对此坚信不疑。她双唇紧抿地站在学校黑暗的入口处。她知道他已尽在她的掌控之中。

杰瑞·科尼利厄斯匆匆翻阅着一份破旧的《商业周刊》，假装对她视而不见。“阿波罗 12 号承载的未来……探寻癌症疫苗的工作即将结束……是什么导致了巨型喷气客机的延迟？……一次性用品新型宣传标语……”

布伦纳小姐动作迅速，一把将杂志从他手中扯了下来。

“看着我，”她说，“看着我。”

他看着她。“到 1980 年我就会变成太多的人了。到 1980 年我就会死了。”他说。

她嗤之以鼻：“你得去。”

1. 杰瑞·科尼利厄斯宇宙中频繁出现的女性角色，是杰瑞的反面，代表高压权威力量。

他两股战战："这将是一场谋杀。"

她微笑着说："这将是一场谋杀，如果你不肯的话。不是吗？"

杰瑞皱眉："它必然会来的。迟早而已。"

"它将净化空气。"

"什么见鬼的空气？"他一脸受伤地看着她，"然后呢？"

"忙起来。毕竟你有 50 年的时间要去消磨。"

"我去你的！"

"我们再也没机会这么干了。"

健身房里的手摇留声机响起了"再见黑鸟"[1]的旋律。

克拉里街道的自相残杀[2]

基因开始爆裂。

场景断裂。

杰瑞尖叫起来。

他们把他的自行车拿走了。那是一辆黑色的绅士代步车："皇家艾伯特。"

他一直把它养护得很好。

"抓紧点儿，科尼利厄斯先生。"

"这就是了！"

马赛的那条肮脏街道消失了。他不在乎。

在网中

鼓声从什么地方响了起来，他敢打赌他认识那个敲鼓的人。在他遭遇过的所有滑稽可笑的迷信之中，"未来"是最为可笑的。他现

1. 指 1926 年美国歌曲。
2. 原文为法语。

在真的无力前行了。

发展

设在康沃尔郡波特里斯的这家神经毒气厂是国防部的一个试点机构，少量生产神经毒气已有一段时间。康普顿夫人表示，一位死难者遗孀至今未被获准查看有关她丈夫的病理学报告或其他类型的医学报告。

《卫报》1969年11月21日讯。

幻想性回顾

在毒气袭击过后，杰瑞·科尼利厄斯洗了碗，走上街头。一抹彩虹挂在了拉德布罗克丛林之上。万籁俱寂。他弯下腰去系上自己的裤腿夹。

“杰瑞！”

“干啥，妈？”

“回来把碗擦干，你这小混蛋！”

急切的梦想家

1928年6月5日：自欧文·奈尔斯与让娜·德·卡萨丽丝在伦敦大使剧院首次出演凯伦·布拉姆逊的作品《他们埋葬的人》以来，52年过去了。《每日新闻》称：“在生命所有的喧嚣混乱尽头，存在的是‘时间与未曾解决的假说’。”

像你这样的人

杰瑞摸索着下了车，抬起不能视物的眼睛仰望天空。阳光没有照进来。他完全瞎了。

所以事儿还没完。

泪水顺着他的双颊流了下来。

"妈?"

远方某处，齐柏林伯爵号[1]的引擎声渐渐消失。

他被抛弃了。

我伤心吗？你也会的。如果你们男人的每个计划都落空。[2]

你要怎么办？你要怎么办？[3]

有待征服的世界

我们遗憾地宣布，巴哈杜尔沙——德里最后一位名义上的君主——的儿子贾万·布基王子已病情危急……他是家族中最后一位皇室成员。他身后留有一子，身体亦不健康，这个孩子在王子身陷囹圄时诞生于仰光。随着贾万·布基王子逝世，曾显赫一时的帖木儿家族直系后裔最后的血统断绝了。

《仰光时报》1884 年 7 月 28 日讯。

7 号

杰瑞绊了一跤，摔倒了，撞伤了膝盖。他用冷若顽石的手摸索四周。他碰到了一个光滑似铁的东西。他抚摸那东西的表面。一套被丢弃的甲胄？而身边四处都是声音。引擎声。尖叫声。

他难道不知道这里正在打仗吗？他回来了吗？

他听到一辆汽车靠近了，汽车的引擎熄灭了。

他大叫起来。

---

1. 第二次世界大战时期的德国硬式飞艇 LZ127 即名"齐柏林伯爵号"，纳粹德国在第二次世界大战期间建造的航空母舰亦名"齐柏林伯爵号"。

2. 均为歌词。

3. 均为歌词。

四下安静了。一种 V2[1] 式的安静。

带着机翼与祷告……[2]

福兮祸所依

流水的声音。

他现在愿意抓住任何东西。

他根本就不该尝试。他预料到了一定程度的扩散，但从不曾料到事情会可怕到这步田地。他被骗了。

远方传来歌声：一点，两点，三点，摇滚……[3]

改编者

稀薄的空气中传来带有强烈性暗示的声音，当他试图集中精神时，那暗示却进一步加强了。

“下面为大家介绍让娜·德·卡萨丽丝小姐，她是我们的系列栏目‘那孩子是那女人的母亲吗？’本周嘉宾……”

“我的父亲来自巴斯克国[4]，后来为了进行有关癌症与其疗法的科学调查前往巴苏陀兰，就在这时一个婴儿降生了……”

“曾是格雷夫莱尔最受欢迎的小伙子，现在却成了全校最坏的男孩儿——这就是哈利·沃顿和他那位班主任的长期不合带给他的不幸！你不能……”

“本刊发行于 1931 年 7 月 15 日，将用以预付齐柏林伯爵号前往北极的预期航程中携带的邮件邮资。在本次航程中，休伯特·威尔

1. V2 可指 V-2 型火箭，是德国在第二次世界大战中研制的一种短程弹道导弹，也是世界上最早投入实战使用的弹道导弹。也可指飞机起飞速度。
2. 歌词。
3. 歌词。
4. 原文为法语。

金斯爵士指挥的鹦鹉螺号潜艇将与齐柏林伯爵号会师，两艘舰艇将于北极交换邮件。鹦鹉螺号未能履约。”

“长期服务证书。由董事会授予（大不列颠及爱尔兰）帝国烟草有限公司 W. D. & H. O. 威尔斯分公司的欧内斯特·弗雷德里克·科尼利厄斯，以表彰此人在过去 25 年内提供的竭诚服务，谨此致上由衷的感谢与赞赏。代董事会全体成员署名。1929 年 3 月 28 日。会长吉尔伯特·A. H. 威尔斯。”

“乔治·杜哈曼忽遭病魔侵袭——他曾发现一种治愈癌症 6 的免疫血清。他在对死亡的恐惧中度过了余生。他的性格发生了彻底的改变……他不愿接受手术，因为那将向全世界宣告他的免疫血清以失败告终。”

杰瑞合上剪贴簿，打开集邮册。里面集有几百枚齐柏林号的邮票，它们来自巴拉圭、列支敦士登、拉脱维亚、意大利、冰岛、希腊、德国、昔兰尼加、古巴、加拿大、巴西、阿根廷、爱琴海群岛、美利坚合众国、圣马力诺、俄罗斯。其中还有两枚西班牙旋翼机的邮票以及一枚图案为达·芬奇飞行器的意大利邮票[1]。

杰瑞从集邮册旁的小亚麻信封里取出他的最新发现：一套 1930 年 9 月 15 日发行的萨尔瓦多航空邮票。这套邮票现如今变得非常易损，若不小心放置就会开裂。它们的票面是深红色（150）、祖母绿（200）、棕紫色（250）、群青色（400）的，印花都是在圣萨尔瓦多上空飞行的双翼飞机。这一套邮票恰巧先于 1930 年 12 月 17 日发行的西蒙·玻利瓦尔航空邮票问世。

“杰瑞！快滚下来给你老母搭把手！”

杰瑞正在经历严重的摇摆。

1. 著名画家达·芬奇（列奥纳多·达·芬奇）在 15 世纪 70 年代发明的飞机，被称作“扑翼飞机”。

优秀奖

杰瑞在爆炸现场附近晃荡，踢着那些破碎的砖块。也就是说，灾难最终还是降临了。这不就有些令人失望吗？

现在他爱走几英里就走几英里，没有什么能搅扰他。

他从兜里拿出一个苹果，咬了一口，接着一口啐掉，丢了出去。这苹果吃着一股洗涤剂味儿。

他俯视自己的双手。它们又红又黑，还在发抖。他坐到一块断裂的水泥板上。没有动静。没有声音。

人的形状

珠宝设计风格的变化往往要经历长达几年的时间跨度。过去，人们可能认为这需要以千年计，以百年计，最少也要以十年计。但今非昔比。

布赖恩·马歇尔《伦敦新闻画报》1969 年 11 月 22 日刊。

即将到来的问题

杰瑞很奇怪场景为什么变得如此朦胧。有几个建筑突出地耸立在那里，但所有其他事物都罩在迷雾之中。他把他的 X 魅影翻转过来。

他真希望他们让他把自行车留下。

人一辈子能恣意过活的时间是多么短。最多只有 25 年。剩下的全都属于且受制于过去和未来的幽灵。一代人是 150 年。无人能逃脱。

一艘火箭呼啸而过。

当红红的知更鸟在我面前蹦蹦跶跶，蹦蹦跶跶……[1]

1. 歌词。

冰中的囚徒

到1979年，工业技术的发展会将1960年代衬托得好像黑暗时代。自动高速路——计算机控厨房——面对面的电视——深海中的食材。今天它们都还是点子，但明天，工业技术会将这些变成你的日常……

我们的测量设备无比精确，美国国家标准局甚至用我们的设备去检测其他的测量设备。我们的紧固件被用以制造宇航服，供那些月球行走的宇航员使用。我们的塑料零件遍布美国生产的每一辆汽车。

通过这些以及更多的方式，我们帮助世界把今天的点子变为明日的现实。

美国工业公司《纽约时报》1969年10月16日刊广告。

"水线长度为1 004英尺，完工后，其吨位可能超过7.3万吨。玛丽女王号（从南安普敦到纽约）的首航始于1936年5月27日……"

"英国的玩具兵团一直……"

"到1980年会有……"

如今，他的声音嘶哑了。50年太长。他身边没有一个人，他谁也怪不得，只能怪他自己。

小家伙你在哭呢，我知道你为何伤心……[1]

路西法！

他渴望了150年，却始终无法回到唯一能让他活下来的那一年。

他的视力不时会恢复一阵子，让他看到那些可怕的景象——报

1. 歌词。

纸的片段、建筑物、道路、汽车、飞机、头骨、废墟、废墟、废墟。

“妈！”

“爸！”

（坠毁的协和式客机已接受全面检修）

“凯茜！”

“弗兰克！”

（火星人回到了码头）

“奶奶！”

“爷爷！”

（中国人有了新收获）

“你看，”她以胜利的姿态抱住自己羸弱的身体。“这是最好的情况了。”

其他内容：

《素描》杂志，1926 年 1 月 13 日刊。

《旁观者》小报，1927 年 10 月 5 日刊。

《T. P. 周刊》，1927 年 11 月 26 日。

《每日邮报》，1927 年 12 月 26 日。

《小马赛人》，1930 年 10 月 22 日。

帝国烟草有限公司《导航的故事》1935 年第 50 号。

萨纳夫里亚《航空邮票标准目录》，纽约，1937 年。

《摩登男孩》，1938 年 7 月 9 日刊。

《印度周刊画报》，1969 年 7 月 6 日刊。

《明日愿景》杂志，1939 年 11 月刊。

（韶光　译）

变化的人性面

美国科幻素有颂扬变化之名，而英国科幻却一直为变化而哀叹。这两种判断都过于简单化。很多美国小说都指出了进步带来的缺点，而很多英国小说也都朝着更加美好的世界敞开大门。对目前情况的发展前景的某一种预测是不是比另外一种更准确，只有未来本身才能做出判断。但是科幻小说越是靠近文学范式，它似乎就越是掉进C. P. 斯诺在他题为《两种文化》的演讲稿中提到的那种人文领域人士对于工业革命的态度之中，那种态度不比大声抗议好多少。

变化为更美好的生活提供了机会，但与此同时也提供了更大的、可能被滥用的力量。西方文明给世界的最为珍贵的礼物就是选择。然而，选择在某些情况下也是一种负担：供人选择的可能性越多，做决定就必然越难——而且做出一个差劲决定的可能性就越大。当然，前堕落论者认为人类在伊甸园已经做出了选择，而且一定会不断重复自己的错误，让自己所处的环境变得越来越糟而不是越来越好。

并不是所有科幻小说都是议论性的，有些小说是叙事性的。而即便是叙事也可以暗含着对于变化的态度，其实这些小说并不必须暗含这些。H. G. 威尔斯偶尔会在这方面露上一手，阿瑟·C. 克拉克在很多作品中都用到了威尔斯的这种风格，包括他在1953年创作的杰作《童年的终结》(*Childhood's End*)。但是在处理“变化对人类造成的后果”的主题上，鲍勃·肖（Bob Shaw）做得不比任何人差。他曾经写下他的技巧：“尽量少用业内术语，同时要着重突出联系性，将每一个虚构事件都联系到读者可以立刻认出、识别或者共情到的某类真实人物上。”

比如说，他的短篇小说《昔日之光》(“Light of Other Days”, 1966）在很多方面都很传统。文中提到了一种名为“慢光玻璃”的发明，光需要花费几年的时间才能穿过一块慢光玻璃，因此人们可以用它来看到过去。但是这篇小说用非传统手法引出了这个点子。小说确凿无疑地写出了这种发明的实际应用，即慢光玻璃农场。在那里，这种慢光玻璃片可以储存起田园牧歌式的风景，并作为“景观窗”将这些风景移植到公寓之中。但是小说本身是关于一次偶然事件及其影响的：慢光玻璃偶然捕捉到一幕人间悲剧，这个事件又影响了一对正处在离婚边缘的夫妻的生活和抉择。

与之类似，《你生命中最快乐的一天》(“The Happiest Day of Your Life”，也于1970年发表在《惊异》杂志上）是关于强化教育的。对于这个主题，也许很多作家都会致力于创作长篇小说，比如波尔·安德森（Poul Anderson）的《脑波》(*Brain Wave*, 1954)、H·比姆·派珀（H. Beam Piper）与约翰·J·麦圭尔（John J. McGuire）合著的《2140年的危机》(*Crisis in 2140*, 1957)，以及我自己[1]的《造梦人》(*The Dreamers*, 1982)。但是肖仅用寥寥几百个词写就。人类知

1. 此处的“我自己”指的是“科幻之路”系列书籍的主编詹姆斯·冈恩。

识不断扩展、教育过程要延长到二十多岁甚至三十多岁，这些都说明更为优秀、更为迅速的教育方式势在必行。但是人类要为此付出什么代价？

鲍勃·肖，原名罗伯特·肖（Robert Shaw），非常擅长创作这一类小说。他于1931年出生于贝尔法斯特，对很多人来说，他的人生经历如同科幻小说中的情节。那时，信仰新教的阿尔斯特人和信仰天主教的爱尔兰共和军正爆发着无休无止的冲突，而英军还试图在二者之中插上一脚。从技校毕业后，肖先是在钢铁工业和飞机工业领域工作，也干过出租车司机，之后又作为记者，为贝尔法斯特的飞机和造船业长期从事出版和宣传工作。在20世纪70年代中期，他搬到了英格兰，成了一名全职作家。

肖的早期作品在20世纪50年代中期发表在苏格兰杂志《星云》上。1965年，他重回写作事业，在《新世界》杂志上发表了一篇短篇小说，随后发表了《昔日之光》。这篇小说及其两篇续作结集出版为《过去的日子，过去的眼光》（*Other Days, Other Eyes*, 1972），但是肖出版的第一部长篇小说是《夜游》（*Night Walk*, 1967）。他其他更知名的书包括《轨道城》（*Orbitsville*, 1975）、《星之环》（*A Wreath of Stars*, 1976）、《谁来这儿了？》（*Who Goes Here?*，1977）以及获得了英国奇幻奖和英国科幻协会奖的《褴褛宇航员》（*The Ragged Astronauts*, 1986）。他将《轨道城》扩展为三部曲，即《轨道城》与之后创作的《离开轨道城》（*Orbitsville Departure*, 1983）和《轨道城审判》（*Orbitsville Judgement*, 1990）。

（赵佳铭　译）

你生命中最快乐的一天

鲍勃·肖

简·巴尼恩紧紧抱住她最小的儿子，眨了眨眼睛，缓和眼中突然而来的刺痛感。

这个 8 岁的小孩子温顺地依偎在她的肩头。他的额头干燥凉爽，他的头发满是清新空气的味道，让她想到了刚刚从户外的晾衣绳上取下的衣物。她感觉自己的嘴唇开始颤抖。

“看看她，”道格·巴尼恩带着满脸难以置信的神气说，“开始哭鼻子了！菲利普离开家去上学，如果要上好几年的话，她得什么样啊？”简跪下身子，把男孩抱在臂弯之中，道格抱住了他的妻子，轻轻拍着妻子的头，看起来很有学者派头，而且神情轻松。两个大一些的男孩颇为赞赏地笑了。

“母亲就是这样情绪泛滥的人。”10 岁的博伊德说。

“在精神层面上，她有一种自我牺牲的倾向。”11 岁的特奥多说。

简无助地怒视他们，他们用充满智慧的双眼回望着简，目光中饱含着简在他们去过捷径中心后最为痛恨的品质——那该死的、闪亮的仁爱。

"孩子们！"道格·巴尼恩尖锐地说，"对你们的母亲尊重点。"

"谢谢。"简的语气中不带任何感激。她明白，道格之所以训斥孩子们，并不是要尊重她的感情，而是为了纠正孩子们的早期缺陷，以防它们损伤孩子们正在成长中的性格。她抱着菲利普的胳膊搂得更紧了，菲利普开始不自在地扭动起来，让她意识到无论如何她都会在几年之后失去他的。

"菲利普，"她绝望地冲着男孩的耳朵低声说，他的耳朵冷冰冰的，"我们昨天看的那场电影里，你都看到了什么？"

"皮诺曹。"

"有趣吗？"

"简！"道格·巴尼恩分开了他们，动作几乎可以称得上粗鲁。"来吧，菲利普——我们可不能让你迟到，今天是你去学校的日子，也是唯一一天要去学校的日子。"

他拉起菲利普的手，他们走过捷径中心冰绿色的接待大厅中闪着微光、略带弹性的地板。简看着他们手拉着手混入了孩子和家长组成的人群之中。这些人聚集在培训室。菲利普的足尖有点拖沓，她很了解这种拖沓的步伐。她突然担忧起来，她感觉菲利普对即将发生的事情感到害怕，但是他没有回头看她。

"嗯，他去了。"10岁的博伊德骄傲地说，"我希望明天爸爸带他去参加实习——我需要他的帮助。"

"我的办公室地方更大。"11岁的特奥多说，"另外，新的信托人责任法案下周就要进行最终宣读，我马上就有一大批赔偿诉讼要处理。所以我比你更需要他。"

他们都是道格·巴尼恩律师事务所的初级合伙人。简·巴尼恩盯着孩子们冷静睿智的面容看了好一会儿，感到害怕。她转过身去，茫然地从他们身边走开，试着控制好自己，以防自己的面容扭曲变形，如同满脸泪痕的婴儿一般。周围到处都是一群一群的家长，他们都得意扬扬、踌躇满志。看到他们这副样子，简更难以控制住自己了。

终于，她找出了能逃离这个场面的唯一办法。捷径中心里有一间几乎废弃了的展览厅，她冲了进去，在那里，闪闪发光的三维投影和空洞的机械合成低音正展示着这所教育机构的辉煌历史。

第一处展区由两组文字组成。深蓝色的背景之下，淡绿色的文字在空中发出微光。传送带寂静无声地载着简滑过那些文字，简阅读着：

> 学问必须自己去钻研；
> 绝无可能从祖先遗传。
>
> ——盖伊[1]
>
> 要是盖伊能看到我们现在这个情况就有意思了。
>
> ——马蒂内利

下一处展区映出爱德华·马蒂内利的立体半身像，他是这所教育机构的创始人，也是一伙科研团队的领导者，完善了大脑皮层操控复合技术。一段在马蒂内利去世前几个月录制的原声录音开始在简的耳边嗡嗡作响，精准发送的音波让这段声音听起来近得令人震惊。

“知识已经成为人类的武器库中最主要的武器，也是人类为生存而战的主要盟友。此后，人类一直在寻找能够加速学习进程的方法。20 世纪中叶，人类社会的复杂性已经达到了这样的程度：专业人士

1. 英国诗人、剧作家。文中引用的话出自他的诗歌《驮马与搬运工》。

需要花费他们宝贵生命中足足三分之一的时间来吸收知识，不会产出任何成果，而且……”

简的注意力从那些悉心组织过的言辞之中移开了——这段录音她之前已经听过两遍了，而且那些没有感情的技术对她来说从来没有任何意义。对她来说，这所教育机构所采取的辅助性手段——多级催眠、心理神经复合药物、大脑中蛋白质通路的电子修正、多级记录——这些与最终的结果相比都不重要。

这个最终结果就是，任何被证明有足够智商的儿童都可以将所有正规的知识在比两个小时稍微长一点点的时间内植入脑海之中，而这些知识在传统的中学和大学中可能需要十来年才能学完。

一名儿童要想获得这种资格的话，他要有 140 以上的智商，并且他的家庭需要有足够的经济能力，可以一次性付清 10 年的传统教育所需要的花费。这就是为什么接待大厅的那些家长的脸上写满了骄傲，这也是为什么即便是道格·巴尼恩——他在冷漠淡然这方面是专业级的——会用坚毅明亮的眼光环视四周，那是一种功成名就的人才有的眼光。

他是三个完美无瑕的孩子的父亲，这三个孩子都有着天才级别的智商。道格成功地引导他的三个孩子通过了捷径中心的选拔程序，这道选拔程序挡住了非常多的人。很少有人能获得这样的成就，也很少有女人能有分享这样的成就的荣耀。

但是，简想知道，为什么这种事发生在我身上？发生在我的孩子身上？或者说，为什么我不能有道格那样的头脑？这样的话，捷径中心的培训也可以让孩子们更亲近我，而不是……

传送带寂然无声地载着她按照固定路线前进，动画展示也在令人信服地低声讲述着捷径中心相比于传统教育系统的优越性，那些教育系统老旧而又拖沓，如同犯罪一般地浪费资源。这告诉她小菲利普恰好出生在现在这个时代是多么幸运。在这个时代，依靠顶尖的人类科技，他可以在短短的两小时之内拿到荣誉法学学位。

但是，简正被深深地锁在绝望情绪的囚笼之中，什么都没有听到。

毕业典礼一结束，简就找了个借口离开了道格和两个大一点的男孩。在他们开始抗议之前，她就匆忙离开礼堂，回到车子里。车后座的塑料质座位被阳光烤得很热，热量透过只有一层薄薄布料的裙子传过来，让她很不舒服。

她点燃一支香烟，坐在车里，目光越过那道其他人的车子组成的弧线，它们排列整齐，在阳光下闪闪发光。简凝视着远方，直到道格和三个男孩走了过来。道格钻到驾驶座位上，男孩们钻进车子，坐在他旁边，大声笑着、打闹着。简坐在后座上，她感觉被隔离在家人之外。她没法把视线从菲利普整齐而光洁的脑袋上移开。从外表上看来，没有迹象显示出他的大脑已经发生了变化——他看上去和其他普通的、健康的 8 岁男孩一样……

“菲利普！”突然，她下意识地喊出他的名字。

“母亲，怎么了？”他转过头去。特奥多和博伊德听出了她的嗓音之中包含的情感，同样回头看过来。三张红润的、几乎一模一样的面庞注视着她，面容平静，又带着好奇。

“没事，我……”简痛苦地感觉到喉头发紧、言语哽咽。

“简！”道格·巴尼恩语气严厉、带着愤怒。他向前躬着身体，握着方向盘。他的指节透过皮肤泛着光，就像旧象牙的颜色。

“没事的，爸爸。”10 岁的博伊德说，“对于大部分女性来说，切断心理学意义上的脐带绝对是一种创伤性的经历。”

“不要担心，母亲。”菲利普说。他用一种古怪的、成年人的姿态拍着简的肩膀。

她把他的手拨到一边，热泪沿着她的脸颊流淌下来。这一次她没办法停止流泪了，因为她知道，就算不去看菲利普也知道，她8岁儿子的眼神一定是睿智的、善良的，也是老成的。

（赵佳铭 译）

女性闯进俱乐部

多年来，科幻小说似乎像英国的绅士俱乐部一样是男性专属，妇女只有在特殊场合才被允许占据一席之地。从最初作为杂志小说开始，科幻小说就是男人写给男人看的——或者像一些评论家说的，是由男人写给男孩看的。读者和作者大都（超过90%）是男性，而女性作者往往雌雄难辨，她们会隐藏在男性化或中性化的笔名之后，比如C. L. 穆尔（C. L. Moore）、利·布雷克特（Leigh Brackett）和安德烈·诺顿（Andre Norton）。

早期的一个例外是弗朗西斯·史蒂文斯（Francis Stevens），她的真名是格特鲁德·巴罗（Gertrude Barrow），然而她的作品出现在科幻杂志创办之前。直到第二次世界大战后，女性才以公开的女性身份出现在她们的个人和作品中，例如朱迪斯·梅丽尔、凯瑟琳·麦克丽恩（Katherine Maclean）、米尔德里德·克林格曼（Mildred Clingerman）、玛格丽特·圣克莱尔（Margaret St. Clair）和泽娜·亨德森（Zenna Henderson）。女权主义议题出现在20世纪60年代，当时的作家有厄休拉·K. 勒古恩、安尼·麦考菲利、基特·里德、乔安娜·罗斯、凯特·威廉和帕梅拉·佐林。不过，和女权主义文学批评一样，女性科幻文学要到了1970年代才结出累累硕果，涌现了一大批女性科幻作家。就像帕梅拉·萨金特（Pamela Sargent, 她自己就是这些作家中的一个）在《神奇女性》（*Women of Wonder*, 1975）中提到的，冯达·N. 麦金太尔、露丝·伯曼、切尔西·奎因·雅布罗、雷琳·穆尔、丽莎·塔特尔、格兰尼娅·戴维斯、琼·贝诺特、叙泽特·海登·埃尔金、卡罗尔·卡尔、多丽丝·皮塞彻亚、林·尼尔森、麦琪·纳德勒、菲利斯·麦克伦南、苏丝·麦基·查纳斯和其他人。萨金特在《神奇女性续编》（*More Women of Wonder*, 1976）中补充了琼·D. 文奇、马尔塔·兰德尔和埃莉诺·阿纳森。在《科幻小说新百科全书》（*The New Encyclopedia of Science Fiction*）中提到了C. J. 彻丽、原名爱丽丝·谢尔顿的小詹姆斯·提普奇、伊丽莎白·A. 林恩、菲利斯·艾森斯坦和奥克塔维娅·E. 巴特勒。

在英国，女性科幻作家更为罕见。她们的出现完全是战后才有的现象，甚至在战后又延迟了许久，直到20世纪60年代才涌现出来。其原因可能要归于直到二战以后，英国科幻杂志的作用都非常有限，由于科学传奇在英国传统文学谱系上的地位，科幻小说被认为是美国的类型文学，以及在那之后，摩考克的《新世界》所产生的广泛的文学影响。

《科幻小说新百科全书》在关于“女性”的条目中列出了18位英国科幻女作家，另外还有两位来自新西兰。在这些战前的作品中，要么是偶尔创作科幻作品的主流作家，要么是单一小说作家。如笔名为默里·康斯坦丁的霍顿斯·卡利舍尔、露丝·麦考利和艾拉·斯克里穆尔。类似的战后作家还包括玛戈特·贝内特、克里斯汀·布鲁克-罗斯、苏珊·库珀、马德琳·杜克、简·加斯凯尔、安娜·卡万、笔名为简·莱恩的伊莱恩·达克斯、多丽丝·莱辛、娜奥米·米奇森、艾玛·特南特和菲利斯·玛丽·沃兹沃斯。在列出的英国科幻作家中，只有希拉里·贝利、安吉拉·卡特、玛丽·延特、塔尼斯·李和约瑟芬·萨克斯顿的作品在科幻领域有重要影响。

约瑟芬·萨克斯顿（Josephine Saxton）是这群人中年龄最大的，她也最早开始写作。她出生在约克郡的哈利法克斯，在哈利法克斯读中学，1965 年开始在《科学幻想》上创作科幻小说《长墙》（“The Wall”）。之后，她又写了一系列小说，大多发表在《幻想小说，科幻小说和夸克》（*Fantasy and Science Fiction and Quark*）上，也进入了包括《轨道》（*Orbit*）、《又见危险幻象》（*Again Dangerous Visions*）、《宇宙》（*Universe*）和《新维度》（*New Dimensions*）等美国选集，其中《时间的力量》（“The Power of Time”，1971）出现在《新维度》的第一卷中。

她的前三部长篇小说也在美国出版，即《山姆和安·史密斯的圣婚》（*The Hieros Gamos of Sam and An Smith*, 1969）、《七人飞航》（*Vector for Seven*, 1971）或者叫《阿米莉亚·莫蒂默夫人与朋友的世界观》（*The Weltanshauung of Mrs. Amelia Mortimer and Friends*, 1971）和《集体盛宴》（*Group Feast*, 1971）。《圣女贞德的苦难》（*The Travails of Jane Saint*, 1981）和《众国女王》（*Queen of the States*, 1986）由伦敦维珍出版社出版。《时间的力量》（*The Power of Time*, 1985）和《圣女贞德的苦难和其他故事》（*The Travails of Jane Saint and Other Stories*, 1986）收录了她的一些故事。她的最后三本书，包括《圣女贞德的反击：圣女贞德的更多苦难》（*Jane Saint and the Backlash: The Further Travails of Jane Saint*, 1989），还有《意识机器》（*The Consciousness Machine*, 1989）和一本非科幻合集《地狱小探：美食与假日怪谈》，都由伦敦女子出版社出版。尽管她写道“我拒绝被贴上标签……”她接着写道：“如果我进入出版业的唯一途径

就是被贴上标签，那么我就是一名科幻作家。”

约翰·克鲁特在《科幻小说百科全书》中评论说，萨克斯顿的故事“更接近超现实主义或荒诞主义叙事”，而玛琳·S. 巴尔（Marleen S. Barr）在《20 世纪科幻作家》中说，“萨克斯顿关注的不是奇异的行星和外星生物，而是人类如何面对自己荒谬的世界。”与典型的权力幻想不同，她的小说强调人类存在的某些方面，这些方面既有限又荒谬。

然而，《时间的力量》显然属于科幻小说的类型，这不仅体现在它对未来的定位和对科技的运用上，还体现在它的推测上：人类将大规模迁往群星，把地球留给那些“温柔的人”——那些贫苦的少数族裔。然而，那些温顺的人现在充满力量，可以实现他们最美妙的梦想。在《时间的力量》中，萨克斯顿将“百分之一”或者说顶层人物的经历，与她那位赢得了一周纽约之旅的远祖的经历相比较。这与约翰·布伦纳的《富可敌国》形成了鲜明的对比，在那篇故事里，一位妇女努力想要实现一个不可能实现的梦想。

（朝朝暮暮 译）

时间的力量

约瑟芬·萨克斯顿

“如果你往好处想，这事情也没那么难，”我对莫霍克人[1]的首领“飞天蜘蛛”说，“你们部落是这方面的专家。你们所要做的就是把各部分标上数字，把它们编译成复杂的多维电脑拼图，测量土地，预先做好准备——新的污水处理系统等等，往特伦特河还有索尔河里灌水，形成一个岛屿——唉，来吧，‘蜘蛛’，你能行……”

我从没有想过我的权力大厦能与他成长并赖以生活的权力大厦相互作用。他十分强大，他的部落已经为此努力工作了500年，其他部落也是如此。曾几何时，飞天蜘蛛的祖先还只是少数族裔，他们在纽约街道的高空工作，建造更高的建筑，修理、清洁，做那些别人不愿做也做不了的工作。莫霍克人攀上了高处，自然而然。

是的，飞天蜘蛛的确很强大，他拥有整个曼哈顿岛。他的祖先仅得到价值24美元的小饰品，就把曼哈顿岛给卖了。而他却用难以想象的总价把它买了回来。他不仅拥有土地，还拥有每一栋建筑的每一寸土地，以及土地上的所有公司，除了坐落在帝国大厦11楼的

1. 位于北美最东侧的印第安部族。

杜邦公司。杜邦公司有一个特殊的许可权，能在其他任何订单之前，优先免费制造所有的部落服饰。比如蜘蛛，他总是穿着全套礼服，有着华丽的羽毛，而且防水防污。你可以把墨水泼在他身上，等干了以后，墨水就会消失无踪。这并不是说谁会这么做，没人会对飞天蜘蛛如此无礼。

蜘蛛非常强大、富有，而我也一样。这世界上大约只有 100 个人像我们这样富有，都是以前被压迫的民族和群体的后代，就像大约五代人以前，我的曾曾祖母是英国疯狂主妇联盟有限公司的秘书。这就是我所说的进步，我的意思是，在大移民之后，在地球上总共剩下的大约 1 600 万人当中，我最终成为世上的精英之一。其他所有人也都过得挺好，但由我们这 100 位顶尖人物来决定，他们生活能好到什么程度。我不仅想要压过蜘蛛一头（这只是我们的一种爱好，我们互相买卖东西，然后再证明那些东西比付出的价格更具价值），我自己的确想要曼哈顿岛。我们家一直对曼哈顿情有独钟，尽管原因说不清道不明，但它对我们来说是一块圣地。坐在母亲的膝上，听曼哈顿的故事已经成为家族传统，但我从未去过那里。是的，我知道这听起来有点奇怪，如今出门旅行易如反掌，反重力飞橇只需半个小时就能把我送去那里。但我不仅有钱有势，我还有着英国人特有的怪脾气。你可能对此并不了解，但就我而言，我就永远不会离开我出生的那个村子。我对旅行毫无兴趣，三维电视足以让我体验外部世界。我想要的一切都在东莱克，那里是古不列颠人的保留区。那是一个经历了两次大发展的小村庄，第一次是在 13 世纪，当时村子是围绕着教堂建造起来的。第二次是在 20 世纪左右，当时他们在村里增加了几千座可怕的房子、一座超市、一座为认字的人准备的图书馆、一个为那些孤独而无聊的疯子准备的健康中心。我当时想，只有上等人和脾气古怪的人才能在这样的地方生活下去。

所以在那种情况下，我受困于某种怪癖也就不足为奇了。这是一种对某种我从未见过之物的怀旧之情，某种来自某位女性祖先，几乎算是遗传而来的东西——据说她实际上曾去过那里一次。我保存了她的一对假睫毛，镶在璐彩特里，看起来像水下的毛毛虫……从前的人们有时品味非常奇怪。

我最好现在就把它解释清楚，免得你不明白。我想做的是买下整个曼哈顿岛，再把它在东利克村的旧址上重建起来，就在英格兰诺丁汉和拉夫堡之间的地方。这只需要正确地标记好每一块土地，然后把A块土地粘贴到B块土地上而已。

“好吧，好吧，这有些麻烦，我会处理的。所有这一切，包括居民在内，都在六周内搞定，全部恢复原样，可以吗？”

“正合我意，蜘蛛。那是你们最早的交货日期吗？”

作为“疯狂主妇联盟”的秘书，她打完了当天的最后一个字母。透过诺丁汉花边上的曼荼罗棉布窗帘，她朝窗外看了一会儿。邮递员应该到了，多送来点信件吧，请多送来点信件吧。她真的收到一封信。

> 恭喜您赢得纽约一周游。您准确猜中了一吨“甜蜜糖心”的糖果数量。当然，是去除了其中附带的塑料火鸡之后的。我们的代表将与您电话联系，为您安排订票及陪同服务。

在最初的震惊和忙乱之后，她们满怀嫉妒地道别，热情地亲吻。这里面既有对忠诚的绝对信任，也有对信任的背叛——毕竟她是一个漂亮的女人，伴游人员们都安排好了，轮番护送她出游。她要在曼哈顿待上一个星期，那里有崭新的衣服，可爱而实为二等货的鞋子，许多精心维护健康和美貌的人们。这位幸运女士飞上了 3 万英尺的高空，远远高出其他疯狂主妇们的闲言碎语所能及之处。她害怕坐飞机，心里充满了愚蠢的担忧和烦恼。但是坐在她旁边的那个人，真是个爱吹牛的唠叨鬼，一直向她吹嘘在希腊小岛上待一个月是个什么滋味，逗得她乐滋滋的。噢，她想，要是能成为一个富有而又经常旅行的美国人，那肯定很棒。他会在纽约稍作停留，欣赏一些外百老汇戏剧，吸收点文化，他说人们不能让思想停滞不前。她暗自思忖，对他来说已经太迟了，但还是大声用美式英语说道："不，先生。"

飞机降落在肯尼迪机场，现在她脚边放着两个手提箱，手里抓着钱包、雨衣、护照、机票，一个人站在那里不知所措。这地方的人多得前所未见，气温有九十多度[1]，空气也湿漉漉的，她浑身刺痛。她既怕又热，因为她感觉到一种可怕的东西。那是什么，是某种邪恶之物吗？这里的空气中到处振动着这种气息。比赛的组织者来了，用一辆黄色出租车把她接走了。司机是一位高大英俊的黑人男子，开起车来如入无人之境。路上的噪声令人难以置信，汽车喇叭一直响个不停，轮胎摩擦地面，发出刺耳的声音——她在英国从没听到过这些声音。但在美国，人们似乎转弯总是只用两个轮子和刹车，到处都是人们的呼喊声、交通的隆隆声、地铁的轰鸣声、警笛长鸣。警笛声，代表正有谋杀案发生吗？可能是吧。在她看来，她能闻到、听到地狱正在颤动，她像是能看到这一切是如何形成的。突然有一天，那深渊上的盖子被压碎了，所有这些都从地底渗了出来，化为实体，成了这座城市。她想回家，真希望自己从来没有来过……

---

1. 此处指华氏温度，华氏 90 度大约相当于摄氏 32 度。

但她一直没把这些大声说出来，她一直微笑着、看着、问着，让假睫毛上下翻飞。他们提供的酒店房间干净、舒适，而且太热了。她期待着一早就能被带到第五大道的服装店，然后在卡内基音乐厅附近的俄罗斯茶室吃午饭。一夜无眠，要说为什么，她觉得晕晕乎乎，又对一切充满了新奇的感觉。她不明白这是怎么回事，但那其实是因为时差。她的家和家人已经像褪了色的照片，模糊不清。经过第二天的休息，一切都好了起来。

午餐里有一道薄饼，里面塞满了山羊奶油芝士、鱼子酱和酸奶油，还提供伏特加。她开始觉得好些了，成了许多陌生人的焦点，一切都很愉快。那天的伴游人员迷人而聪明，留着金色的丝滑胡须，举止无可挑剔。他们讨论俄国文学，她庆幸自己很久以前费时读过《罪与罚》，所以才能记得一些连他都记不起来的细节，从而让自己避免显得愚蠢。他告诉她，枝形吊灯上的反光球是六年前挂上去的圣诞装饰品。所以，这些美国人也是容易出错的普通人，虽然这地方是俄式的。当然，这里并不全都是噪声、匆忙、喧闹和罐头食品。

下午他们去参观东五十七街画廊，他介绍了一场动感艺术展。一个玻璃球立在黑色的立方体上，在玻璃球内部装了一个长长的对称霓虹灯，来回运动，有规律地变换成红色或蓝色。她发现那东西特别催眠，又引人注目。它试图在鸣叫声之间对她说些什么——买下我，带我回家。但买下它要花一大笔钱，而她打算把由奖金得来的钞票，花在服装和化妆品商店里。女人不需要雕塑——她自己就是一件雕塑品。她不太明白这种折磨人的恭维话有多么无礼，按照原计划跟着伴游人员离开了。

这座城市很棒，一切都令人兴奋。地球上再也没有其他地方能与之媲美。这本身就令人兴奋。

"是的，当然，蜘蛛。这地方很完美，山底下正好有个废弃的石膏矿，占地面积约300平方英里。你可以随你喜欢利用它们，挂接上新的下水道和地铁，小事一桩。我想说，东利克造在一个巨大的洞穴上，你根本不需要爆破，就像造在百年岩石上一样坚固。地面沉降甚至都不会让墙纸出现裂缝。你并不需要淹没诺丁汉来实现这一切，我今天早上才和勘探人员谈过。你看，一点问题也没有，放心吧。下面11楼的杜邦公司会找麻烦？那就给他们建一个带电梯的混凝土地基，当整栋大楼被运过来以后，再把杜邦公司的地板放那上面去，他们就会拥有在法律上有权拥有的一切，但谁还会在乎呢？如果有其他人抱怨要搬来英国，就提供他们同样的待遇，告诉他们可以留下来。他们会明白过来的，他们留在曼哈顿荒岛上，还能做什么生意呢？"

我真的很喜欢这个想法，就在我和蜘蛛签订协议的几天之后，这主意已在我脑内成型了。我不得不卖掉芬兰数千平方英里的土地，但我从没有打算去那里，所以我一点也不在乎。我从未去过曼哈顿，而它向我而来了！我和镇议会把计划整理好，开始疏散该地区的所有居民，当我们真正得到测量数据时，要疏散的包括西莱克、萨顿伯宁顿、霍顿、考斯托克、斯坦福和邦尼的一部分。但正如我向他们指出的——他们会有什么问题呢？他们会从中受益，我会确保每个人都能得到比他们离开时更好的房子，将会造起新的工厂和商店，他们的整体生活水平都将会提高，更别说提供给每个人的退休金了，而不仅仅是补偿给房东的。他们可能还是生活在保留地的古代英国人，但如果价钱合适，他们会愿意讲道理的。当我和他们谈完以后，他们都已经等不及让亚音速破拆机来荡平一切了。

大家退后！警报声响彻整个舍伍德森林，整个舍伍德都在颤抖。然后，那种奇怪的嗡嗡声很快就变成一片寂静了。根据我的需要，整个区域都变成了尘土。当然，这些灰尘都被吸到了我在约克郡的灰渣砖工厂里去。“我可能会制造混乱，但我不喜欢浪费。”我对飞天蜘蛛说。他对我的做法钦佩不已。

“我真的相信你是个天才。”他对我说。我想，这就是进步。他曾经认为我不喜欢旅行、缺乏冒险精神、神经过敏、不擅长做生意。我们第一次见面才过了几个星期，他的这番恭维使我大为鼓舞——他说话很有分量。

她很喜欢和那天的伴游人员待在一起，他是一个身材高大的年轻人，穿着标新立异的衣服，留着奇特的发型。他咧嘴大笑，有些让人害怕，但她并不害怕。他用招待方的户头，给她买了很多伏特加和堪培利酒，当她环视这个城市时，她觉得自己爱上了这里的一切。这种气氛，就像在结婚前她跟丈夫出去玩乐的夜晚一样。那后来又发生了什么？曾经，他们之间有过这样美好的时刻，感觉良好。

“好吧，如果杜邦公司不过来，这意味着到帝国大厦顶上只有119层了，那么我就必须把它建在山顶上，建在阿达斯特拉大楼那里，你知道吗？这是个合适的名字，不是吗？是的，我坚持这样，我想让它和原来一样高，高出海平面之上，比它原来的位置还要高。想想这景色吧！天色晴朗，我可以远远眺望北安普敦或德比，这取决于我朝哪里看。不，我对其他更高的建筑不感兴趣。帝国大厦具有历史意义，这就是为什么我认为应该小心保护它——而且以后也必须这样。顺便说一下，往新的河道中灌水做得很完美，环绕新曼哈顿的水体形状没有丝毫不同，现在水流的方向完全正确，明天你就可以坐上渡船，检查隧道和桥梁的关卡是否排列正确，比如宾夕法尼亚轮渡现在对应北威尔士轮渡。我们收费两便士左右，晚上人们会从爱丁堡开车过来坐渡轮。我想，那一定非常壮观。”

蜘蛛和我在一起很开心，我可以从他的笑容里看出来这些。他喜欢有想象力的女人。他告诉我，这座城市已经支离破碎，按照重建的顺序被保存在帕利塞德和波科诺斯，整个街区都装在反重力飞橇上，正在穿越大西洋。在我禁止使用亚音速破拆机的整片森林里，他们还是不得不使用那些东西。但蜘蛛说，如果我想要早些交付，就必须使用仓库和穿梭机。附近其他任何地方都远远不够用。我要求尽快开始重新植树的工作。

我坐上一辆双座飞橇，去观看帝国大厦地基在我特别指定的地方重新铺设。我在附近徘徊了好几个小时，简直无法解释自己为何如此害怕。我把这归因于兴奋。毕竟，我的所作所为并不是一件小事，这是有史以来的第一次。那天晚上，我失眠了，尽管我睡在东河——原名特伦特河——上由我建造的豪华船屋里。那是我知道的最舒适的地方。好几个晚上，我都睡不好觉。船屋是隔音的，把外面整天不绝的工程噪声隔绝在外：反重力飞橇把下一片地块拼图搬进来、玻璃纤维和老式混凝土搅拌机的大军、脚手架、喷灯、起重机、卡车、钻机，还有其他机械。不，我不是因为噪声而失眠的。每天，我都飘浮在这座不断发展的城市上空，充满乐趣地对比街道和地图。刚开始它看起来像浮藻和地衣，四方形的蘑菇正在发芽，但随着时间的推移，它迅速呈现出连贯的形状。明亮的黄色晨光会在一架又一架飞机的玻璃上反射回来，一些较小的建筑物甚至飘扬着旗帜，人们开始搬进来。每个小时，都有一辆新飞橇抵达，家具、箱子和人们开始安顿下来，他们回到自己的住宅、商店和办公室里。窗户上出现了人脸，人们想看看新地方的景致。大多数人似乎都很失望，因为他们看到的景色和以前丝毫不差。住在西88号公寓里的一位老人抱怨说，我们害死了他的猫。他指责我们把他的金合欢树栽错了地方，因为他的猫习惯了从5楼的窗户跳到某段树枝上，而它第一次在新地方试着这么做时，就摔死了。我们向他展示了方案详图，证明每一块石头都摆在原来的位置上——那猫一定是技艺生疏了。对此我很遗憾，但地面上的一切都和以前一模一样。在地下造了一个新的污水系统，里面有一个内置的捕鼠系统。这当然是我的主意，我花钱弄出了这项发明。支付足够的钱，人们就能发明任何东西。所以，这里不会再有老鼠和管道泄漏了。我觉得曼哈顿人会喜欢我的，即使是这样，他们似乎也不太不安。他们的生活将一如既往，如果他们想去美国度假，我会支付相关费用。我把所有这些细节都想到了。

我特别喜欢看高空作业者。他们比猫强，高度吓不倒他们。男性和女性都从事着类似的工作。蜘蛛的部落当然不需要工作，但这是一个传统，他们喜欢这项工作。

大家伙竖起来了，激动人心的时刻终于过去。我飘浮过去，身后映起炽热的夕阳，暮光反射到我身上，就像猩红色的血迹。天空湛蓝，我来回穿梭，眼前闪过一遍又一遍这样的景象。直到夜幕初临，云层变得绿油油的。我从我的玻璃塔里下来，脑海中满是狂喜，我已经拥有了史上最美丽的城市。那天晚上，我躺在床上，觉得好像有人想对我说些什么。但我知道自己太累了，就没有理会那些。我黎明前起床，朝窗外的河边望去。在小岛附近的某个地方，应该有一个叫作自由女神像的东西，但是我忘了把它包括在协议里。说到底，我想，谁想要那么巨大的一件雕塑品呢。如果我想要艺术，我已经拥有了整个古根海姆博物馆和里面所有的东西。

我必须承认，当时我对整个项目有点沮丧，但我把这归结为长时间的不耐烦，这让我感到不舒服。要实现一个梦想，六个星期似乎很长了。但就像蜘蛛说的：“你不会想要大通银行跑到巴特利公园里头，或者宾州车站跑到自然历史博物馆的大象底下，没错吧？”他能让我冷静下来。他说：“这是安排好了的。”他就是这么说的。他说服力胜过我，但论创造力还是我强。

“这件事结束后，我们下一步怎么办？”

“你有些什么建议？”我若无其事地说。

“我们合并怎么样？”我耸了耸肩，但并不粗鲁，我暗自乐坏了。与飞天蜘蛛的合并是一个伟大的项目。就好像我做了几个世纪的梦，突然成真了。

还剩下两天的观光之旅，她感觉很好。她不知道自己怎么会认为这个城市可怕，现在看来绝不可能。她坐在一家很棒的餐厅里，由一个男伴陪着，喝得有点醉，非常开心。男伴令人愉快，非常迷人。他倒了一些她不习惯的陈年红酒（“实际上，我们家通常会喝上几杯廉价酒”），然后他们就着红酒吃鱿鱼，再蘸满美味的橄榄酱，沙拉太完美了。他们吃着水果沙拉冰激凌，接着喝上美味的咖啡，她真觉得快活极了，快乐，幸福。她的同伴很漂亮，皮肤晒得恰到好处。她问他在哪儿晒的，他笑了笑，一点儿也不生气。他的古铜色皮肤不是晒出来的，他是一名纯正的莫霍克印第安人。白天，他在高高的横梁上高空作业，他做陪游工作只是为了挣点外快。他的妻子病得很重，医药费很贵。但是，他说，他们还是别谈这些了。他有很不错的东西展示给她看，在65楼彩虹厅。透过巨大的窗户，他展示给她看极其美丽的景色。不知怎的，就在那一刻，他们的双手就紧紧地牵在了一起。她被眼前的景象惊呆了，几乎不能呼吸，眼前的景色太漂亮了。雾气在他们身下的峡谷里盘旋，帝国大厦正朝着他们逼近，气势汹汹、奇形怪状，就像来自外太空的昆虫，像是天空中一件闪闪发光的珍宝，正朝大地上降落，越来越近。她向它摊开双手，被神秘而不真实的建筑所震撼，她情不自禁地爱上这个伪装成现代风格的奇特的哥特式建筑。她深深地希望能来这里永远住下去。她爱这个地方，也感到被宠爱着，就像在家里一样。

“飞天蜘蛛酋长”为货物延期一天交货而道歉。这都怪杜邦公司，他们在最后一刻才决定搬家。所以必须解决的问题就变成，如何把他们的办公室重新搬回大楼里面。我想出了一个独特的主意，把杜邦公司放在几层反重力飞橇上漂洋过海，这些飞橇都是由电脑控制的，这样就不用担心在漂浮运输过程中，整体会下滑几英寻那样的问题了。杜邦公司讨厌浪费工作时间，而我希望他们能尽快投入工作，所以我觉得办法很明显，就是要把整件事情一次性搞定。打字机和电脑照常工作，我给他们安装了临时短波电话，电梯门装上了双层锁。大约有 1.5 万辆飞橇被系在从 12 层以上到大楼顶部之间，激光正好从第十层的天花板上切过。在预定时刻，大楼就垂直地面飞了起来。真的，杜邦公司仍然电话繁忙，连一滴咖啡都没有洒出来。服务重新联网，所有的东西都检查过了，非常合适。我让他们用钢条和电磁铁把某些地方固定住，使连接处比原来更为坚固。所有的窗户都进行了变形测试——我们可不想让玻璃炸开，但任何地方都没有受到压力。蜘蛛认为我很聪明，能想到这样一个主意。而我觉得它也很聪明，能帮我实现这个梦想。合并后，我们觉得我们会做一些震撼世界的事情。

接下去就只是一些细节问题了，比如确保所有新通勤者们的家都令人满意——绝大多数人似乎都喜欢英国乡村风格。

地铁已经在轰鸣，我对这一切非常满意。

那天晚上的男伴很不错，他先带她出去吃晚饭，然后再带她去看戏。他们要去外百老汇剧院看三出独幕剧，她非常期待这个晚上的演出。（就像飞机上的那个男人说的，在回家的路上吸收一些文化回去。）她特别注意了一下自己的外表，她想起自己经常在家里也这样做，而自己的丈夫却熟视无睹。她对他的思念一天比一天淡，一想到要回到那个乏味的村庄，回到“疯狂”的秘书工作、家务和孤独的主妇生活里去，她就感到恐惧。但她告诫自己不要自私，不要愚蠢，因为这只是一次旅行而已，她只是走了好运，自私和贪婪的人要冒着失去一切的危险。

整个晚餐时间，她告诉男伴，前一晚当她站在第 65 层的狂喜的状态。她一边享用着放在冰上的蛤肉、浸泡在黄油里的软壳蟹，一边不得体地喋喋不休地诉说着纽约和曼哈顿的绝妙美景。直到帷幕升起，第一幕开演为止。在这段时间里，她向男伴讲述着昨晚的男伴，直到她看到他脸上露出一丝会意的微笑，她才明白过来，脸涨得通红。他是拿了报酬才如此殷勤体贴、善解人意的，她觉得自己既无聊又轻率。

当她坐出租车回家时，莫霍克人穿着工作服正等在门口。她毫不犹豫地邀请他进了她的房间。

他们不断地接吻，然后一起摇摇晃晃地躺了下来。是的，他们心意相投，他们相爱了。不，他们心知肚明，他们之间不会发生任何事情。他们对此无能为力，他的妻子病了，需要他。她的丈夫在家里等她。那是她一生中最为之冲动，也最可怕的时刻，她找到了那个真正的知己，却又失去了。她能控制住自己的感情，但她觉得这些感情从内心深处燃烧起来，永远无法愈合。

他默默地离开了，她既没哭也没睡。黎明时，她在一家药店里喝着咖啡，想出了一套能让痛苦和爱恋互相转化的公式。她把所有的爱都献给这座城市，永远，永远。她的痛苦变成了一种喜悦，城市里每一个醒来的声音都给予她欢乐。她确信，现在再没有什么能让她伤心了。

蜘蛛给我打电话："这些都是你的了，连下水道里的垃圾和蟑螂都是你的了。你想逛逛吗？"我拿起那块嵌着假睫毛的璐彩特硬块，我发誓那玩意儿在动，像是在爬行或是眨眼。我不得不笑了，我累坏了，但又觉得精力充沛。成就感对神经系统的作用真是惊人。我放下镇纸，对蜘蛛说不，首先我想做一件事。我有一种疯狂的渴望，想去看看曼哈顿岛上一片荒凉和光秃秃的样子。他吓坏了。

"你第一次走出自家后院，你要去看的居然是——一切都发生在这里！你成功了，你得到了你想要的。我花了那么多力气就是……"

"我懂，我懂，这只是我的感觉。我想要这么做。"我挂了电话。我对合并感到紧张，我们联合起来的力量可能太大，我们联合起来能完成可怕的事情。在电视上，他们采访了新泽西和周围一些地方的前住户，显然他们对故土没有太多的伤感。天气是唯一的问题，我正在处理这事。我想要的是像真正的纽约那样四季分明，而不是那种英国式的温吞气候，让你总是搞不清楚现在是什么季节。

一切都安排妥当，都是我的了。公司将召开正式会议，签署合并协议。出发前我给蜘蛛打了个电话。

"顺便问一下，你打算怎么处理纽约市的遗址？"

"我想我可以做一个古印第安人保留地……"

"待会儿见。"我笑着说。

一路上每分每刻她都醒着，直到回家。这趟航程妙不可言，跑道灯发出鲜亮的蓝光，从空中俯瞰城市的灯火，一场电闪雷鸣的暴风雨，黑绸般的云雾在飞机的双翼被撕裂。整个天空都被照亮了，就像她突然发现的新欢。坠入云端，就像失去了它一样。然后飞机直接向满天繁星飞去，前面有着一朵浓稠得好像玻璃液的白云，其中能看到的仅有最后一颗明星。她想到自己最后一个爆炸性的念头，她在想他，去想可能会发生些什么，然后又将这念头付诸外头的黑暗，因为如果她不这样做，可能就会发生某种极其可怕的事件。

我在曼哈顿这片荒凉的土地上徘徊，不明白自己为什么要来，这太愚蠢了。这地方既沉闷又鬼气森森，地面一片平坦，满是尘埃。我用了不到一个小时，就赶回家了。我没有马上着陆，但决定先好好看看这个新地方。当我第一眼看到它的时候，我以为我是因为睡眠缺失出现了幻觉。城市的天际线在颤抖。愚蠢地来回移动。然后我开始向人们大声警告，那些不可能听到的人们。建筑物向侧面倾倒，我险些被伍尔沃斯大厦的钢制圆顶砸到，它像火箭一样从我身边滑过，在深渊的某个地方炸成瓦砾。我把飞橇扶正，开始兜圈子、打转，我把控制开关调到自动避碰状态。显然，石膏矿塌陷了。矿顶已经坚实矗立了千年，但这次毕竟太过分了。所有的工程师和顾问都曾说过，它会成功，会很好——但他们错了。也许是亚音速破拆机造成了看不见的损伤，也许是我想让那个大家伙建在山顶上，那里正是洞穴顶最薄的地方。我在飞橇上什么也听不见，但我能想象。所有的尖叫、叫喊、哭喊，怀疑和恐惧的大叫，输电线路撞到地铁上产生的爆炸的回声。到处都烧了起来，煤气泄漏，建筑下沉，它们就像水果一样互相撞击。黄色的出租车就像砖石下的甲虫，喇叭在咆哮，然后一切都被向下吸去。上千英尺的白色石膏迸射而出，漫天飞舞，落到数英里内的黄色黏土上。巨大的压力使 10 英里外的比肯山抬出海平面 3 英尺——这些英国最古老的岩石要再过 100 万年才能变平。

我把飞橇开了回去，发现周围满是巨大的风和闪光，红色和蓝色，爆炸，日落，灰尘，火和电，有人造的，也有自然的，然后我看到了在寻找的目标——帝国大厦栏杆上的蜘蛛，他向我招手求救。大楼在来回晃动，我把自己在座位上系好，打开了舱顶。上升气流和尘埃几乎让我不能呼吸。我听不见他说话。我向他伸出手，一次又一次地尝试着，我尖叫着让他跳过来，但我忘记了飞橇的自动躲避功能。他跳进空中，我向上飞了起来，看着他不断下坠的身体，猛烈地坠落下去。我留下来看着这个岛沉下去，就像一个大坑的盖子被掀开了一样，空无再次占领了它自己的地盘，这是一声胜利的咆哮、一场贪婪的吮吸，大地渐渐闭合，这个深渊吞噬了它应得的一切。

那是地球上很久以前的事情了。我移民了。身无分文，无亲无故，无家可归，别无选择。我现在什么都没有了，毫无力量。我那时也没有。从来就没有，否则我应该能让一切截然不同。

（朝朝暮暮　译）

新图与旧浪

金斯利·艾米斯代表了英国科幻的异类，作为一个主流作家，他深爱传统科幻，却对新浪潮实验不以为然。这位名家因社会喜剧如《幸运的吉姆》（*Lucky Jim*, 1954）而蜚声文坛，该作品也为他带来了“愤怒的青年”[1]之称。1959 年，他通过普林斯顿大学的克里斯蒂安·高斯（Christian Gauss）系列讲座，用自己在主流文学界的名誉为经年挚爱的科幻做出了贡献。

这些讲座被整理为艾米斯的 1960 年专著《地狱新图》；它们为科幻确立了文学地位，而这可能也为科幻被纳入学术范畴，进入大学课程做出了贡献。与每月好书书友会颇有渊源的克利夫顿·费迪曼（Clifton Fadiman）与巴兹尔·达文波特（Basil Davenport）将自己的名字（和肖像）展露在了《奇幻与科幻杂志》的封底上，也各自在自己的选集中辑录了几部科幻作品。达文波特还撰写了一部短小的论著《科幻寻踪》（*Inquiry Into Science Fiction*, 1955），并为 1957

1. 特指 1950 年代一些在作品中表现出愤世嫉俗情绪的英国青年作家和评论家，得名于约翰·奥斯本的剧作，对标美国“垮掉的一代”。

年在芝加哥大学举办的系列讲座做了导论，该系列讲座由海因莱因、西里尔·科恩布鲁斯（Cyril Kornbluth）、阿尔弗雷德·贝斯特（Alfred Bester）和罗伯特·布洛克（Robert Bloch）担任讲师，并被辑录为书籍《科幻长篇小说》（*The Science Fiction Novel*, 1959），但该书籍仅由一家粉丝出版社进行了少量发行。1970 年代，主流文学作家罗伯特·斯科尔斯（Robert Scholes）与莱斯利·菲德勒（Leslie Fiedler）将关注点转向了科幻，斯科尔斯在巴黎圣母院做了一系列演讲，最终被收录为书籍《结构性寓言小说》（*Structural Fabulation*, 1975），他还与埃里克·拉布金合撰了《科幻：历史、科学、愿景》（*Science Fiction: History, Science, Vision*, 1977），与菲德勒合编了选集《清醒梦中》（*In Dreams Awake*, 1975）。

《地狱新图》与艾米斯本人的小说创作同样聚焦于科幻作为讽刺作品和社会批评的价值。随后，艾米斯又与罗伯特·康奎斯特合作编纂了一部颇具影响力的作品集，取名为《光谱》，该选集于 1961 年至 1965 年间发行 5 期，所选作品大多集中于美国科幻及《惊异》杂志刊载的小说，这也再次证明了艾米斯对传统科幻的热爱。

与许多同时代的人一样，艾米斯最初接触科幻是在当地的伍尔沃斯商店，那些旧货架上贴着“扬基杂志：趣味阅读”的标签。1981 年，他编撰了一部致力于科幻黄金时代的选集。在《永恒之镜》（1970）中，艾米斯为科德威纳·史密斯（Cordwainer Smith）的《鼠龙游戏》（“The Game of Rat and Dragon”）撰写了一篇导读，他在其中写道：“一个优秀范例，我所钦佩的作家正是此类……拥有独到之处却不炫耀自己的独到；尊重前人的作品，谦逊而具责任感地拓展前人的疆界；最重要的是，不因默默无闻而寻求庇护，而是以真正的探险精神，拒绝让读者陷入对情境的哪怕一点点怀疑之中。”在这篇导读的前半部分，他还表达了对自己“将正统文学观带入科幻领域”的担忧（这近似于迪娜·布朗[1]在科幻研究协会成立时的著名板书评论：“让科幻走出课堂，回归它所属的贫民窟中去”）。“论述与风格作为写作的辅助是必要的，但如今，在年轻一代作家群体中，无论从任何角度来看，这些辅助都已经喧宾夺主，成为小说的主要关注点。我可以真实而确凿地说，这是一种艺术上的堕落……真是科幻之悲！”

艾米斯 1922 年生于伦敦，先后就读于伦敦城市学校与牛津大学圣约翰学院，艾米斯做过 12 年大学老师，也在若干美国大学担任客座教授。他是一位多栖作家，在《幸运的吉姆》大获成功后，他又撰写了十余部主流小说，6 部短篇小说选集，近 12 部诗集、广播和电视剧本，范围甚广的非虚构作品，他还汇编了多部文集和科幻小说集。他在 1986 年获得了英国最权威的文学奖项——布克奖，并于 1981 年获得大英帝国司令勋章。

他也撰写科幻小说。他的第一部长篇小说《分支》（*The Alteration*, 1976）是一部平行历史叙事。在故事中，宗教改革不曾发生，欧洲始终处于一种天主教极权统治之中，该小说为它所属的子类型做出了杰出贡献，并获得了约翰·坎贝尔奖。《俄罗斯捉迷藏：一部情节剧》（*Russian Hide and Seek: A Melodrama*）也可定性为科幻，《反死小队》（*The Anti-Death League*, 1966）、《孙上校：一部詹姆斯·邦德冒险小说》（*Colonel Sun: A James Bond Adveuture*, 1968）与《绿人》（*The Green Man*, 1969）都包含科幻元素。

艾米斯在短篇写作上也成果斐然，如《宇宙中的海明威》（“Hemingway in Space”, 1960）与《奇异之事》（“Something Strange”,

---

1. 查理·布朗的第二任妻子，二人于 1970 年至 1977 年婚姻存续期间共同担任《轨迹》（*Locus*）杂志编辑。引文中的这句话针对枯燥乏味的科幻学术讨论，由布朗在 1970 年左右首次提出，其后在科幻圈广为流传。

1961）。《梅森的生活》（“Mason’s Life”）最早发表于 1972 年的《星期日泰晤士报》上，作品讨论了科幻最基本的主题之一——现实的本质。罗伯特·海因莱因在《你们这些僵尸》中，菲利普·K. 迪克在包括《全面回忆》在内的几乎所有作品中，及罗伯特·西尔弗伯格在《太阳舞》中，也做了类似的讨论，但《梅森的生活》只用了寥寥数语就把话题带了出来。

（憬怡　译）

梅森的生活

金斯利·艾米斯

“我能坐你这儿吗？”

抬头望向佩迪格鲁的男人中等身材，衣着寻常，神情空白，全然无可辨识，而佩迪格鲁手里举着一杯啤酒，正站在角落里的小桌子对面，与他对视。佩迪格鲁高大、英俊、五官精致，身上散发着一种热切甚至是兴奋的气息，若是在其他情境下，这样的态度或许会给他带来不甚友好的回答，但对面那人和蔼地说：“当然。请坐。”

“我能给你叫点什么吗？”

“不必，我这就很好，谢谢。”中等身材的男人指着面前那杯几乎满着的杯子说道。此间背景是常见的酒吧氛围，酒保、三三两两的酒徒，没什么引人瞩目之处。

“我们从没见过，是不是？”

“据我记忆所及，确实如此。”

“很好，很好。我的名字叫佩迪格鲁，丹尼尔·R.佩迪格鲁。你呢？”

“梅森。如果你想要全名，我叫乔治·赫伯特·梅森。”

“好的，我想全名最好，你觉得呢？乔治……赫伯特……梅森。”

佩迪格鲁说话的方式好像要把这三个短词刻进记忆之中。“现在告诉我你的电话号码吧。”

又一次，梅森本可能因佩迪格鲁强硬的态度而表示反对，但他只是说：“你可以轻易地在居民电话簿上找到。”

“不，这里可能有一些……我们不能浪费时间。求你了。”

“哦，行吧，反正这也是公共信息。2……325……”

“等一会儿，你说得太快了，我记不住。2……3……2……”

“5……4……5……4。”

“这可算撞大运了。我应该能记住这个号码。”

“如果这对你这么重要，你为什么不干脆写下来呢？”

听到这话，佩迪格鲁露出一种你知我知的微笑，但这笑容旋即转变为失望的神色。“你不知道那没用吗？不管怎样：2……3……2，5……4……5……4。我最好也把我的号码给你。7……”

“我不想要你的电话，佩迪格鲁先生，”梅森说道，语气中透出一点不耐烦来，“而且我得说，我很后悔给了你我的号码。”

“但你必须记住我的电话号码。”

“胡话。你不能强迫我。”

“那就说句暗语——让我们约定一个能在早上交换的暗语。”

“你介不介意告诉我，这一切都是为了什么？”

“拜托，我们没时间了。”

“你一直在重复这句话。这事儿已经——”

“这地方随时可能彻底变成另一副样子，而我会发现自己又到了一个完全陌生的地方，我猜你也一样，尽管我禁不住怀疑是不是——”

“佩迪格鲁先生，你若不立刻把话说清楚，我就要叫人赶你出去了。”

“好吧，”佩迪格鲁脸上失望的神情更深了，“但我恐怕讲清了也没什么好处。你看，当我们开始说话的时候，我以为你肯定是个真人，因为你——”

“看在老天的分儿上，把你那些傻话省省吧。照你的说法，我不是个真人了！”梅森发怒道。

“我不是那个意思，我指的就是这些单词真正的字面意义。”

“哦，天哪。你是疯了，还是醉了，还是怎么了？”

“根本不是。我是睡着了。”

“睡着了？”梅森全无特征的脸上显露出全然不信的神色。

“是的。就像我一直在说的，一开始我以为你是另一个真人，跟我处在一样的境况之中：深度睡眠，做着梦，清楚自己处在梦境之中，焦虑地想要与自己能接触到的实体交换姓名和电话号码以及所有这类东西，以便隔天能够联络，确认我们的共同经历。这或许能够说明意识具有某些了不起的能力，不是吗？——人们在梦里互相交流。很遗憾，人们很少意识到自己正处在梦境之中。在过去的20年间，我只实践过四五次，从来没有一次真正成功。要不就是我忘了梦境的细节，要不就是发现这人不是个真人，比如这次。但我不会放弃——”

“你有病吧。”

“哦，不。我完全可以想象世界上存在一个你这样的人。但这次，你可能并不是真实的人，不然你肯定会立刻意识到这是真的，而不会像这样跟我争辩个不停，我觉得是这样。就像我说的，我可能是错了。”

“你肯这么说，看来还有救。”梅森冷静下来，小心翼翼地点燃了一支烟，“我不太懂这些事，但你既然肯承认自己的错误，也就不会偏离正轨太远。现在我就先跟你做个保证，我绝不是5分钟前才出现在你意识中的，就像我对你说的，我的名字叫乔治·赫伯特·梅森。我46岁，已婚，育有三子，在装修业工作，噢，见鬼，要想给你把我至今为止的职业经历简述一遍，恐怕得花上整个晚上了，任何一个记忆力正常的人都难免如此。让我们把酒喝完，然后一起去我家坐坐，这样我们就能——"

"你只是一个在我梦里说这些话的人，"佩迪格鲁大声说，"2-3-2，5-4-5-4。如果这个号码真实存在，我会打过去的，不过电话的另一头一定不是你。2-3-2-……"

"你为什么这么焦虑，佩迪格鲁先生？"

"因为你身上随时可能发生的事。"

"什么……你是在威胁我吗？"

佩迪格鲁的呼吸变得急促。他那张英俊的脸庞开始变得粗糙，那件粗花呢夹克上的图案变得模糊起来。"电话！"他大喊道，"时间一定已经比我以为的更晚了。"

"电话？"梅森重复道，一边眨着眯起来的眼睛看着佩迪格鲁的形态渐渐发生变化。

"我床边的那个！我要醒了！"

梅森抓住了对面这人的胳膊，但这只胳膊已经失去了其大部分形态，变成了一个愈发黯淡的模糊光影，当梅森转头去看自己试图抓人的那只手时，他看到自己抓住的是自己的手，他艰难地发现，这只手上的手指也不在了，接着手心、手背、皮肤都不在了，什么都不见了。

（韶光　译）

上帝问题

迈克尔·约翰·哈里森（Michael John Harrison）1945年出生，在沃里克郡接受教育，并在那里当了两年的教师，在摩考克的《新世界》诞生之时，哈里森正日趋成熟。20世纪60年代，年轻的哈里森在动荡的英国，发现了一本令人兴奋的新杂志的诞生，这一定令他相当振奋，哈里森很快就与之展开合作。1966年，他成为《新世界》的文学编辑和评论员。1968年，当《新世界》遭遇财政困难时，他发表了自己的第一篇短篇小说《咩咩黑羊》（“Baa Baa Blacksheep”）。也许恰当些说，他将《新世界》的“熵图景”吸收成了自己的，在他的“弗立康尼”（Viriconium）系列故事和小说中，他更进一步提出了人类的命运和身心状况正在慢慢倾颓的观点。

他的第一部长篇小说《献身者》（*The Committed Men*, 1971）于1971年出版，书中对核灾难后的地球进行了怪诞的描述。他的第二部作品《粉彩之城》（*The Pastel City*）于同年出版，向读者介绍了“弗立康尼”系列故事的背景，作品讲述了一个衰落文明中，中世纪社会模式与先进技术和武器之间的冲突。遥远未来的城市（和世界）

吸引着作家们，去思考它的许多可能性和含义，早在 H. G. 威尔斯的《沉睡者醒来时》和《当代乌托邦》(*A Modern Utopia*, 1905)就开始了。E. M. 福斯特写于 1909 年的《大机器停转》和约翰·坎贝尔写于 1934 年的《黄昏》设想了同样的人类末日，但它们却看到了不同的原因、机器所担任的不同角色和不同的结果。

阿瑟·C. 克拉克在《夜幕未落》[*Against the Fall of Night*, 1953, 1956 年修订为《城市和群星》(*The City and the Stars*)] 中设想了一个遥远未来的城市，艾萨克·阿西莫夫笔下的终极城市从《钢穴》(*The Caves of Steel*, 1954)中那个巨大而有着屋顶的复杂建筑体发展到了"川陀"——在"基地三部曲"(*The Foundation Trilogy*)中那颗成了一个城市的行星。但将城市作为堕落和衰败的象征，则可能首次出现在 1956 年 J. G. 巴拉德的故事里，那些故事后来被收集在《朱红沙滩》(*Vermilion Sands*, 1971)中，而哈里森的小说与摩考克始于《异域热潮》[1](*An Alien Heat*, 1972)的"时间尽头的舞者三部曲"，以及埃德·布赖恩特的《丹砂城》(*Cinnabar*, 1976)均有其相似之处。

自苏美尔时代以来，城市一直代表着进步——吉尔伽美什就自豪地指点着他建造的乌鲁克城——同样也是堕落的象征。哈里森在《翼群风暴》(*A Storm of Wings*, 1980)、《在弗立康尼》(*In Viriconium*, 1982)和那部描写粉彩之城夜生活的短篇小说集《弗立康尼之夜晚》(*Viriconium Nights*, 1984)中都在探讨这一主题。在中间，他还穿插发表了《半人马座装置》(*The Centauri Device*, 1974)、《漂浮的众神》(*The Floating Gods*, 1983)、《攀登者》(*Climbers*, 1989)和其他两本短篇小说集——《十号井的机器与其他故事》(*The*

1. 本书标题引自英国诗人西奥多·瓦提斯罗的诗歌《温室花朵》。

Machine in Shaft Ten and Other Stories, 1975)、《冰猴子与其他故事》(*The Ice Monkey and Other Stories*, 1983)。在第二部短篇小说集中，他再版了《安放世界》("Settling the World", 1975)，该故事首次发表于托马斯·M. 迪施(Thomas M. Disch)的乌托邦故事集《新改良的太阳》(*The New Improved Sun*, 1975)中。

乔治·凯利(George Kelley)在《20世纪科幻作家》(1981)中，称哈里森是"一位杰出的设计师，他的作品以生动、可笑的形象捕捉到了怪诞和颓废，这些形象既迷人又独特"。哈里森也说过，他的"作品是拐弯抹角的、浓缩的、充满暗示的、有着构造细致的表象……背景和事件用来增强主题，人物性格和意义并没有被陈述出来，而是让其自我涌现出来……"然而，在同一份声明中，他断言："我已经远离了《粉彩之城》的极端荒谬主义和《翼群风暴》——它们强调的是行动的失败，以及对行动的恐惧……"

《安放世界》无疑相当好读，尽管它的含义更加难以捉摸——除了"存在毫无意义"这点。他曾写道，除了那点，他的小说关注的是，人们"在一个无意义的、偶然的宇宙中，将自己视作一个活生生的个体"。他写道，"这种存在主义观点最激进的表达之一"便是《安放世界》。

正如故事的第一句话所揭示的，《安放世界》的主题是关于上帝的回归。在科幻小说中，上帝并不是一个受欢迎的主题，除非像莱斯特·德尔·雷伊(Lester del Rey)的《晚祷》("Evensong", 1967)和乔治·泽布洛斯基(George Zebrowski)的《异教之神》("Heathen God", 1971)那样，显示上帝的堕落，而不是人类的。然而，处理这一题材的故事还是有些值得注意的，包括克利福德·D. 西马克(Clifford D. Simak)的《造物主》("The Creator", 1935)，奥拉夫·斯台普顿的《创星者》，阿瑟·C. 克拉克的《童年的终结》，布赖恩·奥尔迪斯的《巨大上帝的异端邪说》(“Heresies of the Huge God”, 1966), 菲利普·K. 迪克的《我们来自弗洛里克斯八号的朋友》(*Our Friends from Frolix 8*, 1970), 格雷戈里·本福德和戈登·埃克隆德的《若星辰乃是众神》(“If the Stars Are Gods”, 1974)。

《安放世界》印证了凯利对哈里森作品“既迷人又独特的形象”的评论，同时也印证了《新世界》的观点，人类面对无法言说、无法理解和势不可当之物的无能为力。

(朝朝暮暮　译)

安放世界[1]

迈克尔·约翰·哈里森

第二波（阿波罗 B 系列）探险队在月球背面发现了上帝，随后又进行了浩大而危险的牵引工作，将祂带了回来，重新开始祂的统治。就像曾经预想的那样，地球上开始了一段意义深远的变革时期。我无须一一详述，比如在气候和政治方面的大量改进、新式药物、全球最低基本工资，或者是造福人类的地理变化。然而，尽管进程迅速而“显著”，某些人类机构仍照常运作了一段时间。我想那些天然倾向官僚主义的体系尤甚，那种结构本身就不利于下放权力。

我长期工作的部门就是其中之一。因此，在新政权成立后，4 月的第一个星期一早晨，我接到了一个让我去见我上司的电话，完全是通过正常途径：备忘录发出后，无精打采地在秘书系统和打字间中传递，最后通过我的秘书帕吉特太太传到我这里。帕吉特太太在那之后退休了，我相信她是去她母亲在萨里的一个商品菜园里帮忙干活了。从容不迫地处理完我剩下的其他邮件后——在最初那段日子里，我们都愉快地放松下来，垂下我们的肩膀，就好像是，穿上

1. 本文标题出自《圣经·撒母耳纪上》第 2 章：“他使一些人贫穷，一些人富足；他使一些人卑微，一些人尊贵……大地的根基属于主，他把世界安放在根基之上。”

了大一号的衣服。我搭乘电梯上了大楼的顶层，按惯例上司待在自己的办公室里，我发现他正在沉思。

“看那个，奥克斯拉德，”他招呼我过去，指着下面一览无余的城市全景说道，“下面的空气肯定更新鲜了吧。现在可没有那么匆匆忙忙了，嗯？空气清新，人们精神焕发！”

的确如此，当我低头望着干净安静的街道，那里微风轻抚、阳光明媚，使人充满活力。我也想着同样的事情。公园里，成百上千的黄水仙群花绽放，长椅上坐满了老人，正在享受着新天气带来的宁静。不知什么地方，一只大钟正敲响10点，发出深沉而响亮的声音。与往年灰色的春天截然不同：那时雨水如注，把广告牌上的广告都打落下来，让它们凄惨地随风而下，落在熙熙攘攘的人群低垂的头顶上。那些日子真没有什么乐趣。

“即使是您，先生，也一定发现情况变了。”我大胆地说，“一开始——”

“啊，奥克斯拉德，”他打断了我的话，“还有那么多事情要做，我几乎没时间离开这间可怜的办公室。无论多么缓慢，任务都在推进下去，我的时间并不由我自己掌控。”我的上司喜欢这样，话不说尽，也许他的天性如此——谁知道呢？或者是他的地位将这种性格强加给他。但他还是很客气地把话题转到我的妻子玛丽和孩子们身上——他一向很体贴——然后我们的话题又转到兰花的种植上。这是我的一个爱好，伊舍的新气候正适合种兰花。我以应有的谦恭态度告诉他，我用一些英国兰花类型，比如红火烧兰[1]，在户外跟它们那些更具异国风情的表亲们杂交，已经取得了一些实打实的成果。

几分钟后，我们开始讨论部里的工作。“奥克斯拉德，”上司说，

1. 一种英国特有的珍稀兰花品种。

"我想让你看看一些照片，送它们来的人是——"说到这里，他提到一个我们最值得信赖的特工名字——"就在今天一大清早。"

他把房间调暗，一个白光构成的长方形出现在墙上，很快长方形就被一系列奇怪的幻灯照片填满了。"奥克斯拉德，这是上帝大道的静态照片。"事实上，我很难弄清楚它们到底显示了什么，我只看到一些杂乱无章的光与影形成的方块和长条。在每一帧的中心，都有一些模糊的物体，它们有着同样的颗粒感，我看不懂这些代表着什么。"当然，照片质量不好。但我有理由相信，它们只能代表大道突然活跃起来，车水马龙啊。"他略有所思，停了一下，让最后一幅画在屏幕上停留了一会儿（我想了一下，我能从画中辨认出某种巨大的有机物形状），然后画面被切换成长方形的白光，一直投射在墙上。

"真是一片白茫茫呀。"他喃喃地说，我们盯着它，舒服地沉默了几分钟。然后他说："我觉得这可能和那次 8 埃[1]光谱事件一样重要，奥克斯拉德。"

那是件棘手的事情，解决它靠的与其说是实际行动，不如说更多靠的是形而上学。我对此印象深刻，因为正是那起事件让我爬到高管的位置上。

"我要你下去，四处看看。可以对外宣称是在测试空气之类的。我们一向对这条大道很感兴趣。"

上帝的大道，一个永恒之谜。当然，我们部里没人知道，为什么上帝要建造这条大道，为什么祂需要在泰晤士下游河口，和曾被称为"工业区"的中部地区之间建立联系。是的，没有一个高管知道——如果我的上司知道的话，他也出于某种政策或个人喜好的原

1. 埃是光谱线波长单位。

因，不让我们知道此事。我们怀着强烈的好奇心，但不便表露出来。所以我很高兴有机会一睹这条大动脉的风采。我知道，它始于绍森德前面，向西北偏北方向延伸了125英里。据说它有20条车道，1英里宽，一切凡人交通都不得利用这条大道（事实上，那里也没有入口），而这正是上帝的意旨所在。

“你明天下去一趟，奥克斯拉德。看看那里还有谁，回来给我报告。”百叶窗拉了起来，上司又一次凝视着窗外。看过投影仪的长方形白色强光后，阳光显得温暖而柔和，有那么一瞬间，外面更像是秋天，而不是春天。“还有太多事情要做，奥克斯拉德，”他若有所思地说，“但无论如何，这是一幅鼓舞人心的景象。祝你好运。”

我上司的命令有时难以解读，但这次，我觉得他已经把话说得够清楚了。

第二天早上7点半左右，我经过利物浦街，搭乘一趟令人惊叹的新型列车到达了绍森德，我发现那里到处都是白色的海鸥、阳光和令人神往的宁静。我决定在海滨吃一顿安静的早餐。我一向很喜欢埋鞋街上那排拱廊咖啡馆，每家的前院都精心打理过，摆满了花哨的雨伞和色彩鲜艳的桌子。你可以在那里听到帆船在灯光下拍打着海堤，激起阵阵浪花。如果你只想一饱口福，选一家咖啡馆只是分分钟的事，但要选一家合适的馆子，选最适合你当时心境的那家，就是一件严肃的事情了。因为你可能整个上午都坐在那里，陶醉在眼前的海景中。

我就是在其中一处遇见埃斯特拉迪斯的，他懒洋洋地靠在板条椅上，手里拿着一瓶矿泉水和一根细长的雪茄。

在旧秩序中，埃斯特拉迪斯也许是我最狡猾的对手。当然，现在这一切已烟消云散。但曾经有一次，在柏林老玛格丽特大街高处一间冻得可怕的房间里，我有过机会朝他的一只膝盖开枪。仅因为一次无线电接收上的事故，他幸运地躲过一劫。现在，我们心怀喜悦又小心翼翼地相互致意。从职业角度讲，我们彼此知根知底，但几乎没有什么共同之处。他身材高大、举止优雅，但多少显得有些憔悴。他比我年长，喜欢穿着华丽的白色亚麻套装，别着硕大的纽扣眼花（尽管我注意到，今天他佩戴的康乃馨完全比不上我身上自己家里种植的蝴蝶兰[1]）。他很好地掩饰了自己的年龄，但他眼睛周围的皮肤已经轻微地凹陷下去，让他略显老态，再过一年左右，他就会老态毕露了。有人说他是乌克兰人，也有人说他是来自天山西侧的吉尔吉斯斯坦人。但是他有着一对属于法国知识分子那种懒散而坚定不移的眼睛，有着一份属于失去一切的波兰伯爵那种孤僻而又略带讥讽的幽默感。埃斯特拉迪斯当然不是他的真名，但这是我们唯一能用来记住他的名字。

在我看菜单的时候，我们互相寒暄了一阵，讲了一些彼此朋友和敌人之间的趣闻逸事。埃斯特拉迪斯说他很无聊。他说，他听信了一个传闻（他最看重任何来自于亚历山大的消息），他已经在绍森德住了几天了。他说："你肯定是对大道感兴趣。奥克斯拉德，我的朋友——不，不，我瞅一眼你的肩膀就全明白了。"他以一种特殊的克制方式笑了起来，瘦削的疤脸仍然一动不动，只是微微抿了抿嘴唇："我们都老了，别兜圈子啦。如果你没有那么自负的话，听听我的建议吧。我在这里已经待了一个星期，除了大家都已经知道的事情，在这里白天什么都看不见。晚上再去，晚上再去。"

"那些大家已经知道的。"——我怎么能承认我对此一无所知呢？我立刻决定双管齐下，然后便岔开去聊另一个话题。

后来，埃斯特拉迪斯靠在椅子上打了个哈欠："老实告诉我，我

1. 此处原文"蝴蝶兰"的拼法用了 H. G. 威尔斯的作品《奇怪兰花的绽放》中使用的拼写，当属致敬。

的朋友，你对这一切有什么看法？”他做了个手势，指了指大海、埋鞋街，还有那些白色的海鸥，犹如在碧水和蓝天的婚礼现场撒出的碎纸纷飞。我感到迷惑不解，我觉得今天的天气格外地好，我从来没有吃过这么大的虾。他盯着我看了一会儿，然后仰头大笑起来，露出整齐得出奇的牙齿。“你和以前一样，躲躲闪闪的，”他擦着眼睛说，“奥克斯拉德，你要么是世界上最愚蠢的人，要么就是最谨慎的人。你看，这儿只有一个女服务员，而她正在听她的半导体收音机呢。‘这个’，我指的是这一切，这个——”他停了下来，略有所思道：“我们发现自己生活在这里，这个天堂属于蹩脚诗人和领着养老金的老人，我们也属于后者（而你和我，我们曾在西欧一半的排水沟里啃过骨头！），在这温暖的伊甸园里，我们能做的只是在肯特郡的阳光花园中阅读 C. S. 刘易斯的作品，或者——上帝宽恕我们——侍弄花草。‘祂正每时每刻地投射到我们心中，于是我们的现实受之于祂的现实良多……’这就是祂留给我们的全部吗？”

“可是，埃斯特拉迪斯，”我怀疑他的这种失魂落魄是装出来的，我发现他在我的款待下玩得很开心，我有点尖刻地说，“你在这儿玩得很开心，我种兰花，这就足够了——以前我也不会有更多要求。而你——为什么呢，你坐在绍森德的一张咖啡桌旁，或者安特卫普的某座法国小餐馆里，也许比以前更自由地发挥你的才智，你的（如果我能这么说的话）这种不切实际和玩世不恭。没有人要你去写蹩脚的诗歌——或者，实际上去评价别人的诗歌。我们都对自己的生活方式心满意足。”

他缓缓地点了点头：“说得有点道理，是这个理儿。但我并不在乎。一个人仅仅因为不满意就能得到满足吗？难道现在允许我觉得不满了吗？我已经考虑过了。我心怀不满。”他悲伤地望着大海，挥动双手。他的脸松弛下来，衰老不堪。有那么一瞬间，一种我无法形容的饥饿感照亮了他的眼睛，他的样子那么优美、漫不经心、无所顾忌，他的姿态以及所有一切，都在我眼前消失在虚空之中。最后，他转过身对着我，抽上雪茄，审视自己沾着尼古丁的优雅手指。他的手指微微有些发抖，竭力恢复年轻时埃斯特拉迪斯的样子——那个被宠坏了的诡辩家和街头花花公子。“奥克斯拉德，我怀疑我们被抢劫了，但我不知道是怎么回事。就像你说的，每个人都心满意足。那么，我又是怎么错过一切，还对此念念不忘的呢？”

我付了我的账，起身要走。到那时，他又变得安静自在了，他尴尬地笑着，寻找着这个世界，仿佛他一直都想让我看看这假象背后有些什么。他似乎在说，这是我们之间的秘密。我的老朋友埃斯特拉迪斯，并不像看上去那么脆弱。

“这是我最后一次来这儿了，奥克斯拉德。”他把雪茄捏灭，突然说道，“只要再搞清楚一件事就行了。”当我没有回应他的邀请之时，“等一下。”他敏捷而优雅地站起身来，向海滨那儿四处打量着。“艾森伯格！”他向那人叫道，“你一定还记得艾森伯格。”他对我说：“从洛雷托广场的暴乱中——？”

我不记得艾森伯格。但是，在这新朝代开始之前的混沌岁月里，我曾遇到过成百个像他一样的人，世界上每个首都，那时都似乎处于动乱之中，污秽不堪，人们在不知不觉中期待着即将升起的洁净太阳。艾森伯格迈着柔和的脚步慢吞吞地穿过黎明时分的车流，走在埋鞋街上。他是一个身材高大、肌肉发达的西班牙裔犹太人，对司机们毫不在意，只有他们为了避让他而刹车时，才会不安地冲司机们咧嘴一笑。他的前额布满了皱纹，眉毛被一道又长又皱的伤疤遮住了，那是从近东石油政变或宗教战争中遗留下来的。

他站在人行道上，露齿而笑，安静地站着。他给明亮、温和的沿海天气带来了某种来自黑门山严冬高峰的寒意。

埃斯特拉迪斯在近处看着我们俩，欣赏他营造出了什么样的效果。他似乎很满意。“天黑之前你什么也做不了，”他告诉我，“我们三个人可以一起进城去，缅怀一下过去的事情，在这场滑稽剧般的上帝显灵之前——”

艾森伯格笑了起来。“那些该死的条纹伞，嗯？”他突然开口说道，“就这么办！”

“我想无论如何我还是要去看看。”我说着就走开了。我能感觉到埃斯特拉迪斯在背后盯着我，也许带着轻蔑的目光，也许觉得好笑。如果他的动机仅仅是为了让我难堪，那他就失败了。他像一个聪明的魔术师一样，他用焦虑、廉价的语言哲学和闪电般的情绪变化，让我困惑了大概半分钟。但是，他把那个犹太人引入这个原本很完美的早晨，戳穿了他的假象，所有他“游戏”的空洞和表演性都引起了我的注意，他的旁敲侧击和故弄玄虚反而自毁形象。当我漫步在河口北岸时，没有什么能阻挡我跃跃欲试。我第一次瞥见了上帝自己的道路，我身上蝴蝶兰的香味与大海的气味巧妙地融合在一起，我一下子就把他抛之脑后了。

在希尔内斯海角的老炼油厂几乎正对面的地方，上帝的大道浮出水面。附近没有房子，一条通往埋鞋街的小径在那里抵达终点。它沿着一条宽广但边缘不是很清晰的堤道出现，周围的空气似乎也在激动地嗡嗡作响。在那个愉快的日子里，我怀着敬畏的心情站在那里，我不清楚那是用石头做的，还是用某种不易分辨的东西造的。我几乎看不清路面和海面之间那个至关重要的界面——在那里，海浪沸腾，浪花像流动的透明帘子一样挂着，到处都是最奇异的色彩。没有什么比这20车道的碎石路更令人印象深刻的了（大道仿佛从更遥远的别处而来），它从烟雾中向着内陆奔涌而去，欢快、精确而坚决。

在某种程度上（尽管那么地琐细卑微），埃斯特拉迪斯被证明是对的，什么都没从水里冒出来，我在那里搞不到什么具体的情报，我只能到别处去找些情报回去汇报给上司。然而，我整个上午都在观察着变幻无穷、异彩纷呈的水花，想知道是什么样令人神迷的能量生出这种奇观。与此同时，几只银鸥俯冲而下，盘旋而过，显然它们只是为了享受这种感觉带来的快乐。如果我有翅膀，我一定会跟着它们在空中旋转飞翔！

那天晚上，我出发去对这条大道做进一步的探寻。我的打算是在镇子后面向内陆进发，在离大道起点处大概 3 英里的地方拐到大道旁。当我离开的时候，浓厚的海雾笼罩在郊区上空，雾气迅速幻化出一道道飘浮不定、变幻莫测的堤岸。我带了一个小巧而强力的手电筒、一瓶热茶。我还带上了一件暖和的外套，以及一副分辨率很高的野外望远镜，都是多年前在多特蒙德买的。在小镇东北边缘与上帝达到之间寒冷的田野里，在废弃的住宅区里，我意识到自己并不孤单。但我也确信，黑暗中那些鬼鬼祟祟的行动并不是冲着我来的。“我们始终对大道很感兴趣。”上司这么说过。那天晚上，许多人一定对它也很感兴趣，时不时就有一队密探穿过浓雾朝它走去。

我迷了路（我一向不喜欢黑夜，这对我的职业来说也许是个严重的弱点，我常常思考这个问题），结果我走的路线反而比原定计划提前抵达了大道，但这无关紧要。一道高高的堤岸高耸在我面前，指向天空中奇异的新星座，大约两年前，这个新的星座出现在天空中，预示了人类对于上帝的重新发现。当我奋力爬上那巨大的土方工程时，我已经听到了向北行驶的重型发动机的声音。大道苏醒过来，我靠近铁栅栏，擦掉了夜视望远镜头上凝结的水珠。

现在我看清楚了，每一条车道上都有车辆经过。在我的视野内，有 40 多辆重型汽车呻吟着，正沿着略有坡度的大道向北爬行。每一辆都超过200英尺长。通常是一个牵引单元在前，后面拖着一辆巨大的低矮拖车。不过还有不少车辆像铁路列车一样，由五六个组件组成。它们都统一刷成了哑光黑，上面还有一些巨大的铆钉。虽然每辆牵引车都有着像驾驶舱的地方，但是窗户后面却什么都看不见。我不知道这些车辆是靠什么动力驱动的——它们似乎爬行得颇为吃力，速度都不超过每小时5或6英里——然而一种强大动力带来的热浪，笼罩着每一条车道，我脚下的大地在颤抖。

飘移的雾气使我的观察断断续续，看不清楚，由于空气的某种变形，我很难看清楚远处的车道。起初，我的感觉和上次在上司那儿看到幻灯片的感觉差不多，虽然我现在可以对面前的画面有一个大致了解，尽管如此，每次短暂一瞥看到的中心目标都仍然难以解释。我看明白了大道，也看明白了车辆是怎么回事，但我对车辆上的货物仍然迷惑不解。这种商业活动太奇怪了——在夜色里，那些黑影仍然模糊难辨。

然而，突然间，我的眼睛和大脑似乎做了必要的调整。我看明白了，比例才是理解问题的关键。我能看到面前的物体，实际上是巨大的人形四肢。

在离我很近的第二或是第三条车道上，一截手腕直立着，一只人类的拳头裹着防水布慢慢经过。那只手紧握着，手掌朝着我这边，是只大概30英尺高的左手——如果手掌张开，从手掌根部到指尖的距离能有60英尺。裹在上面的防水布轮廓分明，不停拍动着，钢缆把它固定在车辆底座上。一霎那我把一切都看清楚了——然后浓雾形成的堤坝又把它永久地遮住了。有一段时间，我兴奋地有些得意忘形。我忘记重新调整镜头的焦距，我绝望地扫视着更远的车道，我只看到一些缓慢而神秘的东西在移动着，就像一些已经灭绝的爬行动物，在一片过于茂密的苏铁森林中穿行。

接着，一条真是大得异乎寻常的前臂在离我五条车道以外通过，它有一百多英尺长，肌肉发达。接着，我目睹了一场惊人的游行——巨大的小腿和大腿、手和脚，还有一些难以辨认的形体，我觉得是人体更隐秘的部分，可能是人体内脏。这场游行伴随着上帝引擎的呻吟和悸动、伴随着大地的颤动。最重要的是，那股几乎不经意般消散于空气之中的巨大能量所带来的感觉。

天快亮时，大道上的交通变得断断续续。最后一段肢体爬了过去。它搁在几个支架上，由两辆拖车一起搬运过去。大雾再次笼罩大地，一切活动都停止了。

我从原来蹲着的地方僵硬地站了起来，我的膝盖疼痛，勉强地站立，我的手又麻又冷。每件东西上都沾着微小的露水，我的外套、双筒望远镜、铁栅栏上都是。在寂静中，我的耳朵却觉得不适，好像内耳道里的压力突然减轻了。我花了一两分钟时间，用双臂拍打着身体两侧，试图让身体变得暖和一点，活络起来。但我离开的时候，仍然疲惫不堪。

我在河堤脚下站了一会儿。这里不再是一片死寂了——我身边都是一片神秘的移动之声，其他的观察者们耸耸肩膀，打着哈欠，收拾仪器准备离开大道。黎明照亮晨雾，雾气内部光芒四射，无疑让眼睛很不好受。离我很近的地方，有两三个人从我身边走过，低声交谈着——我看不见他们。然后，微弱而绝望的叫声从飘浮的、明亮的雾中传到了我的耳边。奔跑的脚步声沿着河堤的顶部沉重地向南移动。“抓住他！”有人喊道，接着又喊了几句，语气激动而让人听不清楚。

我转身往回看。埃斯特拉迪斯突然出现在我身边，雾气似乎无声无息地在他身边消散。他穿着一件毛皮衬里的皮夹克，那是他年轻时参加欧洲空战时留下的纪念物，满是补丁和油渍，勾勒出他的消瘦身材。他喘着粗气，盯着我看了一两秒钟，好像难以认出我似的，接着他向雾里急声喊道："他是你的了，艾森伯格——他现在就在你前面大约100英尺的地方！"一声枪响，逃跑者的脚步变得跌跌撞撞。

"看在上帝的分上。"埃斯特拉迪斯厌恶地说。他从口中取下雪茄，朝着它皱起眉头。"永远不要相信犹太人。"然后，他用截然不同的语气说道："想想你已经看到的，奥克斯拉德。"他轻声向我建议道："你回不去伊舍了。你知道上面正在发生什么，你怎么还能继续下去呢？你怎么才能再次觉得安全呢？"他想了一会儿，点点头，从飞行夹克口袋里掏出一把小左轮手枪。"难道什么事情都要我亲自动手吗？"他对艾森伯格说道，"如果他跑了，一切都完了！"然后他又一次消失在雾里。过了一会儿，明亮的空气里又传来两声枪响。我等了一会儿，可是埃斯特拉迪斯没有回来。我穿过潮湿的田野往回走，心里在想，河堤上那个可怜的家伙是否知道是谁在追他。这真是一趟艰难的跋涉。

上午稍晚些时候，我仔细考虑了一下自己的处境。我所取得的进展可以归结为以下几个问题：据我观察，车辆的最高时速为六英里，上帝的车辆不可能在一夜之间走完全程，然而到了白天，大道上却一片寂静，整条大道被遗弃在大风和阳光中。那么，车辆又到哪里去了呢？这个反常现象引人入胜而又意义重大——但我能确信我的上司对此一无所知吗？埃斯特拉迪斯知道这些事情，也许还有别人也知道。我意识到，要是我仅以这一种视角回伦敦报告，这份报告并不完整。比较稳妥的办法是，假设我的上司还有其他感兴趣的地方——而那一点迄今为止似乎还显得无关紧要。

我又想起了埃斯特拉迪斯。

那个沉默寡言的侨民，在政治地壳下走出了一千零一个迷宫的幸存者，他喜欢将他的动机说成是单纯的好奇心（在他那令人讨厌的无精打采的背后，隐藏着的不仅是那天早晨我在埃塞克斯雾霭中所看到的那种敏锐而狂野的精力，而且还有一种力量，正如我不止一次付出代价才发现的那样，一种微妙的、无情的、不平静的思想）——但只有某些特定的目标，才能使他离开北非的那座河边露台，放弃隐退生活，钻进英格兰寒冷的早晨拔出手枪杀人。他是循着怎样一条细微的线索，一路穿过马赛的妓院，走过布鲁塞尔灰色的林荫大道，最后来到滨海绍森德的?

那天上午剩下的时间里，我都在人群拥挤的海堤上找他，我淹没在那股汹涌澎湃、无拘无束的人潮中，到处都是裸露的红色手臂，轻快的歌剧，煎鱼、熏衣草和瓶装黑啤酒的气味。我知道他在等我。中午，开始下起了少见的毛毛雨，天空中时而夹杂着黄褐色的云，时而出现微弱的银色阳光。滨海广场突然变得阴冷而空旷。我坐在一块石头上，躲在码头的阴影下，抬头凝视着支柱和翘曲的木板，它们支撑着轰隆作响的老虎机和射击场，上面布满了盐渍。大喊大叫的孩子们坐在高高的白色栏杆上面。当我朝拍岸碎浪的银色水线望去时，埃斯特拉迪斯站在锈蚀的铁栏杆铸成的大道尽头，他一动不动，在一缕潮湿的阳光下闪闪发光。

我们朝彼此走去，雨已经停了。有时候我真希望我那时候走开了。我们头顶上的木板砰砰作响。我们见面的时候，前门再次挤满了人。人们在咖啡馆和商店门外躲雨，颤抖着驱散寒意，这场雨把他们的一天都搅和了。

“我一直在观察海滩上的这些脸庞，”埃斯特拉迪斯说，“希望能认出那些熟悉的老面孔。奥克斯拉德，你还记得吗?他们面色苍白，好像用柔软的蜡一样的肉浇铸出来，因为充满不安，睡眠不足而苍白，哆哆嗦嗦地在寒风凛冽的街角短暂而紧张地互相接头（奥克斯拉德，在你那舒适的新梦境深处，你还记得那些街角吗？），这些脸庞面带病态，却又真实，那是我们的面孔。”他摇了摇头说道：“每天晚上河堤上至少藏着50个人。我以前一定认识他们中的许多人。我每天都在海滩上寻找他们，但如果他们在那里，他们也已被晒成了红色的，就像正在度假的收租客一样，他们穿着开领衬衫，卷起袖子。他们像你一样，奥克斯拉德，已经放松下来。”

他叹了口气，指着散步的人群。“在那里，”他说，“你在寻找一种精神。你在观察他们，聆听他们的喧闹声，希望能为这个欢乐、沸腾的场面，找到一个明显的动机。”他耸耸肩说道：“哈，他们的眼神空洞，有目如盲。他们已经被洗劫一空。他们像动物一样循规蹈矩。”

“如果这是真的，埃斯特拉迪斯——我怀疑并非如此——那可能只是因为他们喜欢变成这样。看看孩子们，他们看起来多么快乐。你没法否认他们似乎很快乐，你很清楚。”

他反而看了看鹅卵石，优雅地用脚后跟踢着一团鲜绿色的杂草。他迅速弯下身子，用长而结实的手指摸出什么东西来。“孩子们不会想得那么多。他们一辈子都会是孩子吗？”他厌恶地弹去手指上的一点海藻，然后举起一枚旧的三便士硬币，硬币还闪闪发亮，毫无锈迹。天知道它在海滩上滚了多久。“即使此处，亦有灵在。”[1]他神神秘秘地说道，然后把硬币弹了出去——它从码头的阴影里飞了出去，在暗淡的光线下闪了一下，然后就消失了。

“在那里的滨海广场上，举办着一个庸碌者的节日，一个宽容者的盛宴，空旷处到处都是坐着轮椅的艺人——”他停了一会儿，看

1. 此处可参考《庄子·知北游》东郭子问于庄子曰：“所谓道，恶乎在？”庄子曰：“无所不在。”东郭子曰：“期而后可。”庄子曰：“在蝼蚁。”曰：“何其下邪？”曰：“在稊稗。”曰：“何其愈下邪？”曰：“在瓦甓。”

着他们走过。“你不想知道吗，”他冷漠地问道，“今天早上谁死在大道边上？”我一定显得有些紧张，所以他带着胜利的笑容转过身来。“哦，部里对于高管人员真是小心翼翼啊。我杀了你的支援人员。他发了一条无线电报‘一切顺利’，然后我在他再次发报之前杀了他。你会上报此事吗？”

“我从来没有，”我小心翼翼地说，“被告知会启用支援人员。你或许已经杀了一个无辜的人。”

“那么，你的消息可真是闭塞。河堤上没有一个人是完全无辜的。”见我依然面无表情，他大笑起来。“奥克斯拉德，奥克斯拉德！”他喘着气说，“如果你能看见自己的样子！”他又恢复了平静。“啊，我真厌恶这种信仰。”他痛苦地嘟囔着。也许我已经成功地让他感到不舒服了。

“你为什么要杀他？”

他对着远处的什么东西微笑。太阳已经完全升起来了。码头上，一个小型管弦乐队已经开始演奏吉尔伯特和沙利文的选曲。

“我打算结束这个弱智的乌托邦，”他平静地说，“我要你跟着我，哪怕只是作为你们组织的代表。但在事情没有完成之前，我不能再允许任何报告了——你的那些个小尾巴让我很为难。”他聚精会神地打量着我说：“你说呢，奥克斯拉德，老朋友？我们彼此对立，总是互相浪费时间。”在我还没来得及给出明确的回答之前，他又说道：“为什么不答应我呢？如果你来了，你甚至可以阻止我那么干！真是个好主意！如果其他的尝试都失败了，你将能提供一份最令人震惊的报告。这能带给你又一次晋升。更多的兰花将会在伊舍静寂的水中盛开。”

“去哪里呢？”我问道。

“到米德兰兹去，”他说，“我们走上帝大道过去。”

“你所打算做的事情，与其说是亵渎神明，还不如说是毫无希望。”我动身走开。

他等我先走出码头的阴影，然后才叫住我：“奥克斯拉德，在你还没来得及摸到电话之前，我就会杀了你。”我打量了一下四周。犹太人艾森伯格漫不经心地站在海堤脚下。他咧嘴一笑，点燃了一支香烟，双手环抱，眼睛盯着我。我们相距 15 码。“我不能为此冒险。”埃斯特拉迪斯说。我相信他。

“你是个坏人，埃斯特拉迪斯，”我对他说，“我们其他人已经忘了你有多坏了。”

他笑了起来。“这就是你的问题了。”他说。在他头顶之上，孩子们成群结队地走进射击馆。他们的呼喊声淹没了乐队的喧闹声。

我就是这样，不情愿地与欧洲特工埃斯特拉迪斯结成同盟，参与了反对上帝的阴谋。我不知道，那个疯子为什么要我跟着他。把我杀掉反而会容易得多。我现在相信，他需要一个被俘虏的观察者来满足他的虚荣心，他是个极其自负的人。无论如何，我无能为力。整个下午和晚上的一部分时间，我都被动地看着他为自己的行动做着准备，他拜访了一系列地方，那些可能都是分散在绍森德各处的“安全”屋。

在其中一个地方，艾森伯格负责处理一个 3 英尺高的神秘包装箱，他们寄予的希望所在。那箱子至少有 50 磅重，但他把箱子连同一对长柄的断线钳——他们打算用那个把河堤顶上的栅栏剪断——夹在一只胳膊下面，就跟夹个空箱子似的。我越来越讨厌那个板条箱（尽管当时我不知道里面装的是什么——如果我知道的话，我可能会在滨海广场后面一条更拥挤的街道上碰碰运气），而他知道这一点。每当埃斯特拉迪斯的注意力分散到其他地方去时，艾森伯格就会盯住我的视线，做出一种长久的、复杂的哑剧表演般的暗示。他意味深长地敲打着那个箱子，做着仿佛要打开它的样子——他总是凶狠地咧着嘴笑，前额上的伤疤变成了可怕的皱纹。他从来没有让它离开他的视线，也从来没有停止嘲弄我。

这段时间里，埃斯特拉迪斯把那套朴素的西装和康乃馨给换成了飞行夹克和左轮手枪，他变得紧张而兴奋起来，他做出一种浪漫的姿态，不断地重申着自己性格中的情绪多变。"所以！"当我们穿过城镇后面湿漉漉的田野时，他喊道，"我们开始吧！就此孤注一掷！三个凡人对抗上帝！"就连落日似乎也被这巨大的、孩子气的虚荣心吓了一跳。天空像是一大碗倒扣着的云，在埋鞋街的地平线上稍稍向上倾斜，露出一条细细的血色的光。"奥克斯拉德，你认为我们干不成。呸，这事能成！我们将解放伊舍。即使明年的兰花变得小点，变得不那么鲜艳，至少它们还会是你的兰花！"

"你不是一个没有学识的人，埃斯特拉迪斯。你一定知道，以前有过这样的尝试[1]。"

"没有人这么干过，奥克斯拉德。"他推了推他的同伙。"没有人，嗯，艾森伯格——？"他们朝对方吃力地挤眉弄眼，就像两个正要去袭击果园的小男孩。

在堤岸上，我们等待着最后一丝光亮散去。一阵细细的冷风刮了起来，嘶嘶地穿过田野——有那么一会儿，在白天和黑夜之间，天地一片灰暗萧索，空荡荡的荒野在漫无目的中结束争取独立的斗争——我在想，上帝是否已经解除了对于我们三人在新统治下的保护？埃斯特拉迪斯打了个寒战，拉上了夹克的拉链。夜幕降临，上帝的引擎声从南方呼啸而起，艾森伯格开始用他的断线钳工作。这些栅栏比预期中硬得多。犹太人咕哝着、咒骂着，埃斯特拉迪斯不

1. 指撒旦和众堕天使试图反抗上帝。

耐烦地到处乱发脾气。每一根栅栏都不情愿地向后卷曲着，像烧焦的头发一样。当第一辆车进入我们的视野时，我们已经打开了一个缺口——但是又小又窄。

接着，埃斯特拉迪斯替下艾森伯格，蹲在缺口中，不停地看表，大概有半个小时之久。他的脸绷得紧紧的，沉默寡言，仿佛他刚开始或可能是最终意识到自己究竟在干什么。他脸上的伤疤弯曲着，没有血色。他是否看见那些缓慢的、神秘的身影爬上斜坡，向着他自己的末日——上帝已决绝地撤回了祂给他的守护之手？地面颤抖着，道路上方的空气闪烁着，震荡着可怕的能量。突然间，他似乎又恢复了镇静。他向我露出一副被追捕的、几乎惊慌失措的表情，喊道："机不可失，在此一举了。奥克斯拉德！如果你想活命，跑起来！"

他扭动着身子从缺口里钻了进去。

我记得的不多。我知道，有那么一两秒钟，我看着他拼命奔跑，在那些巨大的轮子的威胁下，一个小小的充满活力的身形钻来钻去，躲闪着。接着，我感到肩胛那儿挨了重重一击，我转过身来，发现艾森伯格在黑暗中汗流浃背，对我咧嘴笑着。"轮到你了。"他说着又推了我一把。我们像昆虫一样逃过宽阔的马路，犹太人把我推到他面前。风在那些巨大的机器周围盘旋，猛烈地拍打着我们的衣服，我们头顶上耸立着黑色的铆接钢片，令人头晕目眩。当我跌倒时，他把我扶起来，用某种外国语言断断续续地怒吼着。

在第三条车道，埃斯特拉迪斯似乎凭借歇斯底里的力量，爬上了一辆大拖车的车底。从比我高出 8 英尺的位置，他脸色苍白地凝视着我，伸出一只手把我拉了上来。艾森伯格把板条箱和断线钳扔给我们，但他第一次尝试为了试图确保安全，脚下乱了方寸。埃斯特拉迪斯紧张地向他伸出手，他跳得低了 6 英寸。他不得不跟在车子后面跑了足有半分钟，然后鼓足勇气再试一次。他又笑又哭，脸上交织着惊慌和恐惧。

惊慌和恐惧——那段旅程留给我的印象全是这个。

我不知道我们在那台机器后面浑身冰冷，一动不动地待了多久。质地光滑的蓝色光线充满了那整个或许都可以说是“大道”的空间，我们旅行的前方空间是弯曲的，时间在不合理地移动。埃斯特拉迪斯的手表，在他疯狂地爬上汽车一侧时坏了，已经没用了。有规律的、令人不安的蓝光变幻着，表明我们可能在车上待了几天，而不是几个小时。在大道的周围，我们看到了变形、模糊的景象，它既没有给我们帮助，也没有给我们安慰。（我怀疑，这条大道以这种几乎没有“真实”的方式存在，与我们所知的现实几乎没有交集。例如，当我最终回到这个世界上时，我确信自从我们进入栅栏以来，已经过去三天了——但我对这样粗糙的测量不以为然，因为它们最多只是一种描述人类环境[1]时的仪器。我们在上帝的环境里旅行，据我诚然有限的知识，还没有一位神学家给这样一个世界下过定义。）

我们就像寄生在那辆车上的虱子一样，郁闷而惊恐；起初，埃斯特拉迪斯决定对车子做一番研究——他甚至想钻进牵引车的驾驶室里去“占领”它，但这一切都徒劳无功。我们在拖车上发现了一些被遮盖着的难以想象之物。我们从一开始就太害怕了，惊慌失措。我们分开坐着，膝盖抵着下巴，默默地注视着前方。艾森伯格有一次在拖车上绕了一圈，那是为了虚张声势，或是为了缓解紧绷的关节，但连他也不敢检查防水布下面的东西，埃斯特拉迪斯很快就把他叫了回来。他似乎很乐意遵守命令。

到最后，我们中有哪一个还保持着足够的精力来做决定，甚至

---

1. 原文为德语，认识论术语，一般译为环境，含义比较复杂，大体上指主客体认知之间偏于主体经验的客体部分，“自我为中心的世界”。

是继续行动下去，那已经是个奇迹了（不过我们确实是采取了行动，而且很快）。防水布凄凉地噼噼啪啪地拍打着，就像在黑暗的山谷里搭起的帐篷。浓雾来来去去，在黑色的金属上留下凝结的水珠，突然刮来的风把我们冻得透不过气。我们身下的车辆从来没有离开过自己在车队中的精确位置。我们又累又饿，浑身僵硬，耳朵被上帝的引擎不断的轰鸣声震得头昏眼花。悬浮在那沉闷的蓝色时空里，我们觉得自己像些新死的鬼魂——充满了恐惧，麻木地盯着对方，对自己的处境无能为力。后来，埃斯特拉迪斯发展到蹲在板条箱上沉思了很长一段时间，也许是希望在那里找到他的救赎吧。

最后，在人类可以理解的意义上的时间回到了我们身边。光线停止了稳定的波动，前方道路的视角发生了变化，变得笔直，让我们能够再次估计速度和距离。我们第一次清晰地看到了周围的景色。我们发现自己正慢慢地穿过一片干旱的平原，平原上到处都是不知从何而来的橘黄色高光和深紫色的阴影。大地开裂，一片荒芜，就像某块非洲高原上荒废了的泥土。栅栏外的世界里没有任何活物。

你会说，在不列颠群岛上是找不到这种景色的，这相当合乎逻辑。我只能同意。不过我们毫不在意这点。在地平线上出现了上帝的形象，高大，骇人。

犹太人艾森伯格突然低下头呜咽起来。埃斯特拉迪斯震惊地看着，“基督啊，奥克斯拉德！”他喊道，然后说着我听不懂的马扎尔语。他掏出左轮手枪，不知什么缘故，开始兴奋地朝我这边挥舞起来。与此同时，艾森伯格哭了起来，哽咽着，试图跪下。埃斯特拉迪斯从眼角看到了这一幕，像条蛇一样向他扑去。“不许这样！”他咬牙切齿地说，“把该死的箱子打开，艾森伯格！我们抓到他了！”但是他的眼睛被这个令人难以忍受的谜题或幽灵吸引住了，当犹太人违抗命令时，他似乎并没有注意。

我该怎么形容祂呢？

在我的记忆里，上帝蹲在那里，就像祂会永远蹲下去一样。祂的部分轮廓出现在天空中。祂张开的六条腿之间有数十平方英里的土地。缤纷绚烂的彩虹在祂巨大的黑色甲壳上闪烁。也许祂会展开那闪闪发光的鞘翅下的翅膀！一只整个直径足有百码的复眼，凝视着我们可能永远无法看到的国度。在1英里高的空中，狂风无力地拍打着祂僵硬的触须和静静张开的下颚。在祂长长的腹部阴影下，巨大的工厂就像玩具一样；仿佛祂从隐藏的月球正面带来了一种真空状态，使天空变得更坚硬、更明亮。我们看到了祂的腿，踏足的地方形成了深碟形的洼地，其中到处都是巨大的裂缝。这个世界能在祂的重压下不发出呻吟吗？

祂要从我们身上拿走什么？祂的降临又将赐给我们什么？埃斯特拉迪斯声称他明白——但埃斯特拉迪斯早已被自己的绝望所摧毁。我抬头望着那只庞大的昆虫，全能的鹿角虫，我知道肯定还有更多[1]。如果我对此不再确信，那是因为我对任何事情都不再确信。

艾森伯格目瞪口呆，呕吐起来。他用手背擦了擦嘴，笑了起来。“这是一只该死的甲虫！”他尖叫起来，“这只是一只该死的甲虫！”埃斯特拉迪斯畏缩了一下，盯着他的脚看了一会儿，然后他也笑了起来。他们拥抱着，啜泣着，跳着笨拙的舞步前后摇摆。“快点！”犹太人叫道，挣脱开来。“快点！”他抓起剪线钳，用它撬开板条箱的盖子。他们两人脸色灰白，浑身发抖，跪在地上，开始狂热地调整一堆彩色电线和电器元件。在匆忙中，他们为仅有的工具，一把小螺丝刀争了一会儿。艾森伯格赢了。

埃斯特拉迪斯回头看了一眼，打了个寒战。“大约5英里，”他

1.《圣经·启示录》21：4，上帝要擦去他们一切的眼泪；不再有死亡，也不再有悲哀、哭号、痛苦。

说，“按这个距离设定好。”

他注意到我在盯着他。“自由，奥克斯拉德，”他低声说，“自由。”他打了一阵哆嗦。在前方上空，那个庞然大物越来越近了。

“1 小时 20 分钟，”他对艾森伯格说，“以防万一。我们不能确定，一旦它到了那里会发生什么。”

“你不是真的想要这么干吧！”我发现自己在大喊大叫。我无法表达我们全体都经历过的这种恐慌。这几乎是一种生理上的恐惧，一种古老的恐惧，蚀刻在神经系统的细胞里。“埃斯特拉迪斯！别那么靠近祂——！”我抓住他的肩膀。他的颤抖不期然传染给了我，然后有那么一瞬间，我们紧紧地抱在一起，说不出话来。埃斯特拉迪斯发出些声音。我松开了他。“那板条箱里面装的是什么，伙计？你打算做什么？”渐渐地，他不再颤抖。埃斯特拉迪斯深深地颤抖着吸了一口气，他的脸扭了一下，举起了手枪。然后他苦笑了一声，背过身去。

“你该问这些是要干什么。”他平静地建议道。然后他指指大道，指指那不可思议的风景，指指阴影中的工厂。

“你应该问问这东西打算对我们做什么，为什么它把我们变成了游客、牧师和痴笑着的业余戏剧演员，在这样一个不再由我们控制的世界里。问问看——”可是他又开始浑身发颤，说不下去了。他握紧拳头，以防癫痫发作。艾森伯格拿着的螺丝刀掉了，惊恐地抬起头，下巴的肌肉不由自主地颤抖着。我痛苦不堪，浑身战栗着心想：“我们越接近，情况就越糟。祂不会允许我们再靠近了。”我害怕极了，害怕会看到那巨大的下颚移动起来。埃斯特拉迪斯双手紧紧抓住他的枪，仿佛那样做能带来安全感。“我在那个箱子里放了 10 磅钚——”这些字一个个从他的牙缝里挤了出来——“艾森伯格制造了起爆器。二十多人在偷这东西的时候死去，仅在欧洲就有上百人被捕。我要继续……下去……无论发生……”

他呻吟着，浑身发抖。

我不太清楚我当时想干什么。当我看到他们俩都动弹不得时，我一下子扑向炸弹——我想如果我能让它翻倒，它可能会被弄坏，或者至少无法爆炸。但他们马上就抓住我，疯狂地用棍子打我的头和肚子。埃斯特拉迪斯的左轮手枪砰的一声巨响。有什么东西打在我的小腿上。犹太人怒吼了一声，把整个身子扑在我身上，僵硬的手指掐着我脖子上的动脉血管。我们像划艇底部的鱼一样，扑腾着、喘息着、呻吟着。然后我发现了那把被丢开的剪线钳就在我手下，我用钳子不停地击打着他的耳底，直到他从我身上滚下去，不再动弹。

我挣扎着站起来，发现埃斯特拉迪斯跪在 2 英尺外。“看在基督的分上，奥克斯拉德，”他恳求道，“为了这世界！”他用手枪瞄准我的肚子，但他抖得太厉害，连扳机都扣不下去。我用剪线钳敲开他的脑袋。他跪在那里，浑身是血，说道：“你不应该这样做。”然后他就倒了下去，像死人一样。

我向炸弹走了一步；我的左腿在身下弯折；然后，我无助地向空气乱抓一气，倒在了大道上——我仰面躺了一会儿，动弹不得，眼看着那辆车无情地从我身边驶离。这里很热，散发出一股橡胶才有的臭味，巨大的车轮就在离我不到一码远的地方碾过，我感到一阵疼痛和恶心。大约一分钟后，埃斯特拉迪斯的身影又出现在拖车上，看上去很小，摇摇欲坠。他的肩膀上都是血。他摇晃了一会儿，挥舞着左轮手枪。几发子弹打在我身边的金属上。然后他转过身去，挑衅似的对准上帝望空射尽子弹。那是我最后一次见到他。

剩下的事情就算不了什么了。我转身全力奔跑，尽管埃斯特拉迪斯在我的小腿肌肉上用手枪打了个洞（我至今还是有点瘸，虽然现在不像我康复几周时那样“趾高气扬”了)。“上帝啊,”我记得我在祈祷,“让我在爆炸之前离开这儿!”离得那么近,祂甚至可能听到了我的祷告。我不记得我允诺给祂什么作为交换。有几次,我试图用微弱的力气穿过栅栏。但在恐慌袭上心头之前,我只折了一两根铁丝,就又开始跑了起来。我不时喘着粗气,在喘气的间隔祈祷着。我痛苦地意识到,那不可思议的存在就在我身后若隐若现,一动不动,但我从未回头。

最后,我累倒了。大道穿过一个路堑,两边都是宽阔平缓的红色软土斜坡,我在那里挖了一个浅坑。我把脸埋在里面,双手放在脖子后面;维持着这个顺服的姿态,等待着埃斯特拉迪斯的疯狂举动来了结我。很久以后,我昏倒了。也许他们造的东西很糟糕,或者没有完成引爆的顺序——也许是我已经把他们两个都杀了。无论如何,炸弹从未爆炸。

我怀疑它本来就不会。我现在意识到,我即使有一秒钟相信他们会成功,那也是失去了对上帝的信仰。我现在怀疑,即使有十来颗炸弹,对祂也不会有什么影响——我想象祂张开那巨大的透明翅膀,迎着爆炸,就像太阳下的一只家蝇。

我被告知,一辆相当平凡的卡车的司机发现了我,我在布朗希尔丝附近某处,沿着泥泞的A5公路[1],在路边跌跌撞撞地走着。我是怎么到那儿的,我不知道该怎么解释。大概我终于成功地冲破了栅栏。上帝庄严地矗立在伯明翰和伍尔弗汉普顿的郊区之上,那里矗立着祂的许多工厂。但祂似乎比在之前的那另一个地方显得要小些。那是和这里同一时代,抑或是另外一个时空的英格兰中部地区,在栅栏的这边只能远远望见;人们在祂的目光下过着安逸的生活。

1. 从伦敦通往霍利黑德港的公路,穿过布朗希尔丝。

当他终于从被囚的床上被释放出来的时候，这种疗养的经历是多么纯粹的快乐啊！床单现在只是床单了，再不是他旺盛精力的镣铐；现在他必须离开的那些个迟钝的病友们，仿佛成了全人类中最有趣的伙计；之前从他的窗户望出去，看到的是个鱼缸中的舞台，上演着令他着迷的关于康复的幻想剧目，上头满是些其动机他只能全凭臆测的演员，而今他看到的再度是整个世界，他本人是这世界最新的参与者。多么美好的世界！——重新发现这些多么美好，发自内心的重新思考多么美好！在我进入上帝之国的那场冒险的一个月之后，正是带着这种重获新生般的深刻感觉，我从部里的办公室回家了。

那天早上我出院了。我的初步报告已经写好了——虽然还需要打磨细节，但可以说框架已经完成了。在我面前的，是 5 月里最鲜活亮丽的下午。我沿着贝克街闲逛，停了一会儿，欣赏克拉伦斯门边的花坛。摄政公园里到处都是清冽的微风，但在微风的吹拂下，却有一种沉重、慵懒的气息，预示着夏天即将来临。我不在的时候，每个街角的樱花都已绽放，水鸟换上了干净整洁的羽毛，在白色的阳光下神气活现地摇摇摆摆地走来走去，附近船屋的木板也已粉刷一新。

我的心情平静而愉悦，某种大型动物微弱的叫声，吸引我走过码头人行天桥，走向远处的动物园。风吹来了孩子们的说话声和笑声——在露天剧场[1]里，他们正在表演《仲夏夜之梦》。正当我穿过湖北面广阔的空间时，我在午餐时间与上司讨论的那些热情洋溢的话，与一个新搭起的演奏台上传来的弗兰德斯和斯旺[2]混成曲的曲调密不可分地混在了一起：“行动毫无疑问非常成功——仅在欧洲就围捕了

1. 摄政公园露天剧场。始于 1932 年，以上演莎士比亚剧目而闻名。在伦敦动物园的南面，往北经过摄政公园湖后在到达动物园之前先要走过一大片空地。
2. 弗兰德斯和斯旺是一对英国喜剧组合。

上百同伙。在非洲，我们行动迅速而谨慎——当然，我们早就察觉了埃斯特拉迪斯和他愤世嫉俗的阴谋——这不仅仅是一场胜利，一场体面和常识的胜利——肯定会有人晋升。”老人们坐在宝塔旁的长椅上放风筝——白色的，令人神迷心醉，就像是在上帝的堤道上方的那些海鸥，在凛冽的空气中翩翩起舞。

从我的童年时起，精美的笼子、精确的空间、多姿的色彩和充满活力的动物园一直强烈地吸引着我。还有什么地方能像豹子那样，身上有着如此无情、优雅、精致的力量呢？或者像小型哺乳动物馆，在月光下那么地幽深神秘？吸蜜鹦鹉和金刚鹦鹉发出的嘈杂之声多么智慧，大象表皮下幽默的涌泉又多么深邃！那天下午，我焕然一新。我想玛丽和孩子们，不会吝于给我一个小时的时间。于是，我就把时间花在长臂猿和大角盘羊身上，还去看了老虎，那让我想起埃斯特拉迪斯——老虎踱来踱去，饥肠辘辘，节省体力却又十分危险，以至于我突然发现自己想吸引他的目光……

这肯定是够了。北极熊就像一个全神贯注而又发胖的芭蕾舞演员，犀牛身上散发出刺鼻的氨气味。到处都是成群结队的孩子们，感觉就像那种平和的动物一样。这些已经足够了，我本不应该去昆虫馆的。

我不相信自己会被某种甲虫吸引注意，更不用说是鹿角虫了——那是一种灰蒙蒙的叶子似的东西，看上去荒唐得像是披着细棉布破烂衣服的女人。它停在一根树枝上，不易被发现，一动不动，也许正是这种静止的特点——这种对时间流逝的完全异质的感觉——就已经足够了。当我凝视着火热的黄色的动物园深处时，我想起了隐藏在上帝大道尽头的那不可思议的存在。我想：“这东西和我们能有什么情感是共通的呢？”我回想起上帝的环境中扭曲的视角、颤抖的蓝光、阴影中的工厂、埃斯特拉迪斯最后苦涩的建议——

“问问这个东西打算对我们做什么，在这样一个不再由我们控制的世界里。”

如果有人想要去寻找，在现实的哪个星球或时空统一体里，我们会找到那个噩梦般的中部地区，和我们处于同一时代，却有坑坑洼洼的凄凉景色和巨大的主神形象？为什么在我们搭建舞台之际，上帝正在建造一个巨大的人体？祂想要我们怎么样？

当我重新阅读在这里所写的东西时，我能从我所说的字里行间中，看到我迷失的过程。埃斯特拉迪斯也许给这过程开了个头，他在绍森德的海滨打算开这个头——但那时我只是一霎那的迟疑，而现在……昆虫馆里唯一的声音，就是游客像领受圣餐者一样，从标本旁鱼贯而过时的脚步声；在那里获得了那个启示之后，我再也无法重新找到惊奇的感觉了。我的注意力总是从我的第二代杂交十字叶火烧兰[1]上跑开，我对伊舍轻歌剧协会的排练感到厌倦，心绪不宁。我变得焦躁不安。

我承认，现在让我去顶层的上司办公室，我会感到害怕。上司高高在上，低头俯视着整洁、永远明亮、刮着大风的城市的街道，上司低语道：“还有那么多事情要做，奥克斯拉德。”边说边迅速地用前腿打理自己羽毛般的触角，或是把角质的翅膀外壳折叠起来，那翅鞘合起来就像一件色彩斑斓的燕尾服——在黑暗中，他那神秘的复眼盯着幻灯片放映机投射出的白色、完美的长方形亮框，全神贯注地进行某种感官的更新，以某种我无法理解的意识进行探索。我现在是他的副手了，已经爬到了人类所能担任的最高位置上。我看着外面楼底下整洁的公园中那些领取养老金的人们，我应该感到自豪。

埃斯特拉迪斯又知道些什么？他是个老人。在重新发现上帝之

1. 作者虚构的杂交兰花品种。

前很久，他就退休了，离开这里去了北非，开始研究拜占庭军事历史。他从来没有站在某个熟悉城市的街道上方，面对着一个精力充沛的祂的小号复制品，世界上每个掌握大权的办公室里都被这么一个复制品所占据。他没有半点机会。

上帝为何以这种形式降临在我们面前？我们是那么热切地要接纳祂。

（朝朝暮暮　译）

兼容并包

如果说金斯利·艾米斯和安东尼·伯吉斯证明了英国主流文人能像撰写主流小说、诗歌、戏剧和文学批评一样，信手拈来且行之有效地撰写科幻，那布赖恩·W. 奥尔迪斯则证明了科幻作家同样能撰写优秀的主流文学。奥尔迪斯的成就从多个方面展现出了英国科幻最好的特征：文学技巧、传统意识，以及与其他文学形式的一致性。

1925 年，奥尔迪斯生于英国诺尔福克郡的东迪勒姆，8 岁时，他就被送到寄宿学校读书，其后又升入独立公学。这个离家独居的过程使他获得了写作所需的疏离感和科幻所追求的主题，但奥尔迪斯感到，这也使他后来的人际关系冷淡了好些年。离开公学后，他在军中服役 4 年，参与了远东的战争，随后于 1947 年返回国内，并于 1947 年至 1956 年间在牛津做了一阵子书商。1958 年至 1969 年间他在牛津邮报担任文学编辑，在此期间，他还于 1961 年至 1964 年担任了企鹅图书的科幻编辑。

与许多同时代的人一样，为奥尔迪斯打上科幻烙印的是伍尔沃斯商店的“扬基杂志”货架。在通过一系列刊载于专业报刊上的故事（这些故事最终被收录为《光泉日记》）成为职业作家后，他以发表于《科学奇幻》之上的《犯罪记录》（“Criminal Record”，1954）与一系列被收录为《空间、时间与纳撒尼尔》（*Space, Time, and Nathaniel*, 1957）的其他故事将创作方向转向了科幻。其后不久，他发表了自己的第一部长篇科幻小说《永不停歇》（*Non-Stop*, 1959）。

奥尔迪斯的作品难以尽数，包括24部长篇小说、18部选集以及剧本、诗歌和非虚构作品。在科幻领域，他最著名的作品要数下列这些长篇小说：为他赢得了一座雨果奖杯的《地球的漫长午后》（*The Long Afternoon of Earth*, 1962）；《没穿鞋的大脑》（*Barefoot in the Head*, 1969）；《被解放的弗兰肯斯坦》（*Frankenstein Unbound*, 1973），后由罗杰·科尔曼（Roger Corman）拍摄成同名电影；《玛拉基亚挂毯》（*The Malacia Tapestry*, 1976），以及“海利科尼亚三部曲”（1982—1985），该系列的最后一部作品为他赢得了当年的约翰·坎贝尔纪念奖最佳科幻长篇奖。他在美国与英国同样受欢迎，他的几乎每一部小说都在英国版面世的一年内便得以在美国出版。

奥尔迪斯是新浪潮科幻最耀眼的明星之一，他不仅为《新世界》杂志贡献了自己的长、短篇小说，还身先士卒地努力争取到了英国艺术协会补助，将杂志从濒临破产的边缘挽救回来。这个时期，奥尔迪斯的作品带有一些实验性，他在作品《有关概率A的报告》（*Report on Probability A*, 1967）中采用了法国新小说派的一些技巧，并在最终汇编为《没穿鞋的大脑》的“迷幻战争”系列中采用了詹姆斯·乔伊斯在《芬尼根守灵夜》中使用的文学技法。

奥尔迪斯对科幻领域的学术贡献与他的创作本身同等重要。他的《十亿年狂欢：一部科幻史》是科幻领域内第一部长篇专著，但这不是他在小说外的唯一贡献。他编撰了一系列重要的选集，其中部分是与哈里·哈里森共同编撰的，包括年刊科幻选集《最佳科幻》

（1967—1975）、《十年之期：1940年代》、《十年之期：1950年代》与《十年之期：1960年代》，他还与哈里森合作编撰了两期科幻批评类期刊，名为《科幻边界线》（*SF Horizons*, 1964—1965，1975年再版为合集），二人还创立了约翰·坎贝尔纪念奖。这一切为奥尔迪斯赢得了1978年科幻研究协会颁发的朝圣奖、雨果奖、伊顿奖，以及颁发给《万亿年狂欢》（1986）的国际幻想协会奖，该专著是《十亿年狂欢》的修订版（与大卫·温格罗夫共同修订）。他的研究工作与编辑工作持续至今[1]，成果包括《地狱制图师：一些科幻作家的个人史》（*Hell's Cartographers: Some Personal Histories of Science-Fiction Writers*, 1975，与哈里森共同编撰）和一系列科幻选集与太空歌剧选集，他还获得了诸多其他的奖项与荣誉，包括英国科幻协会与世界科幻协会的主席职位，作家协会的主席职位以及两次在世界科幻大会上担任荣誉嘉宾。

1970年，奥尔迪斯发表了他的三部曲自传长篇第一部《亲手养大的男孩》（*The Hand-Reared Boy*），该作品进入了英国畅销书榜单，其后续作品为《直立的士兵》（*A Soldier Erect*, 1970）与《突然醒来》（*A Rude Awakening*, 1979）。他还发表了一部被许多评论家认为是他最好的非科幻长篇之一的《西方的生活》（*Life in the West*, 1980）。在一些论述性作品中，他对科幻以及自己与科幻的关系发表了广博的议论，这些作品包括《将来事物的形态：关于变化的推想》（*The Shape of Further Things: Speculations on Change*, 1970）、《此世界与更近的世界：探索熟悉事物文集》（*This World and Nearer Ones: Essays Exploring the Familiar*, 1979）、《科学的黯影》（*The Pale Shadow of Science*, 1985）、《于W. H.史密斯[2]埋葬我心：写作生涯》（*Bury My

1. 指成书时间。
2. 英国的一家零售企业。

Heart at W. H. Smith's: A Writing, 1990）与其他。

奥尔迪斯在短篇方面同样高产而成功。第一届星云奖最佳短篇就是由奥尔迪斯的《唾液树》（"The Saliva Tree"）与罗杰·泽拉兹尼共同获得，他的短篇小说被辑录为诸多选集，包括《奥尔迪斯最佳科幻短篇》（1965，1988）、《月食时刻》（*The Moment of Eclipse*, 1970）、《最终命令与其他故事》（*Last Orders and Other Stories*, 1977）、《新的来人，旧的邂逅：12 个故事》（*New Arrivals, Old Encounters: Twelve Stories*, 1979），以及《一部赤道浪漫史：布赖恩·奥尔迪斯最佳奇幻短篇》（*A Romance of the Equator: Best Fantasy Stories of Brian W. Aldiss*, 1989）。原载于 1969 年《笨拙》杂志的《在太空船厂工作》（"Working in the Spaceship Yards"）便是此类短篇之一，这是一部关于人类境况的讽刺小说，其中涉及宇宙飞船及仿生人等科幻元素；另一部短篇《生命的外观》（"Appearance of Life"）初刊于 1976 年的《仙女座》（*Andromeda*）系列第一期，该小说思考了人类在宇宙中的不确定地位。两部小说都被认为是对早期科幻传统的反思，《在太空船厂工作》针对的是约翰·坎贝尔的《黄昏》，而《生命的外观》针对的是太空飞行及银河帝国类史诗故事，此类史诗由艾萨克·阿西莫夫《基地》系列奠基，奥拉夫·斯台普顿的末世推论也是这部小说的针对对象。

在《20 世纪科幻作家》中，奥尔迪斯写道："我的文学是放逐的文学。我的每一部小说都是崇外行为的产物。"而在《最终命令》（*Last Orders*）的作者后记中，他则写道："你看，我的故事都是在探讨人类的痛苦，疏于沟通、忍耐、接受、爱。这些东西难道不是足够真实的吗？"这就是奥尔迪斯的现实：被报应击溃的傲慢。

（憬怡　译）

在太空船厂工作

布赖恩·W.奥尔迪斯

我年轻时的第一份工作是在太空船厂，在这里，我的天赋和专长得以发挥到对社会有益的极致。我为一个超光速装配师做助手。那个装配师是个名叫奈莉的女人。随着越来越多的受雇女性来到工厂与男人、仿生人和机器人一同做工，男人们的言行变得越来越谨小慎微。他们比从前更加注意守誓，行止不再粗鲁，也不再忽视自己的外表。我对此颇觉怪异，因为女人们十分明显地表现出她们对男人的誓言、行止与外表都毫不在意。

在工厂四处的废纸篓里，我收集到不少自杀遗书。这其中的大多数都未及送达收信人手中，只能算是遗书的草稿：

我亲爱的——

当你收到这封信时，我再也不能搅扰你了。

当你收到这封信时，我再也不能了。

当你收到这封信时，我已经不在了。

我亲爱的——我们再也不能令彼此心碎。

你对我而言重于生命。我的爱人——我做错了太多。

在如此绝境之中人们还能注意修饰书信的文本，这是很好的。教育彰显了它的作用。在我的学校里，我们只学了如何撰写商业信函。诸如“关于贵司前次运送的火星生铁……”。既然生命是一宗如此悲惨的交易，何不教我们撰写体面的自杀遗书呢?

在这个属于进步的时代，万事万物都是进步的、科技的、崭新的，我们留给自己的一点本真只有我们的“人类境况”——而这境况当然也是悲惨的，尽管我们能吃到全蛋白的一日三餐，可蛋白质拯救不了灵魂的暗夜。仿生人，尽管长得与我们别无二致（现在，我们的飞船厂里有了新型黑鬼仿生人了），但却没有灵魂，他们中的很多人因为缺少“人类境况”中那漫长的牙痛而感到忧郁。他们中一部分人离开了工厂，戴着墨镜站到街角行乞，肩上挂着可悲的字条：“技术的孤儿”“过走离开工仓[1]”“可怜可怜我这可怜的金属架子吧”。我曾在皇后区见过一句尤为撕心裂肺的话：“淘汰即是穷人的死亡。”他们有自己的精神创伤；不能享有“人类境况”这件事本身必然是极其痛苦的。

大多数仿生人都痛恨仿生人乞丐。下工后，他们在各个街区游荡，殴打他们能找到的所有乞丐，把他们行乞用的马克杯踢到垃圾桶中。无面的仿生人很吓人。他们长得就像戴铁头套的人。你永远也逃脱不了角色扮演。

我在船厂工作时，我们正在生产 Q 系列飞船。那是一款实验产品。Q1、Q2、Q3 都已生产完成，被拖入火星外围的轨道，向半人马

1.“过早离开工厂”的错别字版本。

座阿尔法星发射。再也没有人听到过它们的消息。或许它们正在环游整个宇宙，并将在太阳沉到永久冻土层下 10 公里后重返太阳系。无论如何，我将无法活着见到那一天了。

制造这些飞船无甚乐趣。船上没有奢侈品，没有生活区，没有家居装饰，没有厨房，没有绵延数英里的地毯，也没有正经飞船所装配的大量装备。我们也极少获得什么额外收入。行使船员职能的计算机过着非常简朴的生活。

“等你回到太阳系时，太阳将要深陷在永久冻土的 10 公里之下了。”当我们把 Q3 上的计算机巴尔送上飞船时，我这样问道，“到时你要怎么办？”

“我将测量永冻层。”

我注意到这几乎就是事实。你料想不到这种答案，所以这听起来常常像是笑话。计算机与机器人经常说些好笑的话，因为他们没有需要扮演的角色。他们只陈述真相。我问巴尔：“你为谁测量永冻层呢？”

“我为它的内在价值测量它。”

“即使那时对此感兴趣的人类已经不存在了？”

“你误解了‘内在’的意义。”

每一艘像这样的 Q 系列飞船都要花掉像英国这样一个国家一年的国民总收入。它们被封存，送入宇宙之中，再也不见！我的手工艺品。那美丽的数英里无缝焊接工艺。我毕生的事业。

我说计算机会诉说真实。那只是它们看到的真实。而我们都看不到的事实正接连发生着。我们该不该把这些事实涵盖到我们个人的真实中呢?

我的母亲是个好心肠的老太太。在我10岁离家被配给职务前,我们一起度过了许多愉快的时光。她有一颗金子做的心——比那更好,一颗铀做的心。她有一个耳聋的老朋友,叫帕特夫人,过去她每周都会来拜访母亲一次,她会坐在那把大扶手椅里,听母亲向她大声询问和表达意见。

我会在帕特夫人进门前藏到扶手椅后。当她和母亲开始大喊,我会从椅子后面站起来,这样帕特夫人就看不到我了,我会把我的大拇指伸到耳朵里,把小拇指抵到鼻子上,让鼻子起皱变形,摇晃其他几根手指,上上下下地挤眉弄眼,并伸出舌头,试图逗笑母亲。她不得不装作看不见我。有时,她必须得假装擤鼻涕,以此来掩饰一声轻笑。

现在我到了更为持重的年龄,如今,我问自己的问题是,在帕特夫人——她几年之前就已经接受了安乐死——的角色里,我是否该被当作真实的部分。鉴于我不是她视野范围内的可观测现象,我不可能是她的已知真实。对帕特夫人而言,我不存在于扶手椅后;因此作为自我的她完全可以对我忽略不见;于是,如她所见,我不构成她的真实中的一部分,我的行为对她造成的唯一影响便是,慢慢地,她开始认为我母亲是个容易感冒的人,需要经常擤鼻涕。

这件事告诉我们,存在着两种真实:一种是属于我们每个人的个人真实,另一种,为了避免使用更为愚蠢的术语,我决定叫它普世真理。在后一个范畴内,显然存在着任何人都观测不到的事实,比如抵在我鼻子上的手指头,比如Q1、Q2和Q3的航行,比如上帝。

曾经有一次,我试图把这一切给我的仿生人朋友杰克逊做个解释。我试着告诉他，他只能理解宇宙真理，但对人类的个人真实全无认知。

“宇宙真理是更伟大的，所以我比你更伟大，你只能理解个人真实。”他说。

“根本不是这样！我显然能理解全部的个人真实，因为它就如它的字面意义一样，我也能理解不少宇宙真理。所以对于整体真理，我能理解的比你更多。”

“现在为了赢得这场争吵，你又在发明第三种真理了。就因为你具备人类境况，你不得不持续试图证明你比我强。”

我把它关掉了。我比杰克逊强。我能把它关掉。

第二天，我回到轮值岗位上，又把它打开了。

“在你隐喻性的扶手椅背后，隐藏着许多你不知道的可怕事物，他们也在你背后比暗号。”他立刻说道。

“至少人类会写自杀遗书。”我说。这是一种从未获得正式承认的小众艺术。一种非常私密的艺术。你不能给你不认识的人写自杀遗书。

亲爱的总统——

您也许并不熟悉我的名字，但我在上一届选举中为您贡献了选票，当您收到这封信时，我再也不能搅扰你了。

当您收到这封信时，我再也不能为您投票了。我再也不能在下一届选举中支持您了。

亲爱的总统——这一定有些令人震惊，考虑到您不认识我更加如此，但亲爱的先生——您对我而言不仅是一位总统。

女人们非常易于动情。她们中的很多人与仿生人坠入爱河。男人对此十分痛苦。我的初恋奈莉，那个超光速装配师，为了一个仿生人电工而离开了我。她说他更值得尊敬。

过去，我们男人经常在食堂里谈论性爱和哲学以及谁将赢得异想天开竞赛。女人们则会交换食谱。我经常觉得女人对“人类境况”的理解不如我们男人这样深刻。

当我们第一次上床时，奈莉说：“你有点儿紧张，对吗？”

是的，我是，但我说：“不，我不紧张，我只是在想角色扮演的问题。我还没设计出一个适合当前这个情境的角色。”

“好吧，那就打起精神来，不然一会儿哨子该响了。你可以扮演个伟大情人什么的，成不成？”

“我看起来像是伟大的情人吗？”我恼怒地问。

“我见过比你更小的。”她说着微笑了。在那之后，我们一直处得很好，直到他为那个仿生人电工离我而去。

有那么几天，我痛苦至极。我想到要给她写一封自杀遗书，但不知该如何遣词。

亲爱的奈莉——

我知道你的心太硬，只会觉得我不值一哂，但……

我知道你觉得我不值一哂。不足为道。

漠不关心。你对我漠不关心，但……

当你躺在你爱人的人造臂膀中时，你或许会对我将行之事感些兴趣。

但我并没有真正着手去写，因为我开始与南茜建立起亲密的友谊，她非常喜欢我扮演的伟大情人。她则非常擅长扮演一个“我知道对于玩儿这套把戏而言，我们都太理智了”的角色。过了一阵子，我争取到一次转岗，这样我就能跟她一起去做右舷冷凝器。她会告诉我一些异国菜肴的做法。有时，回到食堂去跟我那些老朋友用餐倒也令人感到宽慰。

终于，Q4 完工的伟大日子来临了。总统亲临工厂，为我们进行致辞，他视察了这个 2 英里高的巨针，由闪闪发光的钢铁制成。他跟我们说，这东西的造价超过整个南美的价值，它将开启人类历史的新纪元。又或者他说的是新错误[1]。无论如何，Q4 将带我们接触到许多光年以外的其他文明。我们必须赶在我们的敌人前面率先与外星文明处好关系，这对我们的生存至关重要。

"我们干吗不直接跟我们的敌人处好关系？"南茜酸溜溜地问我。她完全不懂得看场合说话。

在致辞仪式散场后的回程路上，我遭遇了一场令人厌恶的惊吓。我看到奈莉把手臂环绕在那个仿生人电工身上，而他是个跛子。一个仿生人，跛子！你们有自己的角色要扮演的。你们这些拜伦式的浪漫主义仿生人！如果我们不留心，他们就会抢走我们的人类境况，就像他们抢走我们的女人一样。未来是晦暗的，我们命运的垃圾桶里充满了自杀遗书。

我感到非常恶心。南茜盯着我，好像她能透过我的肩膀，看到有人在我背后把大拇指伸到耳朵里，把小拇指抵到鼻子上，做那一套鬼把戏。当然，当我回顾身后时，那里并没有人。

"让我们去扮演彼此的伟大情人吧，趁着还有时间。"我说。

（韶光　译）

1. 新纪元（New Era）与新错误（New Error）发音近似。

生命的外观

布赖恩·W.奥尔迪斯

有的东西很大，有的东西很小：一座银河系博物馆，一桩逝去的风流韵事。这两样东西同时出现在我目之所及的地方。

这博物馆很大。在距离地球不足1 000光年的范围里，存在着无数个世界，每个世界里都有许多极其古老而又神秘莫测的建筑。矩尺星上的博物馆就是一座这样的建筑。

我们猜测，这座博物馆是由一个名为“系值法”的物种建造的，他们曾统治整个银河系。随着其影响力从一个星系延伸到另一个星系，他们的幽灵已然变成人类意识的一个组成部分。有时，系值法会被描摹为魔鬼，隐藏在黑暗的星云某处，伺机对人类发动突袭，使我们亡族灭种，以此报复我们侵入他们领地的举动。有时他们被描绘为众神，带着神独有的可怕与孤寂在宇宙的沙漠中穿梭，其力量与智慧超乎我们的想象。

这两种截然相反的形象，当然都出自人类意识的极深之渊。魔鬼与众神始终与我们同在。

但系值法确实曾经存在，而我们时下也知道一些关于他们的事实。我们知道，当他们发展到能建造银河的阶段时，就放弃了文字。

他们的族名本身得以流传是因为我们拥有一个孤证，装点在拉卡加星上某建筑正面的醒目标志，那是他们曾经使用的字母表。我们知道他们不是人类。不仅因为他们的建筑规模与人类截然不同，也因为那些建筑所在的星球都不适宜人类生存。

我们不知道的是，系值法族群后来发生了什么。他们的统治一定曾持续过很长时间，他们一定战无不胜，唯有时间是他们无法攻克的。

当知识不足以解释事实，想象便会开始大行其道。人类猜测，系值法应该是进行了某种种族自杀。或者他们发生了内部分裂，并在银河系之外的宇宙某处彻底灭绝，那是人类的太空飞船无法涉足之地。

对于系值法的命运，还有一些更加形而上的猜测：也许他们出于进化需求，放弃了有机体这种存在形式。若真如此，他们可能依然居住在那些古老的建筑之中，只是不为人类所知。还有一种更为奇异的理论，把重点放在“意识与宇宙的可证唯一性”上，据该理论推测，一旦一个物种开始相信自己能够占领银河，他们必将成功；而这就是人类已经遂行之事——我们几乎已将我们杰出的先祖彻底忘却。

好吧，理论总是有许多，但我打算谈论的是矩尺星上的博物馆。与所有其他事物一样，矩尺星也拥有自己的谜团。

这座博物馆标记出了矩尺星的赤道。建筑的形式是一条环绕着该行星的巨大腰带，大概有 16 千米长。说来也怪，这条腰带的宽窄处处不一，有的地方有 12 千米宽，有的地方则超过 22 千米。

有关矩尺星的谜团中最首要的是这一条：它独特的地貌构造是自来如此，还是出自系植法的改造？因为这座建筑几乎将整个行星完美地分割为两部分，北半球是陆地半球，南半球则是海洋半球。一边是风和蓝雪冲刷而成的平原，一望无垠。另一边则翻滚着令人生畏的氨水海洋，其中无半点岛屿，火鱼与一些神秘的住客寄居其中。

在系值法建筑中最宽阔的区块里，挤着一群杂乱无章的大楼。若你自宇宙中来，你会很乐意看到这样的拥挤情境。你的飞船带你着陆，你乘着电梯，来到建筑的穹顶之上，接着，你欣喜地发现——在这神秘莫测的对称宇宙中（其中系值法的存在不值一提）——人类留下了自己凌乱的足迹。

我在飞船边上驻足，打量着周遭的浩瀚无垠。一轮紫阳自云间升起，在我站立的茫茫平原上投下奔驰的影子。远处的海洋在我目之所及的范围外汹涌澎湃。这是一处孤寂的所在，但我已经习惯孤寂——在被我称为家的那颗行星上，除了去繁育中心访问之时，我一年到头都难见到另一个人类。

博物馆拥有若干巨大的门，矩尺星上为人类而建的建筑就伫立在其中一个大门边上。这个建筑群包括一个迎宾馆，诸多办公区块，货物处理设备，以及巨型发射台——博物馆的墙壁不受电磁波的光谱影响，因此馆内的任何信息都是通过电脑传至入口，接着由发射台发射至第二空间，进而传向银河系其他部分的。

"探寻者，我们料定你将前来。欢迎来到矩尺星博物馆。"

那个引领我通过气闸，进入宾馆的仿生人如此说道。同其他地方一样，此处的低薪岗位也都被仿生人占据了。我瞥了一眼门厅处的日历钟，像所有到此的游客一样，敲击着我的腕带计算机，想知道地球即将运行到哪里。

在阿尔法波音乐的镇定作用下，我在睡梦中克服了光差反应，次日，下行进入到博物馆本馆。

博物馆由20位人类工作人员运营，全都是女性。向导给我提供了一名探寻者可能需要的所有信息，帮我选了一辆观光车，接着，便留我一人独自进入博物馆参观。

虽然我们有诸多方法制造单分子金属，但系值法在矩尺星的建筑中使用的材料是我们无法理解的。它全程没有接口和缝隙，甚至，不知怎的，它能贮存和产生光，因此内中不需要任何人造光源。

除此之外，这个建筑是空旷的。整个地方都有一种属于赤道的空旷，只在一千余年前，人类接手此处并将其变成一座博物馆时，才开始用银河系的废旧物件填充它。

我利用我的观光车继续前行，我并没有像自己想象的那样，被无限的概念淹没。自从人类的先祖能用手指数到 10，对无限的向往就寄居在了人类的意识之中。在真空中的定居生活增强了这种向往。我们以整个物种为单位体验幸福是近期才有的事，是在我们作为一个物种的成熟期过后；这也帮助我们形成了这样一种习性：为了一个长远的目标而忽略眼前的忧愁。但我相信——这只是我个人的意见——正是这种对无限的向往，以各种形式妨碍了个体之间建立亲密的关系。我们甚至不像我们母星上的先祖那样彼此相爱了；我们安然独处，而他们不曾如此。

在夏天，光会妨碍各种对无限的暗示。我知道我正处在一个巨大的封闭空间之内，但鉴于光使我免于遭受任何形式的幽闭恐惧困扰，我将不会试图描述那种浩瀚无边的感受。

在过去的 10 个世纪里，该空间中的几千公顷被人类的堆积物占据了。仿生人持续不断地工作，整理这些展品。它们尽数被扫描进电子设备，以备文明星球上的住户使用。任何人只要向博物馆打电话，便可足不出户地通过第二空间获取对应的三维影像。

我几乎是漫无目的地在展厅中悠游。

想要成为一名探寻者，须得展现出一种高度偶然的反应因子。儿童时代，我曾在实验表现池中展现出这种因子，于是立即被选中进行相应的特殊训练。我辅修了许多附加课程，如哲学、阿尔法肱骨学、伴随性四维分割学、临时同步学、人类基因学以及其余种种，最终被认证为一名合格的聚合型高级探寻者。换言之，我能在别人完全无力思索附加情况的各种情境中，将已知条件融会贯通，得出结论。我会联结。我能使整体大于局部之和。

在一个局部日益增多的宇宙之中，我的职业蕴藏着无限价值。

我来参观博物馆，是带着任务而来，这些任务由遍布整个银河系的无数机构、大学和个人所交予。每一项任务都需要我的特殊才能——一种能超越全息影像的洞察力。让我来举个例子。鲁法多星球上的帕丁大学听觉学院正在研究这样一种假说：在数千年的时间跨度中，人类语音的强度变得越来越低，换言之，就是变得愈发安静。我能在博物馆中搜寻到的任何相关证据他们都很欢迎。学院可以通过遥控全息影像扫描整个博物馆，然而只有极少数像我这样以真身探访博物馆的人才可能对整体内容物进行格式塔式的分析；而只有探寻者才能发现某些意义重大的并置结果。

我的观光车载着我缓缓穿越展厅。馆内每隔一段距离就设有一个营养补给机，因此我无须离开展馆。我在观光车内睡觉，车里设有舒适的卧铺床。

第二天，我在开始晨起观览前漫不经心地问了左近的仿生人一个问题。

“你喜欢在这里排列展品吗？”

“我永远不会厌倦。”她快活地冲我笑道。

“你觉得这有意思？”

“其乐无穷。找到规律性的模式是我的本能。”

“你总是在馆内区块里工作吗？”

“不。但本区块是我最爱的区块之一。您可能已经看见，我们在这个区块内整理灭绝的病菌——或是那些若不在博物馆内进行保存就将灭绝的病菌。我发现微生物很美。”

“你一直很忙？”

“是的。每个月都会有新的展品到来。从最大的到最小的，任何物品都可以在此贮存。我能给您看点儿东西吗？”

“暂时不要。这间博物馆还要多久才会被填满？”

“若按目前的入馆速率，需要1.55万年。”

“你进入过博物馆的空置区吗？”

“我曾站在空置区边缘。在那里我有一种恐惧感。我还是更乐于让自己忙着整理各种人类作品。”

“这很合适。”

我驱车离开，一边思考着仿生人的思维局限性。那些局限由人类小心翼翼地设计而成，仿生人本身对此毫无知觉。对一个仿生人而言，“客观环境”或说“概念宇宙”是无限的。这是为他们的快乐而设计的，正如我们的“客观环境”是为我们的快乐而设计的。

随着时日流逝，我观察到了许多并置现象和物品，能够支撑我客户们的观点。我把它们一一记录在了腕带计算机中。

第五天，我考察了一个存放飞船和个中物品的区块，这些飞船和物品都是早期银河旅行留下的遗迹。

许多物品都给我带来一种强烈的情感体验——一种主要由怀旧情绪构成的情感，一种回到过去的快乐。因为我看到许多物品映射出一个逝去的时代，那时的人类生活与如今截然不同，也许没有这么安全，却显然没有这么严峻。

在第一银河纪元，当时尚有“妻子”或“情妇”——这两个词是情爱伴侣的旧式说法——陪伴的男人开始进入彼此间隔很远的原始飞行器之中，这标志着人类对偶联结关系的削弱，以及作为一个物种的人类开始步入成熟期。

我进入一架古早的飞船之中，这架飞船建造于第二空间被发现之前。它的规模极小。我收着肩膀，沿着那条简陋的走廊进入一个空间，这里曾是五个机组成员的休息室。此间金属由古法精炼而成；它甚至可能是由木头制成的。这里的家具设计看起来不像是为人类的体格框架设计的。其样式力求达到的是一种虚幻的功能主义。然而，空气中依然残留着的，是一些令我认定属于人类的特征：毅力、勇气和希望。曾经住在这里的五个人是与我有着亲缘关系的人类。

这艘飞船是在一家有缺陷的循环工厂中彻底报废的——他们的微观封存技术没有包含向血细胞里输入氧气的环节，就更别说进行基因手术，使其具备遗传性了。问题出现之后，所有的设备与家具都保持着千万年前的原始状态。

在翻动一些个人储物柜时，我发现了一个薄薄的环带，它是由一种古代金属——黄金制成的。环带内侧笨拙地印刻着小小的古代文字。我把它放在拇指尖上把玩，思考着它的功用。它会是早期避孕工具吗？

我肩旁便是一个博物馆之眼。我启动了它，调出了官方目录，请它来描述我所持的物品。

答复来得很快。“你正拿着一枚戒指，当我们物种的体形比如今小时，它曾戴在人类的手指上，”目录说道，“同飞船一样，这枚戒指可以上溯到第一银河纪元，但它的年代应比飞船本身更为古老。该时期与我们对戒指功能——主要是象征性的功能——的认识是相吻合的。戴戒指象征着一个女性或男性处于已婚状态。这枚戒指可能是世袭财产。在当时，人们对婚姻存续时间的预期是直至生育后代，甚至直至死亡。当时，男性与女性的出生比例为 1∶1，与如今这个男女出生比达1∶10的星际社会大相径庭。因此，当时的对偶婚姻生活并不像现在听来这样不合逻辑。然而，戒指本身应当被视为一种无伤大雅的不合逻辑，它的设计，仅仅是为表达婚姻中的束缚和联结——”

我切断了连接。

一枚婚戒……它代表着符号化交流。如此说来，它对我的一位雇主极具价值，那是一位进行非语言变化研究的教授。

一枚婚戒……一枚代表爱与思想的闭环。

我很想知道，这场特定的婚姻对这艘飞船上的配偶双方而言是否都已结束。但现存物品无法回答我的问题。我又发现了一张塑料窗框包裹着的平面照片，这是一对男女在户外的合影。他们正对着面前的仪器微笑。他们的眼睛很平，这意味着他们的颅骨尚不发达，然而他们并非全无魅力。我注意到他们站得很近，我们如今通常不会站得那么近。

这会是拍摄仪器的局限所致吗？或者是有关亲密关系的社会习俗发生了改变？这是否与人类语音输出的分贝大小有关系？若是如此，我那听觉学院的客户或许会对此很感兴趣。我们的听觉设备很可能比我们先祖的设备更为精妙，毕竟他们当时尚被局限在我们母星沉重的大气压强之中。我将这些细节记录在案，以备将来查阅。

一位同僚探寻者曾跟我开玩笑说，宇宙的奥秘就隐藏在这家博物馆中，只消我能把它找出来。

“等到博物馆彻底建好，我们发现奥秘的概率就会大一些。”我对她说。

“不，”她说，“到那时，奥秘就将被埋藏太深。我们应该仅仅将宇宙的最外层搬运到系值法的建筑之中。你若不现在去探寻，就永远别想知道了。”

“宇宙存在一个终极奥秘或是解开答案的钥匙，这个想法本身无论怎么说都是出自人类自己的意识。”

“或者是出自创造了人类的意识。”她说。

当晚，我睡在了早期银河旅行的区块之中，并在第六天继续我的研究。

我感到一种奇异的兴奋，超越了怀旧的情绪与单纯的考古兴趣。我的直觉奏响了警钟。

我驱车穿行于属于第二银河纪元的20艘大飞船之间。其中最长的一艘足有5 000米，在那个时代，数十个男女同时寄居其中。这是我们的物种试图在太空中建立帝国，将我们对国家与领土的原始迷恋拓展到许多光年之外的时代。相对论的真实存在使这样的努力从一开始就注定失败；在无限浩大的时空之下，这种迷恋被视作幼稚的东西搁置一旁。可以毫不矛盾地说，在星际间的距离单位上，人类变得更加擅长独处了。

我没有进入这些庞然大物，但驻留在了它们之间。在这里，我对那些以金属形式表现出来的残酷军国主义科技进行了取样调查。这种极端行为再也不会发生了。

在这些庞然大物之外，仿生人正在整理新入馆的展品。这些展品在遥远的上方传送带上滑动前进，被静静地送往博物馆入口处，卸往需要的地方。我穿过一排货架，慢慢向正被卸下的新入展品处靠近。

货架上摆放的物品皆来自准帝国时代的殖民地民居或飞船。我为这些藏品惊奇不已。随着人口激增，物品也增加了许多。在我们物种的未成熟时期，对事物的占有欲一直是我们优先考虑的事情。这些死去很久的人似乎很少想到其他，只想着以各种形式去占有更多的东西；然而，就像同等境况下的仿生人一样，他们无法意识到属于他们的客观环境的局限性。

在乱成一团的物品之中，一块平平无奇的立方体吸引了我的注意力。它的侧面是光滑的银色。我拾起它，并把它翻了过来。在它的一边有一块小坑。我用手指碰了碰那个小坑。

慢慢地，立方体的侧面清晰起来，一个年轻女人的三维头像出现在立方体之中。那脑袋上下颠倒，眼睛正盯着我。

“你不是克里斯·梅勒。”她说，“我只同我丈夫说话。关掉我的设备，把我头朝上放好。”

“你的‘丈夫’在6.5万年前就死了。”我说。但我还是把她的立方体放回到货架上，同一个来自遥远过去的影像对话，我并非毫无触动。而它对真实环境做出反应的能力使此事愈发令人印象深刻。

我向博物馆目录询问此物为何。

“用当时的话说，它叫作‘全息罩’，”目录说道，“这是一个真实女性的全息影像，内嵌了她大脑的复制品，该复制品被植入一枚坍缩的锗合金芯片中。它产生了一种生命的外观。你需要更为详尽的科技细节吗？”

“不。我想要它的出处。”

“它来自一艘小型武装飞船，一艘侦察舰。舰艇建造于第二银河纪元201年。该侦察舰被一枚来自斯坎德拉星的炸弹部分摧毁。机组成员全部殒命，但飞船驶入了斯坎德拉星的轨道。你需要交战细节吗？”

“不。我们知道这女人是谁吗？”

“这些货架存放的是近期入库的物品，它们刚刚被编入目录。其他来自斯坎德拉星的物品尚待入库。过些时日我们或许能找到更多数据。该立方体本身尚未经过彻底检查。它被设定为只对该女性丈夫的脑电波进行回应。此类全息罩在第二纪元期间，曾风靡于星际飞船上的男女之间。它们向处于宇宙其他地方的伴侣提供了模仿生命的纪念品。欲知更多细节，你可以——”

“这就够了。”

我继续前行，但越来越不在意身边的物品。来到新展品卸货处时，我停下了观光车。

随着运载平台从屋顶下降，永不知倦的仿生人将它们卸下，放入半透明包裹中，进而装入左近的储物柜里。大一些的物品则用起重机搬运。

“这些物品是从斯坎德拉星来的？”我问目录。

“正确。你想了解该行星的历史吗？”

“这是一颗农业星球，是吗？”

“正确。全农业化，全自动化。没有人类下到地表。它最初由苏维埃印度宣布主权，此处的殖民物资尽管不完全，但基本属于印度。左近的行星属于泛斯拉夫联盟，二者之间爆发了一场战争。这些民族主义用语你熟悉吗？”

“这场愚蠢的‘战争’是如何结束的？”

“联盟向斯坎德拉星派出了一艘战舰。进入轨道后，它立即要求印度人做出妥协，而后者不能或不愿如此。战舰派出了一艘侦察舰下至行星表面谈判并解决问题。他们达成了协议，但重返太空的侦察舰却在即将进入母舰时发生了爆炸。一部分斯坎德拉星的极端分子在侦察舰上安装了炸弹。你昨天查看了一件那艘侦察舰上的遗留展品，今天你又从那艘战舰旁边行驶而过。”

“为了对这枚炸弹进行报复，泛斯拉夫联盟对该行星发动了K炭疽病毒战，这种病毒在一周之内灭绝了该行星上的所有人类。众所周知，炭疽杆菌因其极难控制的特性而臭名远播，战舰本身也感染了病毒，机组成员全部死亡。侦察舰、母舰与斯坎德拉星在几个世纪里与外界断绝了联系。不消说，炭疽感染危险如今已经彻底解除。一切预防措施皆已完备。”

目录的简单介绍令我陷入沉思。

我思考着斯坎德拉星的事故，如今它显得如此微不足道。

清洗掉一个充满人类的世界——这又一次证明了人类的占有欲，这种欲望如今已经放弃了对人类灵魂的控制。又或许，博物馆的存在本身即是这种欲望依然残存的暗示，如今它进化成了一种智能的占有欲，不仅想占有物质，而且想占有人类的整个过去，的确如此，我朋友开玩笑地称为“宇宙奥秘”的又能是什么东西呢？

于是我告诉自己，因果关系只是精神层面上主观存在的，占有欲本身就会创造出一种需要被破解的秘密，就像狩猎本身就会提供猎物。若这秘密一朝被破又会如何呢？到时，人世间所有复杂的事与物都将被大道至简的符咒破解，人类的动力降低了，直低到生活本身失去意义，于是我们的物种将枯萎消亡，一切使命业已完成。或许这正是发生在无可战胜的系值法的事。

在宇宙热寂为万物带来平等之前，我们无从确定无机与有机宇宙在多大程度上是协调统一的。但假设“所有事物无分等级，皆为他者而存在”却并无不可。智能生物系统或许可以通过知识、通过被我朋友戏称为“奥秘”的占有欲，与包容他们的宇宙行成组合——联盟。这个联盟代表着一个高峰，一段繁荣。在此之外只有衰落，这在形而上学层面正与热力学第二定律相一致！

突破这一系列推论后，我立刻意识到了两件事：第一，我已深深浸入我的偶然探寻者状态；第二，我正打算从一个从运载平台上卸货的仿生人手中接过一件物品。

当我把它从半透明包裹中拆出来时，目录说道：“你手持的物品来自斯坎德拉星的首都。从一对名为琼·戈帕尔与兰·戈帕尔的已婚夫妇公寓中回收。该地点的其他物品正在入口。不要随意搁置，以免理货人员混淆。”

这是一个“全息罩”，与我前一天曾查看的那个相仿。或许这是个更为精巧的例子。这个盒子的翻转效果更为灵活，按钮隐藏得极好，我是凑巧碰到的。而且，我刚一碰到按钮，立方体便亮了起来，它的幻影形象也更加鲜明强烈，我正拿着一个男人的头。

那人四下观望，看到我的眼睛后说：“这个全息罩仅为我的前妻琼·戈帕尔开放。我与你无话可说。关掉设备，做个好人，把我送到琼身边。我叫克里斯·梅勒。”

图像消逝了。我的手里拿着一个立方体。

我的脑海中涌现出无数问题。

6.5 万年前……

我再次按下开关。他直勾勾地看着我，依然用那副语气说：“这个全息罩仅为我的前妻琼·戈帕尔开放。我与你无话可说。关掉设备，做个好人，把我送到琼身边。我叫克里斯·梅勒。”

显然这就是克里斯·梅勒身后留下的一切了。他的脸给我留下了深刻的印象。他五官大方，高额头、长鼻子、下颚强壮。他那双灰色的眼睛相距很远，嘴巴丰满而坚毅。他有一脸整齐的棕色胡子，间杂着一些灰白，鬓角的头发也夹杂着灰白色，脸上没有皱纹，面色警觉而不无忧郁。我将他从电子世界的远方拉回，重新点亮，再次复现他的故事。

“现在我来让你和你前妻团聚。”我说。

当我将这个全息罩带上观光车，向前一天看到的那个展品处进发时，我知道我那受了训练的天赋正与我同在，引领我向前。

此时巧合与矛盾同在——或说似乎同在，因为巧合与矛盾都是表象，未必真实。我在前一天遇见了那女人的全息罩，后一天就遇见了这男人的，这倒不奇怪。他们来自同一个行星区域，是在同一次运输过程中进入博物馆的。矛盾要更有趣些。那女人说她只同她丈夫说话，而男人则说只同他前妻说话——这里是否还涉及了另一个女人？

我想起那个女人——琼——似乎更年轻些，而这个男人梅勒已经不复青春。那女人身在斯坎德拉星上，而梅勒则身处侦察舰之中。在那场毁天灭地的“战争”中，他们是处于敌对双方的。

在650个世纪之后，情况何以至此似乎令人费解。然而只要全息罩的细胞亚分子结构内部依然留有能量，这些微不足道的历史碎片就依然有可能被拼合重构。

我并不知道两个全息罩能否互相交谈。

我将两个立方体放到同一个架子上，间隔一米远。之后按下开关。

两个脑袋的影像重新出现。他们看起来栩栩如生。

梅勒热情地凝视着架子另一边的女性人头，率先开口。

“琼，我的宝贝。我是克里斯，这么长时间之后又跟你说上话了。我都不知道我该不该说，但我必须要说。你还能认出我吗？”

尽管琼的影像比这位男性明显更为年轻，但却不如他精巧，那个保存她的全息罩质量差些，颗粒感更重。

“克里斯，我是你的妻子，你的小琼琼。无论你身在何处，这个影像永远为你留存。我知道我们之间有些问题，但……我们在一起的时候，我从来都没机会述说这一切，克里斯，但我真的珍惜我们的婚姻——它对我意味着很多，我希望它能持续下去。我爱你，无论你身在何处。我常常思念你。你说——罢了，你知道你说过什么，但我希望你仍然在意。我希望你在意，因为我真的很在意你。”

“我们分开已有许多年了，我的宝贝琼，”梅勒说道，“我知道最终是我打破了我们的婚姻，但那时我还年轻，还很愚蠢。即使在那时，我身心的一部分也在警告我，我在做一件错事。我假装以为你并不在意我。但你一直就是在意我的，对不对？”

“我不仅在意你，今后我还会试着向你透露更多的内心感受。也许现在我比从前更了解你了。我知道我在很多地方都没有表现出自己应有的热情。”

我饶有兴味而又困惑不解地听着这段对话，其中包含了诸多超出我理解能力的弦外之音。我正在聆听原始人类的对话。影像中她的脸庞颇具魅力；她生着性感的嘴唇和大大的眼睛，除却眼睛的扁平与她误以为会令她更美的多余毛发，她确实颇具魅力——但她居然理所当然地认为她可以将一个男人当作自己的私有财产，而对方的言行举止显然也是在认同此种假设，着实不可思议！梅勒的言谈模式缓慢，深思熟虑，却异常笃定；而琼的语速很快，说话时摇头晃脑，支支吾吾，断断续续。

他说：“你不知道在悔恨中生活是什么滋味。至少我希望你不致如此，我的宝贝。你从不像我这样了解悔恨和它所带来的复杂后果。我记得在我们分手前，我骂你浅薄无知。那是因为你满足于当下，全然不考虑过去与未来。当时我无法理解，因为对我而言过去与未来总是与我同在。你从不提过去的事，无论悲喜，而我受不了这样。想想看，我竟让这样一件小事妨碍了我们的爱情！还有你和戈帕尔的情事，那也令我伤心，原谅我这样说，他是个黑人的事实又在我的伤口上撒了一把盐。但即使是在那时，我也是过错更多的一方。那时的我比之现在太过自负，琼。”

"我不是很擅长反思过去，你知道的，"她说，"我每天都活在当下。但与兰·戈帕尔的牵扯——罢了，我承认他确实吸引了我——你知道，他向我示爱了，而我无法抗拒，我不是在指责兰……他很贴心，但我想让你知道，那都结束了，真的结束了。现在我又开心了。我们是属于彼此的。"

"我对你的感情依然同过去一样，琼。如今你和戈帕尔结婚想必也有十年了。或许你已经把我忘了，也许这个全息罩不受你欢迎。"

我站在那里被迫倾听，而这两个影像全神贯注地凝视对方，进行着互不交流的交谈。

"我们的想法不一样——我是说我们考虑问题的方式，"琼垂下视线说，"你能解释得比我更好——你总是更有才智的那个。我知道你看不起我，因为我不聪明，对不对？你过去曾说我们缺少语言交流……我不知道该说什么。我只知道，每次看到你伤心又愤怒地踏上另一趟航程，我都很难过，我希望——噢，好吧，你看，你可怜的妻子正试图给你发送这个全息罩，以此来弥补她的种种缺陷。它载着我的爱意，亲爱的克里斯，我希望——噢，所有的一切——希望你能回到地球，回到我身边，希望我们之间的一切都能同之前一样。我们属于彼此，我从没有忘记。"

说话之间，她的情绪变得越来越激动。

"我知道你不想要我回来，琼。"梅勒说道，"没有人能逆转时间。但当机会来临，我不能不让自己试着去跟你接触。你在十五年前给我发送了一个全息罩，从此以后，我无论去哪儿都随身带着它。我们离婚后，我加入了一支太空雇佣军。现在我们要同泛斯拉夫同盟打仗了。我刚刚知晓，我们即将前往斯坎德拉星，尽管目的并不太友善。所以我在制作这个全息罩，希望能有机会将它发送给你。我想传达的信息非常简单——我原谅你的一切，无论你认为有什么需要我谅解的。这么些年过去了，你对我依然很重要，琼，尽管我对你或许不值一钱。”

“克里斯，我是你的妻子，你的小琼琼。无论你身在何处，这个影像永远为你留存。我知道我们之间有些问题，但……我们在一起的时候，我从来都没机会述说这一切，克里斯，但我真的爱我们的婚姻——它对我意味着很多，我希望它能持续下去。”

“这感觉真奇怪，我以敌人的身份来到了这个星球——我想它现在是你的母星了，鉴于你嫁给了戈帕尔。我早知道那混蛋存心不良，一直像只蛀虫似的在我们之间钻营。告诉他我不恨他，只要他对你好，其他的都不重要。”

她说：“我爱你，无论你身在何处。我常常思念你……”

“我希望他已经使你彻底忘记我了。这是他欠我的。你我曾是彼此的唯一，我的生命再也不曾那样快乐，无论我对别人装成什么样。”

“我常常思念你。你说——罢了，你知道你说过什么，但我希望你仍然在意。我希望你在意，因为我真的很在意你……我不仅在意你，今后我还会试着向你透露更多的内心感受。也许现在我比从前更了解你了。”

“琼，我的宝贝。我是克里斯，这么长时间之后又跟你说上话了。我都不知我该不该说，但我必须要说。”

我转过身子。至少现在我明白了，是那些影像令人难解的言谈内容使我花了这么长时间才发现真相。影像之间可以交谈，而触发交谈的条件是对方独白中的停顿。但他们谈话的内容却是在相遇之前即已编写完成的。他们都有自己的角色，但却丝毫不能改变内容，哪怕是一个发梢儿的内容。无论另一个影像说了什么，他们都无法给出超越预设内容的回答。女人的预设内容比男人更少，她的台词率先结束，于是开始纯粹地重复之前的话。

琼那个全息罩的完成时间大约比梅勒早上15年。她说话时，二人仍处于婚姻之中，而他那个影像则来自他们离婚的若干年后。这两个影像完全是在随机说话——他们之间根本不曾存在对话……

他们那些微不足道的言谈内容在我脑海中一闪而逝。

更庞大的主题占据了我的意识。

第二纪元的人已经彻底消逝，一同消逝的还有他们忙碌不休地占有的一切事物。

神明一般的系值法也已彻底消逝。至少我们如此认为。我们被他们的造物包围，但系值法本身却没有留下丝毫痕迹。

我们看不到系值法的任何痕迹，正如琼和梅勒看不到我的任何痕迹，尽管他们能以自己的方式彼此回应……

我身为聚合型高级探寻者的职业本能发挥了超乎寻常的效力。我将局部整合成了一个远超局部之和的终极整体。我找到了那个被我朋友戏称为“宇宙终极奥秘”的东西。

就像我看到的那些影像，银河中的人类种族仅仅是一种投射。系值法创造了我们——不是作为真正有自由意志的造物，而是某种再造物。

这推论没有什么证据，也不会有，这只是我的直觉。我早已学会相信自己的直觉。正如那些被困的影像，我们彼此越飘越远，渐渐失去了定义。就像那些被困的图像，我们注定要在昔日的废墟中扎根生长，因为复制品无法创造未来。

这就是我的大道至简，这就是我与包容我的宇宙所形成的同盟！这就是衰落之前的繁荣。

不，我的想法毫无意义！我被一阵冲动攫住了！我的推论完全没有依据。我知道根本就没有什么“宇宙的终极奥秘”——再说，不管怎样，就算人类是由系值法创造的，那又是谁“创造”了系值法？这个首要问题依然存在，不过是多推了一步而已。

然而，任何层级上的存在实体都拥有属于自己的核心谜团，以及揭开这谜团的钥匙。正是这些钥匙使生物或超脱原有的生活范畴，或走入绝境——或繁荣，或灭亡。

我找到了一把能令人类物种枯萎消亡的钥匙。我们所处的世界仅仅是一个“客观环境”，并不是“宇宙”。

我离开了博物馆，驾着我的飞船驶离矩尺星。我没有返回母星，相反，驶向了一个荒芜的世界，我将在那里度过我的余生，不再与人交流。就让他们以为我的选择是全因个人，非关宇宙吧。如果我与人交流，此刻我所感到的寂灭可能会蔓延开来。

一直蔓延，永无止境。

我的精神过于痛苦，直到我抵达这不毛之地时，才想起我在博物馆里忘记了一件事。我忘了关掉全息罩。

他们仍在那里，执行着他们永无止境的对话，直到电力告罄。直到那时，这两个说话的头颅才会沉入被祝福的虚无之中，消失不见。

声音渐渐消散，影像不复存在，唯有静默长存。

（韶光　译）

意象与符号

任何一类聚焦于某一特定经验领域的文学都会发展出属于自己的意象，像是胶卷照片被曝光一样。这些意象会不断积聚，通过重复，渐渐成为这种文学本身的象征；此类象征会被用以唤起人们对特定文类的反应，出版商则会根据此种反应决定如何开展手头的工作。这就是类型文学的意义所在。

举例而言，哥特小说描绘的往往是年轻女子身处险境，潜在的恐怖与超自然现象随时可能发生，其中便会包含这样的意象：一个年轻女子出现在黑暗之中，背景里赫然耸现出一座神秘宅邸。侦探小说往往描绘凶杀案，人们可以通过死尸与作案工具等意象辨识此类小说。西部小说则通过一个在广袤大地上独自策马奔行的人物形象唤起读者意识。书籍封面能够助人判断作品类型。

科幻的意象与符号是从科学技术之中涌现而出的，这些技术改变了世界，也改变了生活于其中的人：机器、城市、宇宙飞船、实验室、行星、宇宙、未来……它们是科幻这个“变化之文学”的内在因素，同时它们也展露出了自己的生命。

文学科幻作家并非诞生于新浪潮运动，但他们的活跃在新浪潮运动中达到高潮，他们开始运用转喻的手法，而拒绝接受他们从中诞生的那种文学。包括科幻在内的所有文学都是有关当下的——如果与当下无关，它就不该被创作或是阅读——传统科幻往往将当下重塑为一个不一样的未来，而文学科幻则采用传统科幻的意象与符号，去阐明当今这个科技时代中的人类境况。换言之，传统科幻试图描绘真实的未来，而文学科幻则试图描绘隐喻性的未来。传统科幻假定人类会被环境所改变，这种环境之中包含科技；而文学科幻则将人类境况的永久性视作优先原则。

克里斯托弗·普瑞斯特（Christopher Priest）的作品展示了文学科幻作家如何运用意象与符号书写当代的人性困境。普瑞斯特1943年生于英国柴郡的钱德尔，在曼彻斯特仓库工人及职员孤儿学校接受教育。普瑞斯特与迈克尔·约翰·哈里森一样，于摩考克初掌《新世界》那段令人振奋的日子崭露头角。普瑞斯特16岁时便完成学业，开始以会计身份工作，直到1966年将第一部短篇小说卖给《脉冲》杂志。他在1968年成为全职作家。

普瑞斯特的第一部长篇小说《灌输者》（*Indoctrinaire*, 1970）建立了他的写作范式，他之后的创作全都遵循这一范式：卡夫卡式的情景，模棱两可地略略展示非比寻常的现象；无法解释的事件；强烈的人物形象和意象描述。《黑暗岛赋格曲》（*Fugue for a Darkening Island*, 1972）描述了一个未来的英国，故事中，由于非洲大陆被核战争毁灭，大量难民涌入英国。《颠倒的世界》[*Inverted World*, 1974年于美国出版，初名《那颠倒的世界》（*The Inverted World*）] 获得了英国科幻协会奖（BSFA Award），在对待变革的问题上，它或许是态度最为严肃的小说：他刻画了一个令人费解的城市意象，它在一个时间、物质，甚至是意义都处在不断的变化中的世界里艰难前行，但作品提供的解决问题的方式是坚定地站在适应变化的一边，而不是徒劳地试图维持现状稳定。《太空机器》（*The Space Machine*, 1976）是一部模仿威尔斯《时间机器》与《世界大战》的作品，并获得了澳大利亚迪特玛尔奖。

《威塞克斯之梦》[*A Dream of Wessex*, 1977，美国版名为《完美爱人》（*The Perfect Lover*）] 是普瑞斯特最后一部毫无争议的科幻长篇，尽管故事里那 39 个大脑假想出的未来似乎更为关注现实的本质及其创造过程，而非梦境的本质。在长篇小说《确认》（*The Affirmation*, 1981）中，普瑞斯特通过这样的写法向主流小说靠拢：一个总是梦想自己身属另一个世界（"梦之群岛"）的男人用自己的记忆交换了不死之身，他渐渐陷入疯狂，而书中的每一个角色都在撰写一部关于其他宇宙的小说。

《魅影世界》（*The Glamour*, 1981）是一部毫无争议的主流小说，小说写的是隐形，不是通过技术，而是通过意愿增强自身天然的不引人注意的特性。小说里的现实中真正发生了什么——以及曾经发生过什么难以确定，这让其中的当代爱情大为失色。《沉默的女人》（*The Quiet Woman*, 1990）是一部心理悬疑小说，它的风格定位和内涵意义具有一定的模糊性，其中既包含科幻元素，也可被视作主观幻想作品。普瑞斯特最近的作品[1]皆集中于当代问题，探究世事的运作方式，甚至是探究"探究"本身。

《永恒之夏》（"An Infinite Summer"）原载于 1976 年刊《仙女座》第一辑，而后被收入普瑞斯特 1979 年的选集《永恒之夏》充当标题故事（他的另一部短篇选集是 1974 年的《实时世界》），这个故事充分展现了普瑞斯特的作品主题。故事中的"冻结"工具被描绘

1. 在《魅影世界》后，普瑞斯特又撰写了若干长篇。他最广为人知的作品应为 2006 年被克里斯托弗·诺兰导演改编为同名电影的《致命魔术》。

得巨细无遗，却又被认为是不可知的，而“冻结者”们令人费解的行为动机在故事中显得微不足道，受害者的情感困境才是作者着重描写的部分。这个故事向读者提示的不是变化的可能性（如《颠倒的世界》），而是停滞的可能性，读者或许会好奇，该作品的创作灵感是否来自对老式相片的观察，因为老式相机的作用方式就是将图像“冻结”在成像的那一瞬间里；作者将冻结者的工具与相机作比或许并非巧合。而《永恒之夏》与亨利·库特那及 C. L. 穆尔那篇《人间好时节》（“Vintage Season”）在标题与内容上皆具有一定的相似性，后者的故事中也包含这样一种内容：身居未来的游客前往大灾难发生前的经典历史时期进行观光。这或许暗示了该故事的另一个灵感来源。

在《万亿年狂欢》中，布赖恩·奥尔迪斯称“普瑞斯特已不再以科幻作家自居”，对此，普瑞斯特回应道：“我从不曾声称自己是科幻作家。”但他又接着说道：“尽管我如此，我仍将自己视作科幻大家庭的一员，并在此范畴内部开展评论。”

（憬怡　译）

永恒之夏

克里斯托弗·普瑞斯特

1940 年 8 月

眼下正在打仗，但这对托马斯·詹姆斯·劳埃德而言没什么特别。战争带来不便，也限制了他的自由，可总的来说，这是他当前最不在意的事。霉运将他带到了这个充满暴力的时代，而他对这个时代的危机漠不关心。他被笼罩其中，又置身事外。

现在，他站在里士满区的泰晤士桥上，双手搭着防护栏，顺着泰晤士河向南远眺。阳光洒在河面上，反射出光芒，他从衣兜里掏出金属盒子，取出墨镜给自己戴上。

在时间冻结的定格场景中，唯有夜晚能带来宽慰；而到了白天，墨镜给他带来与之近似的宽慰。

对托马斯·劳埃德而言，上一次无忧无虑地站在这座桥上，似乎并不是十分遥远的事。那日的记忆无比清晰，它本身就是被冻结的瞬间，没有分毫消减。他记得他和堂弟是怎样站在此处，看着四个城里来的年轻人操纵平底船逆流而上的。

里士满本身已发生极大变化，与他年轻时相去甚远，但桥上的风景却还是他记忆中的旧时模样。尽管河流两岸多了许多建筑，但里士满山下的草地依然如故，他还能看到延伸的河边小径在通往特威肯纳姆的河流拐角附近渐渐消失。

眼下城里十分安静。几分钟前，防空警报响了一回，现在，尽管街上仍有少量车辆穿行，但大多数行人都已躲进商店和办公室，寻找临时避难之所。

劳埃德离开他们，再次走入旧日时光之中。

他身材修长，体格健硕，外表显然还是年轻人。曾有几次，他被陌生人错认成 25 岁，而劳埃德作为一个内向而不善交谈的人，并未刻意修正别人的看法。他墨镜后的眼睛依然闪烁着光芒，充满年轻的希望，但眼角那许多细纹和暗黄的皮肤暗示了他的年龄不止于此。然而，即使这些暗示也与真相相去甚远。事实上，托马斯·劳埃德生于 1881 年，如今已年近 60。

他从西服马甲兜里掏出怀表，看到时间刚过 12 点。他转身向艾尔沃斯路上的小酒馆走去，接着，注意到一个男人正独自站在河边小道上。尽管脸上的墨镜过滤掉了昔日和未来那些更具侵略性的回忆，劳埃德还是发现，那是被他称为“冻结者”的人员之一。这是一个年轻人，身材相当丰满，头发过早地谢成了秃顶。这年轻人一定看见了劳埃德，因为当劳埃德俯视他时，他不屑地看向了另一边。如今，劳埃德对冻结者已不再恐惧，但他们总是无所不在，而他们的出现总能令劳埃德感到紧张。

远方巴恩斯的方向传来另一声警报，劳埃德听到破空的声音嗡嗡地向人们预示着即将到来的空袭。

1903 年 6 月

世界尚在和平之中，时下正是和风丽日。年满 21 岁的托马斯·詹姆斯·劳埃德刚从剑桥毕业归来，蓄着八字胡，喜笑颜开地踏着轻盈的步伐穿过里士满山边上的小树林。

这是一个礼拜日，周围的游人着实不少。这天早些时候，托马斯与父母和姐姐一同去教堂做了礼拜，坐在向例留给里士满劳埃德家族的长椅上。山坡上的这座房子是劳埃德家的祖产，已逾200年，而现任家主威廉·劳埃德不仅拥有希恩区的大部分房产，还掌管着整个萨里郡最大的几宗买卖之一。这确是一个财力雄厚的家族，而詹姆斯·劳埃德一直就知道，有一天他将继承这些遗产。既然世俗的财富需求已经得到满足，托马斯自然地将注意力转向了更为重要的天性之上：夏洛特·卡林顿和她的妹妹萨拉。

两个家族早已默认，他终有一日会与姐妹二人之一完婚，不过，他的新娘究竟会是二人中的哪一个？这个问题已经令家人猜度数周。

这对姐妹确实值得做一番抉择——至少托马斯本人是这样认为的——但如果真能全凭他做主，他就不必如此大费脑筋了。不幸的是，女孩们的父母已经明显表示，他们认为夏洛特更适合给一个未来的大工业家和大地主做夫人，从多个角度上说，事实也确乎如此。

问题在于，托马斯已经无可救药地爱上了她年轻的妹妹萨拉，这场情事是卡林顿夫人绝不曾想到的。

20岁的夏洛特无疑是个标致的姑娘，托马斯很享受她的陪伴。她看起来已经准备接受他的求婚，公平地说，她也确实具备与生俱来的优雅与聪慧，但当他们在一起时，彼此都不能说出什么吸引对方兴味的话来。夏洛特是个壮志满怀、不受拘束的姑娘——这是她的自述——于是她孜孜不倦地阅读历史典籍。她最大的兴趣便是参观萨里各处的大小教堂，并从各类器皿上拓取黄铜拓片。作为一个开明又善解人意的年轻人，托马斯很高兴她找到了一份属于自己的爱好，但这并不能说他们志同道合。

萨拉·卡林顿则完全不同。她比姐姐小上2岁，因此，其母认为她尚不具备婚配条件（或者，至少在夏洛特出嫁之前尚不具备）。唯其难以求娶，萨拉一时成了人人觊觎的姑娘，而她本人的性格也十分讨喜。托马斯最初拜访夏洛特时，萨拉尚未完成学业，但通过对夏洛特和自己姐姐的诱导性询问，托马斯已经探明萨拉喜欢网球和槌球，是个狂热的自行车爱好者，并且熟悉所有最新的舞步。他偷看了一眼他们的家族照片，便断定她是位美人。而这一判断在他与萨拉初见时得到了证实。他由是迅速坠入爱河。自那以后，他一直努力转移自己的追求对象，也确实获得了一些成功。有两回，他已经单独同她说上了话——考虑到卡林顿夫人一直试图撮合他与夏洛特，这可以说是一项不小的成就——一次是他和萨拉被单独留在卡林顿家的客厅，第二次是家庭野餐时，他成功同萨拉搭了几句话。单凭这两次短暂的相处，托马斯已经深信，自己这辈子非她不娶。

因此，这个礼拜天托马斯心花怒放，因为经过一番巧妙设计，这天他为自己争取到了与萨拉独处至少一小时的机会。

这次计划中有一个工具性人物——他的堂弟韦林·劳埃德。在托马斯看来，韦林一直是个毫无自知之明的蠢材，但他记得，夏洛特曾有一次对他流露出对韦林的好感来（同时他也认为这两人非常般配），于是托马斯便提议这日下午一起去河边闲逛片刻。韦林颇为自信能在他们散步途中暂时牵住夏洛特，如此一来，托马斯便能同萨拉单独走到前头去了。

那日，托马斯比预定的约会时间早到了一些，他耐心地在河边来回踱步，静待他堂弟到来。河边比别处更为凉爽，因为树木一直延伸到水边，几位女士在船篷后头的小径上漫步，她们都收了遮阳伞，紧扯着肩上的披肩。

后来韦林终于来了，堂兄弟俩以前所未有的亲切态度互相打了招呼，之后他们讨论起是要乘渡船过河，还是要从大桥边上绕路过去。时下还有许多时间，于是他们选择了后一条路线。

托马斯再次提醒韦林散步途中他需要做些什么，韦林表示都明白。这项安排于他也极合适；他认为夏洛特比之萨拉毫不逊色，而他也毫无疑问地会与那年长些的女孩聊得更为投机。

后来，当他们穿过里士满大桥，来到属于米德尔塞克斯郡那一侧的河流时，托马斯停下脚步，把手搭到石制防护栏上。他看着四个年轻人笨拙地撑着平底船逆流而上，试图靠岸，而岸上另有两个年长的人大声呼喝着互相矛盾的指令。

1940 年 8 月

“您最好躲一躲，先生。为防万一。”

托马斯·劳埃德被边上的声音吓了一跳，转过身来。说话的是一个空袭民防队长，年纪稍长，身着深色制服。他的外衣肩膀及金属头盔上都印着代表空袭预防机构的 A.R.P[1] 三个字母，尽管语气礼貌，但他打量劳埃德的目光却充满怀疑。劳埃德在里士满的零工收入甚微，几乎只能勉强维持食宿，而仅有的一点余钱也经常被他拿来买醉；他依然穿着五年前的衣服，它们早已破破烂烂了。

“空袭要来了吗？”劳埃德问。

“说不准。德国人还在轰炸港口，但现在他们随时都会炸到城里来。”

他们同时望向东南侧的天空。在那蔚蓝的穹顶深处，有几串卷曲的白色汽痕，但此外就再无任何令人生畏的德军炮火迹象了。

“我会平安无事的，”劳埃德说，“我要去走走。要是空袭开始，我就离房子远些。”

1. 指战时英国政府为保护平民免受空袭设立的一系列机构和条例。

"好的，先生。如果您在外头遇到别人，记得提醒他们防空警报响了。"

"我会的。"

民防队长冲他点点头，慢慢地走进城里。劳埃德把墨镜推上去，目送他离开。

在他们适才所站之处的几码开外，有一个冻结者的定格场景：那是两个男人和一个女人。第一次注意到这场景时，劳埃德曾仔细查看过这三个人，并从服饰判断出，他们必定是在19世纪中叶的某个时点被冻结的。这是他迄今为止发现的最古老的场景，也因此令他特别感兴趣。他已经知道，定格场景的冰冻效果何时开始发生侵蚀是不可预料的。有些场景会持续若干年，另一些则只有一两天。这个场景存在了至少90年，这恰恰证明了侵蚀发生的概率何其难测。

这三个人是在行走之中被冻结的，适才那个民防队长蹒跚着走过人行道时，他们就在他的正前方。但当他行经这三人时，却对他们丝毫不觉，并迅速从中间穿行过去了。

劳埃德拉下墨镜，三人的影像渐渐模糊，失了轮廓。

1901年6月[1]

与托马斯相比，韦林的前途显得平平无奇、不值一提，然而若按一般的衡量标准来看，他依然算得上前程似锦。因此，卡林顿夫人（除家族直系亲属外，她比任何人都更了解劳埃德家族的财产分配情况）彬彬有礼地接待了韦林。

她为两个年轻人各上了一杯冷柠檬茶，接着就一些有关植物绿

1. 原文如此，疑为1903年6月。

化带的问题向他们征询了意见。托马斯早已习惯卡林顿夫人的闲谈，措辞精简地进行了一番答复。而急于讨好的韦林费尽力气，答得巨细无遗。当女孩们露面时，他依然在滔滔不绝地讲述植物补植和花草时令。两个女孩从通向花园的落地窗那侧走出，穿过草地，来到了他们这边。

她俩同时出现，看上去明显就是姐妹，然而在托马斯热切的目光中，其中一个女孩的美貌明显胜过了另一个。夏洛特的言谈更加真诚，举止也更务实。萨拉则表现得谦逊贤淑、羞怯胆小（尽管托马斯知道这只是情人眼中的爱慕），她走近他，与他握手时露出了微笑，这笑容足以令托马斯相信，从此刻起，他的生活将永如夏日。

四个年轻人同女孩们的妈妈在花园里散着步，不觉便过了20分钟。托马斯起初很不耐心，急于尝试自己的计划，几分钟后总算控制住了自己。他注意到卡林顿夫人和夏洛特都被韦林的言谈逗笑了，这是个不曾料想的意外之喜。毕竟，还有一整个下午等在前头，至少这几分钟是没有虚度的！

后来他们终于从卡林顿夫人在场时的礼节拘束中解放出来，四个年轻人开始了计划好的踏青漫步。

两个姑娘各撑了一把阳伞：夏洛特是白色的，萨拉是粉色的。在他们往河边草地漫步的过程中，她们的裙摆一直摩擦着长长的绿草，沙沙作响，尽管夏洛特微微提起了裙子，说绿草会弄脏裙子的棉料。

将到河边时，他们听到了其他人的声音：孩子们叫喊着，一对城里来的男女笑闹着，另有一个八人划艇在舵手的指挥下整齐划一地前进。到了河边，两个年轻人扶着女孩们越过一道围栏，而在20码之外的某处，一只杂种狗从水中跳出来，抖落了身上的串串水珠。

小径的宽度不足以让四人并肩而行，于是托马斯与萨拉走到了前头。他趁势与韦林对了一次眼色，后者冲他轻轻点了点头。

几分钟后，韦林留住夏洛特，将芦苇边上的一只天鹅和一群幼崽指给她看，而托马斯和萨拉在前方逐渐走远。

现在他们离城里已有一段距离，河流两侧满地绿茵。

1940 年 8 月

小酒馆距大路有一小段距离，店铺前头的一个区块铺了些铺路石。战前，这个区域曾设有一些金属圆桌，供人在露天环境里喝上两杯，但这些桌子都在去年冬天被当废铁收走了。除却这点，再除去窗玻璃上贴的防爆用十字胶带，此处没有任何迹象能使人联想到外界正在发生战争。

在酒馆里，劳埃德要了一品脱苦啤酒，坐到了其中一个桌子边上。

他抿了一口酒，接着观察起酒馆中的其他客人。

除了他自己和酒吧女侍，现场还有四个人。两个男人愁眉苦脸地同坐在一张桌边，面前放着空了一半的烈性黑啤。另一个男人独自坐在门口，面前放着一张报纸，正盯着上头的填字游戏看。

第四个人倚墙而立，这是一个冻结者。劳埃德特别记了下来，这个冻结者是个女人。她像其他男性冻结者一样，身着一件暗淡的灰色罩衣，手持一件冻结工具。她的这件工具长得很像现代的便携式相机，是用系索挂在脖子上的，但形状要比照相机大上许多，大约是个立方体的形状。它的前端，也就是相机风箱和镜头的位置上，是条状的矩形白色玻璃条，明显呈半透明或不透明状，冻结光束就是透过这个装置发射出去的。

劳埃德依然戴着墨镜，只能隐约看见这个女人。她看起来确实望向了他的方向，但过了几秒钟，她转身穿墙而去，离开了他的视线。

他注意到女侍正看着他，见他瞧过来，她立刻开口说："你以为他们会在这个时候来吗？"

"我不想猜。"劳埃德说，他不想被拖入这场对话。他又喝了几口酒，希望马上喝完上路。

"这警报把买卖全毁了，"女侍说道，"一个接一个，一天都不断，有时连夜里都在响。还总是些假警报。"

"是啊。"劳埃德说。

她又唠叨了一会儿，但接着有人从另一家酒吧致电，要她去帮忙。劳埃德如释重负，因为他不喜欢同这里的人交谈。他远离人群太久，也一直没能掌握现代人的谈话方式。他常被误解，因为他习惯于用更为正式的方式与人交谈，这是属于他自己那个时代的礼节。

他后悔跑来喝酒了。因为现在正是去草地上的好机会，当空袭警报响起时，草地上只会有少数几个人。无论何时，他走在河边时总希望自己是一个人。

他喝掉剩下的酒，接着站起来，向门边走去。

这时他第一次发现，门边有个新近被冻结的定格场景。他不曾刻意寻找定格场景，因为它们使他心烦意乱，但新场景总能勾起他的兴趣。

看上去曾有两个男人和一个女人坐在这张桌子边；他们的形象不太真切，于是托马斯摘掉了墨镜。这场景的光辉程度瞬间令他感到震惊；他们是在阳光之下被冻结的，那阳光如此灿烂，完全笼罩了时下仍坐在桌子另一端的真人，他还在瞧他那报纸上的填字游戏。

两个男人中的一个看起来明显比场景中的另外两个人年轻，坐得也离他们稍远。他显然正在吸烟，因为桌子上横放着一支香烟，烟头那半英寸悬垂到了木制桌面的边缘。年长些的男人同那女人显然是一对，因为他们的手交握在一起，而他正弯下身子意欲亲吻她的手腕。他的嘴唇停在她的臂膊上，双目紧闭。那女人虽已年过 40，却风韵犹存，她显然被这一举动取悦了，因为她正微笑，但却没有看她的男友。相反，她望着桌子对面的年轻人，而后者的啤酒杯举在嘴边，正饶有兴致地看着他们亲吻。

他们之间的桌子上放着那男人尚未饮用的苦啤酒，以及那女人的波尔图酒。年轻人香烟中冒出的烟雾灰白缭绕，在阳光照耀的空气中一动不动，一缕烟灰正朝地板掉落，就盘旋在地毯上方几英寸的地方。

“你有啥事儿吗，伙计？”开口的是那个正做着填字游戏的人。

劳埃德慌忙戴上墨镜，意识到适才那几秒钟他的样子一定像在盯着那人看。

“抱歉，”他说着掷出那个经常使用的借口，“刚刚那会儿我以为我认识你。”

那人状似近视地抬头盯住他：“我这辈子都没见过你。”

劳埃德装作心事重重地点了个头，接着便走向门口。

闪念间，他又瞥了一眼那三个被定格的受害者。年轻人举着啤酒杯，冷静地观望着；那男人几乎以水平幅度躬身亲吻着那女人；而女人一面微笑，一面瞥着那年轻人，享受着自己得到的关注，阳光，蜿蜒的烟灰。劳埃德走出酒吧，步入温暖的阳光之中。

1903 年 5 月

“你妈妈想要我跟你姐姐结婚。”托马斯说。

“我知道。这不是夏洛特想要的。”

“也不是我想要的。我能询问你对此事的想法吗？”

“我也一样，托马斯。”

他们正缓步前行，彼此间隔着一点距离。两人都盯着脚下的砾石小径，没有去看对方的眼睛。萨拉用手指转动着阳伞，伞盖上的流苏随之旋转纠缠。现在他们到了河边草地，已几乎是在独处了，尽管韦林与夏洛特就跟在身后约200码的地方。

“你会用形同陌路来形容我们的关系吗，萨拉？”

“你是指按什么标准来衡量？”她犹豫片刻，方才答道。

“好，我举例而言，这是我们第一次被一定程度地允许进行亲密接触。”

“而这是精心设计的结果。”萨拉说。

“这是什么意思？”

“我看到你给你堂弟使眼色了。”

托马斯感到自己脸红了，但他认为在这样明亮温暖的夏日艳阳天里，对方是不会察觉的。河里的八人划艇已经转向，即将再次经过他们身边。

过了一会儿，萨拉说道：“我不是在回避你的问题，托马斯。我在认真考虑我们算不算陌生人。”

“那你怎么说？”

“我觉得我们彼此了解得还太少。”

“我很愿意再次见到你，萨拉。我指的是，不需要精心设计的那种见面。”

“夏洛特和我会跟妈妈谈谈的。对你的事，我们已经谈了很多了，托马斯，只是还没跟妈妈谈过。你不必害怕伤害我姐姐的感情，因为尽管她挺喜欢你的，但也还没做好结婚的准备。”

托马斯的脉搏加速了，他感到体内涌起一股自信。

“那你呢，萨拉？”他说，“我能继续争取你吗？”

听了这话，她转身走开，穿过了小径边上的长草丛。他看着她裙子长长的下摆，以及明亮的圆弧形粉色伞盖。她的左手在身边悬荡，轻轻摩擦着她的裙子。

她开口说道："我非常乐意接纳你，托马斯。"

她的声音很轻，但这些词语却清晰地传入托马斯耳中，仿佛她是在一间静谧的屋子里清楚说出的一般。

托马斯立刻回应了她。他猛地摘掉平顶草帽，张开双臂。

"我最亲爱的萨拉，"他呼喊道，"你愿意嫁给我吗？"

她转过身来看着他，有那么一瞬间她安静地一动不动，严肃地观望着他。她的阳伞静置在肩头，不再转了。接着，见到他是真诚的，她笑了，而托马斯看到，她双颊上也泛起一抹红晕。

"是的，我当然愿意。"萨拉答道。

她的眼中流露出欣喜。她走到他身边，伸出左手。而托马斯依然高高举着草帽，伸出右手去握她的手。

两人都没能看到，就在这一刻，一个男人正从河水边缘迈步而来，拿着一件黑色的小器具瞄准他们。

1940 年 8 月

警报尚未解除，但城里似乎已恢复正常生活。里士满桥上车水马龙，通往艾尔沃斯路的小径上有一家杂货铺，铺外已排起长队，路边还停着一辆送货车。现在，鉴于托马斯终于开始进行每日的例行散步，他面对定格场景时的拘束感得到了缓解，于是他取下墨镜，最后一次把它放回盒子里。

大桥中央有一辆翻倒的马车。车夫是个瘦削的中年男子，他身着绿色制服，头戴一顶发亮的黑顶帽子，那持鞭的手臂高举着，鞭子在桥上划出一道优美的弧线。车夫的右手已然松开缰绳，正朝外伸向坚硬的路面，不顾一切地试图缓和摔倒的冲击。后方敞开的车厢尾部坐着一位上了年纪的女士，脂粉覆面，面纱遮脸，身着黑色的天鹅绒大衣。由于车子的轮轴坏了，她被甩到车座一边，惊恐地举起手来。至于那两匹套着的马，一匹显然没有意识到当下的事故，在扬蹄迈步的过程中便被定住了。而另一匹却奋鬣仰面，前蹄双双上扬，鼻翼舒张，马眼罩后眼珠直转。

劳埃德过马路时，一辆邮政总局的运输车穿过了这个定格场景，司机丝毫没有注意到场景的存在。

两个冻结者正在通向河边小径的缓坡顶部等待，当劳埃德转过身，沿小径向远处的草地走去时，两人隔着一小段距离尾随上他。

1903 年 6 月至 1935 年 1 月

那个禁锢了两个年轻爱侣的夏日成了一个被无限延长的时刻。

托马斯·詹姆斯·劳埃德左手举着草帽，另一只手向前伸着。他的右膝微微弯曲，似乎就要下跪，而脸上充满了幸福与期待。场景中似有微风拂过他的头顶，因为有三缕发丝立了起来，但这其实是他摘帽时带起来的。一只早先停在他翻领之上的带翅小昆虫在起飞的瞬间遭到定格，逃生的本能发挥太迟。

萨拉·卡林顿站在不远之处。阳光洒在她脸上，将她那几缕从帽檐边散落下来的红褐色碎发衬得愈发突出。她朝托马斯迈了一步，蕾丝缀边的裙子底下露出的脚上套了一双带扣的靴子。她的右手正将一把粉色的阳伞从肩上移开，似乎马上就要高兴地举起它来挥动。她在笑，一双温柔的褐色眼睛深情地注视着面前的年轻人。

他们的手都伸向对方。萨拉的左手距他仅 1 英寸之遥，她的手指已经蜷曲起来，迫不及待地想要扣住他的。

托马斯向外伸出的手指暴露于不规则的白色小光点之下，就定格在因焦急和紧张而即将握成拳头的那一瞬间。

这个场景的全景如下：几小时前那场阵雨打湿的长草，小路上浅棕色的砾石，草地上生长的野花，在距小情侣几步之遥晒太阳的蝰蛇，衣物，皮肤……所有的东西都被镀了一层白色，充满异乎寻常的光彩。

1940 年 8 月

他听到了飞机的引擎声。

尽管在他的时代，人们还不曾见过飞机。但托马斯·劳埃德已经渐渐习惯了它们。他知道战前就存在民用飞行器——那些飞往印度、非洲与远东的大型飞船——但他从未亲眼见过，而由于战争爆发，他看到的唯一一种飞行器便是军方的战机。与这个时代的其他人一样，他对那些高悬在空中的黑色物体习以为常，也对敌机炸弹发出的轰隆巨响习以为常。在英格兰的东南地区，空战每日都在发生；有时炸弹会炸过来，有时不会。

他仰头望天。他在酒吧中待的这会儿工夫，适才空中出现的白色汽痕已经消失，但更靠北的长空中却出现了崭新的白色痕迹。

劳埃德走在属于米德尔塞克斯郡那一侧的河流边。径直朝河对岸望去，他能看到自他的时代以讫今日，此间的城镇发生了怎样的变化：在属于萨里郡的那一侧，那些掩映了房屋建筑的树林如今大多已经不在，取而代之的是商店与办公室。而在这一侧，过去距河边尚有一段距离的房屋群如今已延伸到河岸附近。只有当年的船棚依然如故，而那棚屋也急需涂上一层新漆。

他身处过去、现在与未来的中心：唯有那船棚和那河本身与他的存在同样清晰。那些来自未来某个未知时点的冻结者如暗影般在光阴间穿梭，用他们的器具窃取昔人的骤临瞬间，对凡人而言，他们的存在虚无缥缈得好似美梦。而那些定格场景则在冻结、孤寂、虚无之中，在永恒的寂静之中等待，以供未来世代的人们进行观瞻。

包围着这一切的是喧嚣动荡、正为战争所苦的现实。

托马斯·劳埃德既不属于过去，也不属于现在，他将自己看作二者共同的产物，一个未来的受害者。

这时，高耸的天宇之上传来了一声爆炸，接着是引擎的轰鸣声，现实侵入了劳埃德的意识。一架英国战机朝南边下坠，而一架德国轰炸机燃烧着砸向了地面。几秒钟后，有两人逃离飞机，张开了他们的降落伞。

1935 年 1 月

托马斯仿佛大梦初醒般经历了一个回忆与识别的过程，但这过程转瞬即逝。

他看到萨拉就在面前，正试图伸手触碰他；他看到经过颜色加强的艳彩画面，看到被冻结那日的静寂。萨拉的笑容、她快活的面庞、她接受他的求婚，仿佛都是一瞬之前发生的事。

但这些东西都在他的凝视中渐渐褪色，他哭喊着叫出她的名字。她既没有动，也没有回答，依然安如磐石，他身边的光暗淡下去。

托马斯向前倾倒，一阵巨大的无力感席卷了他的四肢。他倒在了地上。

时值夜晚，泰晤士河畔的草地上覆盖着厚厚的积雪。

1940 年 8 月

在即将坠毁的那一刻，轰炸机陷入沉寂。两个引擎都停止了运作，但只有一台着火，火焰和浓烟自机身向外喷涌，在空中留下一道浓黑的痕迹。飞机在河流拐弯处坠毁，发出巨大的爆炸声。

这时，那两个从机身中逃脱的德国飞行员正背着降落伞向里士满山飘落，他们的身子在伞身下摇摇晃晃。

劳埃德把手放在眉眼上方遮着光，一边观察他们将降至何处。二人中的一个在跳离飞机前多耽搁了一会儿，他正慢慢往河面上飘，落点比另一人近上许多。

城里的民防部门显然十分警惕，因为就在降落伞出现后不大一会儿，劳埃德就听到了警车和消防警报声。

劳埃德感到身边不远处有什么动静，他转过身子，看到那两个尾随他的冻结者身边又多了两个同伴，其中一个便是他早先在酒吧里看见的女人。几个冻结者中看上去最年轻的一个已经举起了他的装备，正对准河流对岸，但另外三个人正对他说着些什么。（劳埃德能看到他们的嘴唇在动，也能看到他们脸上的神情，但同往常一样，他听不到他们在说什么。）那年轻人甩开了另一个人拦住他的手，然后顺坡向下走到了河水边上。

那两个德军飞行员中的一个落在了靠里士满公园这一侧的河边上，在降到山顶附近的建筑群外后，就消失在了劳埃德视线之外；另一个被一阵突然上升的气流短暂地托浮起来，接着顺河流方向飘落，现在已飘到距河面仅剩 50 英尺的地方。劳埃德能看到那德国飞行员拉着降落伞的伞绳，拼命地试图操控方向，让自己落到岸上。随着白色的伞身泄出气体，他下落得更快了。

那个年轻的冻结者已将仪器举起，用仪器内置的反射式观察孔瞄准河流对岸。片刻之后，德国人力求自己不掉入河中的努力有了结果，不过是以一种全然出乎他意料的方式：他停在水面上方 10 英尺处，抬起膝盖以准备承受冲击，一只手紧紧攥住头顶的伞绳。他就以这样一个姿势冻结在了半空之中。

冻结者们放下了器械，而劳埃德凝视着河对面这个被悬空定格的不幸之人。

1935年1月

恢复意识后，劳埃德发现身边发生了诸多变化，气候从夏日艳阳天到冬季寒夜的转变是其中最微不足道的一项。在对他而言不过几秒的时间之内，他从一个稳定、和平又繁荣的世界进入到另一个世界，在这个世界里，动荡与暴力的野心威胁着整个欧洲。也就是在那短短的瞬间里，他失去了自己有保障的大好前程，成了一个一文不名的穷光蛋。而最令人伤心欲绝的是，他对萨拉那汹涌澎湃的爱也失去了付诸实践的机会。

在时间冻结的定格场景中，唯有夜晚能带来宽慰，而萨拉依然被禁锢在冻结的时间之中。

黎明前不久，他恢复了意识。他不知自己身上发生了什么，缓步走向里士满市区。不久后，太阳升起来了，阳光照射着一个个定格场景，照亮了里面的小径和大道，也照射着那些冻结者，他们属于入侵的未来，始终在这个半世界中来来回回。此时的劳埃德既没意识到自己陷入困境的原因正是他们，也没意识到他之所以能看到这些场景，就是因为自己曾被冻结。

一名警察在里士满发现了他，并将他送往医院。在这里，他们为他在雪地里感染的肺炎做了治疗，接着又为他进行了遗忘症的相关治疗，这似乎是对他眼下状况的唯一合理解释。托马斯·劳埃德看到那些冻结者往返于病房与过道之中。这里也有许多定格场景：一个将死之人正从他的床上滑落；一个年轻的护士——身着50年前的护士服——在从病房出来的路上遭到冻结，此时她眉头紧锁；一个孩子在康复病房旁的花园里扔球玩儿。

在被照顾得渐渐恢复后，劳埃德变得一心只想返回河畔的草地上，于是在彻底康复前，他便自行办理了出院手续，径直奔向草地。

这时积雪已经融化，但天气仍然寒冷，地上结着白霜。在河边绿意盎然的草地旁，是一个被冻结了的夏日瞬间，那场景中间就站着萨拉。

他可以看到她，但她却看不到他；他可以去握那只属于他的手，但他的手指却径直穿过了那抹幻影；他可以在她身边徘徊，好像在青葱的夏日草地上踱步，同时感受冬日土壤的严寒穿透单薄的鞋底，直刺脚心。

而当夜晚来临时，过去的场景便消失不见，托马斯得以暂时摆脱看到她时的那种极致痛苦。

时光荏苒，但他不曾有一日不去河畔的草地上漫步，他一次次地重新站在萨拉面前，伸出手去触碰她的手。

1940 年 8 月

德国飞行员定格在河水之上，劳埃德再次望向那些冻结者。他们显然仍在批判那个年轻人的举动，但同时又似乎对他的成果感到很满意。在劳埃德见过的诸多场景中，这确实是最具喜剧性的场景之一。

现在那人被冻住了，可以清楚地看到他双目紧闭，因即将落水的预期而紧紧捏着鼻子。同时，他显然在飞行中受了伤，因为流出的鲜血把棕色的飞行衣都染黑了。这个场景既有趣又悲辛，他提醒着劳埃德，无论当下的现实对他而言有多不真实，但对时人而言，这并非幻影。

片刻之后，劳埃德便明白了冻结者为什么会对这个不幸的飞行员感兴趣，因为场景的外壳在没有任何预警的情况下忽然发生了侵蚀，于是那年轻的德国人一头扎进了水里。降落伞翻腾着在他头上折了起来。浮出水面后，他挥动双臂，试图从伞绳中挣脱出去。

这不是劳埃德第一次看到定格场景发生侵蚀，但他之前从未见过在定格后如此之短的时间内就发生侵蚀。他的理论是，定格场景的持续时间取决于受害者被定格时距离冻结器械的远近。以他本人的例子而言，他已经从定格场景中脱身，而萨拉却没有，他能想到的唯一合理解释是，当时她一定比他离冻结者更近。

河道中间的德国人已经成功挣脱束缚住他的降落伞，正缓缓游向河流另一边。他的降落过程一定被当局尽收眼底，因为在他于船棚所在的那个小斜坡上岸之前，大路方向已经出现了四个警察，他们把他从水中救了起来。而他没有试图反抗，只是虚弱地躺在地面上，等待着救护车的到来。

劳埃德想起另外一个场景，除此次外，那是他唯一一次见到一个场景迅速侵蚀。一个冻结者在一场交通事故发生前进行了干预：一个男人不小心闯入一辆车的行进道路前方，在即将撞车之时被定格了。尽管那辆车的司机突然踩了刹车，惊愕地四下张望，试图寻找了一会儿那个他以为被自己误杀了的人，但他显然还是被眼前空无一物的现实劝服，把那场事故当成了自己的想象，因为他最终驱车离开了。只有看得到定格场景的劳埃德依然能看见那个人：那个男人发现迎面而来的车辆时已经太迟，正一边后退，一边惊恐地挥动双臂。三天之后，当劳埃德再次返回事发之地时，场景已经发生侵蚀，那人也已消失无踪。

与劳埃德和适才那位德国飞行员一样，他将在半个世界中徘徊往复，一个过去、现在与未来艰难共存的世界。

劳埃德看着降落伞的伞身在河面上漂浮，直到最终沉入水底，之后他继续朝草地漫步而行。此时他发现，河岸这边又出现了更多的冻结者，他们在他身后行走，尾随着他。

到达河流转角处的时候——每每到达此处，他就开始能看到萨拉——他发现那架轰炸机坠入了草地之中。爆炸的冲击把绿草都点燃了，草地和飞机残骸燃烧的火焰模糊了他的视线。

1935 年 1 月至 1940 年 8 月

托马斯·劳埃德再也没有离开过里士满。他过着简单的生活，偶尔找找零工，试着不以任何方式引人瞩目。

过去怎么样了呢？他发现在 1903 年 6 月 22 日，他与萨拉一同失踪的事实导向了这样一个结论，他与她逃家私奔了。他的父亲威廉·劳埃德，里士满这一支贵族世家的家主，与他断绝了父子关系，并剥夺了他的继承权。卡林顿上校与夫人对他发起了悬赏通缉，但他们在 1910 年搬离了这一区域，托马斯还发现他的堂弟韦林并未与夏洛特结婚，而他已移民去了澳大利亚。他的亲生父母已经去世，而他的姐姐无从寻找，家里的宅子早已变卖拆毁。

（看到刊载了相关报道的当地报纸存档那天，他就站在萨拉身边，心中悲伤逾恒。）

未来会怎样呢？未来无所不在，始终侵扰着他。未来存在于一个只有曾遭冻结又经历侵蚀的人才能看到的空间里。它存在于那些来自未来之人所设定的形式之中，他们到这里来定格属于过去的影像，他们的目的无人知晓。

（发现他称之为冻结者的鬼魅真身为何的那天，他就站在萨拉身边，充满保护欲地凝视周遭各处。那一天，冻结者中似乎有一人意识到了劳埃德的觉醒，他终日沿河岸徘徊，望着这年轻人和他那被锁在定格时间中的爱人。）

现实是怎样的呢？劳埃德既不关心，也不介入其中。现实是陌生的、暴力的、可怖的……但他并不会遭受现实的危险。于他而言，现实与过去和未来一样虚妄。真实的只有那些来自过去的定格影像。

（第一次看见场景侵蚀的那一天，他一路跑到草地上，一直站到夜幕降临，不断地试图在萨拉伸出的手上找到由虚变实的迹象。）

1940 年 8 月

唯有在远离城镇，为建筑所隐藏的河畔草地之上，托马斯才能感到自己身处现实之中。在这里，过去与未来融为一体，因为此处的一切都与他的时代相差无几。在这里，他能站在萨拉的幻影前，想象自己仍然身处 1903 年的那个夏日，仍然是那个甩着帽子屈膝下跪的少年。在这里他也很少见到冻结者，而那有限的几个定格场景应该也来自他自己的世界（小径稍远处是一位年长的渔翁，他被定格在了从河里捞出鳟鱼的瞬间；一个穿水手服的男孩儿正闷闷不乐地跟保姆散步；一个年轻的女仆笑出了可爱的酒窝，她穿着假日盛装，而她的爱人正搔着她的下巴）。

然而今天，现实暴力地入侵了这个世外桃源。爆炸的轰炸机碎片散落在草地各处。机身冒出的黑烟升腾成一片油雾弥漫的乌云，直飘到河上，而燃烧的青草也散发出阵阵白烟，在黑云旁飘荡。地面已经被火焰烧黑了大半。

托马斯停下脚步，从口袋中掏出一块手帕。他在河边把手帕浸湿，继而拧干，用以遮掩口鼻。

他朝身后瞥了一眼，发现现在有八个冻结者跟着他了。他们的注意力并未落在他身上，当他做那番准备时，他们依然在向前行进，烟雾对他们丝毫无犯。他们走过燃烧的草地，靠近飞机残骸的中心。其中一个冻结者已经在调整自己的设备。

过去的几分钟里，一阵微风吹散了浓烟，使得雾气自着火点扩散，贴地弥漫开来。如此一来，托马斯看到萨拉的影像下方也弥漫了烟雾。他迅速朝她奔驰而去，尽管知道火焰、爆炸和烟雾都不能伤害她，他还是因那燃烧的飞行器距她过近而万分警觉。

他一面朝她奔跑，一面踩着脚下冒烟的青草，变化莫测的风不时将浓烟刮到他脑袋上方。他的眼睛被熏出泪水，尽管浸湿的手帕部分过滤了青草燃烧的烟雾，但当飞机残骸排出的油烟包围他时，他还是被刺鼻的蒸汽呛至窒息。

最终，他决定等待；在那层定格时间的保护膜中，萨拉是安全的。这场火不出几分钟便会烧尽熄灭，在此情况下，冒着窒息的危险只为单纯靠近她是没有意义的。

他撤回到燃烧区边缘，在水中冲了冲手帕，随后便坐下来静静等待。

冻结者们正怀着极大的兴趣探索飞机残骸，看起来他们正穿越火焰与烟雾进入火灾的正中部分。

这时，托马斯的右边传来了远处的警铃声，没过一会儿，一辆消防车在草地边缘的狭窄小径边停了下来。几个消防员走下车来，站在那里观望草场对面的残骸。托马斯的心沉了下来，因为他意识到了接下来将发生什么。他有时会在报纸上看到坠毁的德国飞机照片，它们总会置于军方的管制之下，直到碎片被取走检测。如果此事发生，他将有好几天无法接近萨拉。

不过，此刻他仍有机会与她待在一处。他离得太远，听不清消防员在说什么，但他们似乎无意灭火。机身仍在冒烟，但火势已经减弱，眼下大部分烟雾都来自燃烧的草地。附近没有房屋，风向又朝着河流，火灾蔓延的可能性并不大。

他再次站起来，迅速走向萨拉。

不消片刻，他便来到她身边，她就站在他面前：双眸在阳光下熠熠生辉，撑着阳伞，手臂前伸。她身处安全的冻结圈内，尽管烟雾掠过了她的身体，但他脚下的草地依然绿意盎然，湿润温凉。如同这五年中的每一日，托马斯朝她正面而立，等待着场景侵蚀的痕迹。他向前踏出一步，如同他曾频繁尝试的那样，进入那个时间冻结圈内。在这里，尽管他的脚似乎踏上了1903年的草地，但火焰依然卷上了他的小腿，他不得不迅速后撤。

托马斯看到几个冻结者正朝他走来。他们显然已充分检查过飞机残骸，并判断出其中没有什么值得冻结的东西。托马斯试图无视他们，但他们那凶兆般的沉寂却令人难以忘怀。

浓重的烟雾包围了他，带着青草烧焦的气味，他再次望向萨拉。在时间将她冻结的那一瞬间，他对她的爱也冻结了。时间没有消失，而是被封存了。

冻结者望着他们。托马斯看到那八个模糊的人影正站在10英尺开外的地方饶有兴致地观察他。接着，在草地另一侧，一名消防员冲他喊了些什么。他看起来应当是一个人站在这里；没人能看见定格场景，没人知道冻结者的存在。那消防员朝他走来，挥动一只手臂，示意他离开。他还要花上一分多钟的时间才能到达他们这里，而这对托马斯而言已经足够了。

一名冻结者走向他们，在烟雾之中，托马斯看见那被定格的夏日黯淡起来。烟雾在萨拉脚边环绕，火舌舔上了她脚踝边上被冻结的湿润绿草。他看到她裙子底部的蕾丝边烧了起来。

而她伸向他的手落了下来。

阳伞掉到了草地上。

萨拉的头向前倾倒……但她立刻恢复了意识，她朝他走来，这个始于37年前的漫长瞬间，终于宣告结束。

“托马斯？”她的声音清楚明白，没有分毫改变。

他奔向了她。

“托马斯！这烟雾！发生了什么？”

“萨拉……我的爱！”

当她投入他的怀抱时，他发现她的裙子着了火，但他还是用胳膊搂住她的肩膀，亲密而温柔地抱她入怀。他能感受到她的脸颊紧贴着他，在 37 年前的那阵红晕退去后余温犹存。从她帽檐垂下的那几缕头发落在他脸上，她搂住他腰部的双臂仿佛就属于他自己。

他隐约看到他们的身后有黑影在动，片刻之后，周遭的嘈杂消失了，烟雾也不在了。那点燃她裙边的火焰已经熄灭，温暖的夏日艳阳照进了他们的场景之中。过去与未来融为一体，现实失色了，生命在这一刻静止，这一刻的生命成了永恒。

（韶光　译）

外星关系

爱尔兰有过数位赫赫有名的科幻作家。最近的一个美国科幻奇幻作者协会的名录里只有四名来自爱尔兰的作者，其中两名是移民自美国的安尼·麦考菲利（Anne McCaffrey）和凯瑟琳·库尔茨（Katherine Kurtz）。另一个熟悉的名字是更年轻的詹姆斯·P. 霍根（James P. Hogan），他出生于伦敦，凭借从 1977 年的《星之继承者》（*Inherit the Stars*）开始的“密涅瓦实验三部曲”（*The Minerva Experiment Trilogy*），于 1979 年成为全职作家。另一边，北爱尔兰诞生过两位有名的作家，一位是已收录在本卷书中的《你生命中最快乐的一天》的作者鲍勃·肖，另一位是詹姆斯·怀特（James White）。他俩的人生经历有许多相近之处。

詹姆斯·怀特生于 1928 年，和肖一样出生在贝尔法斯特，但是比他年长 3 岁。他俩都在贝尔法斯特上学，都在十五六岁左右离开技校。肖在钢铁与飞机行业工作，还干过出租车司机；怀特则在两家定制服饰店做过售货员和经理；但他们最后都在一家贝尔法斯特的飞机公司做了宣传干事。两个人显然都有过生活在一个被撕裂的国家的经历，夹在激进的爱尔兰共和军和同样激进的阿尔斯特人之间；英军也在两者之间掺和着。肖后来在英格兰继续他的写作事业，而怀特则仍然待在北爱尔兰。

怀特在雷金纳德（Reginald）主编的《科幻奇幻文学》（*Science Fiction and Fantasy Literature*）里写道："尽管住在贝尔法斯特的安德森镇区，可我是一个非种族主义、非排斥其他信仰、非崇尚暴力的人，并且是个乐观主义者。而且到了我这把年纪，已经老到或者说固执到不会去改变这些感悟。"他年轻时便被科幻小说吸引，1953年转而开始创作，在《新世界》杂志发表了《辅助通道》（"Assisted Passage"），在《惊异》杂志发表了《清道夫》（"The Scavengers"）。他一直为特德·卡内尔的《新世界》供稿，在摩考克接手《新世界》之后，他的作品发表在卡内尔的《科幻新创作》（*New Writings in Science Fiction*）杂志上。

怀特作于1957年的第一部长篇小说《神秘访客》（*The Secret Visitors*）涉及了与人类外表相近无法加以区分的外星人，而形形色色的外星人和医生，便是他大多数科幻故事的两大主题。在1957年，他把这两者融合在一起创作了《星区总医》（"Sector General"），这是他的多层空间站医院系列故事的首篇，这所医院位于遥远的银河系边缘，里面有不同种族的医生处理一系列外星疑难杂症。在怀特的第二部长篇小说《第二次终结》（*Second Ending*, 1962）出版的同时，最初5篇《星区总医》系列短中篇小说被合并成了《医疗太空站》（*Hospital Station*）。次年，他的第一部《星区总医》系列长篇小说《星际外科医生》（*Star Surgeon*）出版。这一系列还包括《大手术》《怪物与医务人员》《救护飞船》《星区总医》《星际医师》和《蓝色警报》。

怀特写的非《星区总医》系列的中短篇小说收录于他的自选

集《致命垃圾》《我们之中的外星人》和《过去的未来》。他的其他长篇小说包括《逃逸轨道》《水下看守》《所有逃脱的审判》《明天太遥远》《黑暗地狱》《梦想的千年》《联邦世界》以及《逝去的默星》。其中最让人印象深刻的当属《水下看守》（*The Watch Below*）。设法在沉没货轮里生存下去的五名人类及其后代，与寻找地球般多水的星球并试图和平共存的水生外星人，两者的故事叙述在这本小说里相辅相成。

“幽默、独创性和不显山露水的正派感”是怀特所著《星区总医》系列小说的特点，他还“能构思出各种各样的外星异常”，约翰·克鲁特在《科幻小说百科全书》中这样写道。而迈克·雷斯尼克（Mike Resnick）在《科幻小说新百科全书》中评价说：“他笔下妙趣横生的角色形象，以及坚信所有智慧生命形式都基本正派的信念，伴着他用超过四分之一个世纪的时间，完成了《星区总医》系列的 6 本书。”

怀特自己写道：“我一直认为最出色的故事是那些平常人遇到非常情况的故事……这些故事里我最喜欢的一篇，讲的是地球人类与一个地外种族的第一次接触。”这便是他首发在《恒星科幻故事 #2》（*Stellar Science Fiction Stories #2*, 1976）的《量身定做》（“Custom Fitting”）里所展现的，用英国人特有的对得体着装的关切，将第一次接触和怀特自己的服饰定制工作经历结合在了一起。

（樊明祥　译）

量身定做

詹姆斯·怀特

多年来，休利特养成了一个晒太阳的习惯，只要出太阳且光照够强，他就在自己的店铺门口晒上半个小时。时间段取决于太阳的方位：何时阳光洒满他这一侧街道上建筑物的屋檐，何时日头渐远，让他不得不放下店铺的遮阳棚，以免橱窗陈列的布料被阳光晒得褪色。他会在晒太阳的时候观察过往的行人——心里希望当中有些人能在橱窗前驻足，或是发生点什么有意思的事情。通常都不会有什么有意思的事发生，但今天例外。

一辆车身没有涂刷图文标识的大型箱式货车，前头由一辆警车开道，后面紧跟着一辆电力部的卡车，从主路转弯来到了他所在的街上。这支车队在单行道上逆行的事实，解释了需要出动警车的原因。当这三辆车最终停下来的时候，箱式货车正好停在休利特的面前。

有那么一分钟，休利特只能看到货车光亮的黑色侧面反射出的自己和店门的映象。这是一个有些扭曲的画面，一个瘦削而滑稽的人形，穿着黑色正装外套和正装马甲，下面是条纹长裤，正装翻领上别了一朵小花，还有一根裁缝软尺——这是他职业的象征——松弛地挂在他的脖子上。这个人形背后的门上是用金叶子拼成的几个反着的粗斜体字：

乔治·L.休利特

裁缝

就好像有个臆想出的电影导演喊了一声“开拍”，周围的一切突然动了起来。

两名高级警官拿着交通分流指示牌下了车，各自朝相反的方向走去，把道路两头给封了。一伙身穿干净工作服的工人从电力部卡车上下来，开始快速地从车上卸下一些可折叠幕墙板和一个门岗小屋，车上还下来了一名身着剪裁考究的深灰色精纺正装、打着领带的男子，俨然一副大人物的装扮。他上下打量着街道和两侧能俯瞰街道的窗户，一副忧心忡忡的神情。

“早上好，休利特先生，”男子走上前说道，“我叫福克斯，隶属外交部。我，呃，想向您咨询一些专业的问题。我可以进来吗？”

休利特礼貌地低下头，跟着他进了店铺。

有那么几分钟，没人说话。福克斯在店内紧张地踱步，盯着架子上卷放整齐的布料，用手指摩挲着特意放在一尘不染的木质柜台上的面料样册，检查着大试衣间的镶拼墙板和清澈明亮的镜子。当这位外交部官员检视裁缝铺时，休利特同样认真地观察着福克斯。

福克斯中等身高，身材瘦削，颈脖前倾，肩胛骨突出。从正装领子后面小而明显的折痕可以看出，他显然在别扭地扳直身子，想要纠正自己的颈前倾和肩胛骨突出的姿势。很明显，福克斯裁缝的手艺有问题，休利特暗自思忖，是不是要自己来接手他的裁缝活。

“我能如何为您效劳，先生？”当来访者终于停下脚步时，休利特问道。他的语气友好，但又稍带一丝屈尊俯就的味道，意思很明显，为肩胛骨突出的福克斯定做西服的决定权在自己这边。

“休利特先生，顾客不是我，”福克斯不耐烦地说，“*他*在外面等着呢。但是，这件事一定要严格保密——实际上，是要在接下来的两周内保持绝密。之后便悉听尊便了。”

“经由我们仓促但周全的调查，”这位外交部官员继续讲道，“我们了解到您和您的妻子住在这家店楼上，她腿脚不好，也帮着做些针线活儿。我们也了解到您的做工很出色，除了款式方面稍为有些过时，还知道您的库存里很少有合成纤维的料子。多年来，您的财政状况都不是非常好，在这节骨眼上，我想说，您的守口如瓶和高超手艺定会得到极高的回报。

“服装本身应该并不难做，”福克斯最后说，“因为我们要的只是一条特别合身的鞍毯。”

休利特冷冷地说：“福克斯先生，就鞍毯而言，鄙人毫无经验。”

“休利特先生，您有些傲慢，也有着不必要的犟脾气。这是一位十分重要的顾客，我或许也该提醒您，街对面就有一家知名的服装定制公司的连锁店，这活儿他们也能做。”

“我同意，”休利特不温不火地说，“那家公司做工尚佳——如果是鞍毯的话。”

福克斯微微一笑，但还没来得及开口回答，一名工人走了进来，说：“长官，幕墙已就位，货车挡住了街对面的视线。现在我们需要拉下遮阳棚的杆子，这样可以避免从街对面楼上的窗户看到这家店铺。”

休利特指了指橱窗后面放着杆子的凹槽。

“谢谢你，先生。”工人说，语气像是一名高级公务员正在向他所服务的一名底层群众发表讲话，说完便转身离开了。

“等一下，”福克斯说，看得出是打定了主意，“那事干完后，烦请你去请示阁下大人是否乐意进来。”

严格的保密、外交部的参与，还有服装类型的要求，让休利特以为接下来会走进来一个充满争议的政治人物：一个国民食不果腹的国家来的大胖子，想要穿由英国人剪裁的民族服装来展现他的个人风格和国家独立。这样的人可能是担心刺客的子弹，觉得有必要采取这些精心准备的预防措施：但说到底，那跟休利特没半点关系。可当他看到他的顾客时……

我在做梦，休利特十分肯定地告诉自己。

这个生物像一只半人马，长着蹄子和长长的马尾。乍一看，腰以上的躯干和人类相似，但是手臂、肩膀和胸部的肌肉形状略有不同，手是五指型，分别有三根手指和两根对侧的拇指。粗壮的脖子上支着昂起的脑袋，看起来不成比例地小。两只大而温柔的棕色眼睛占据了脸的大部分，这在某种程度上，让构成其他五官的裂口、突起和肉瓣部分还能看得过去。

除了脖子上的挂件，这个生物不着寸缕。它的皮肤呈斑驳的粉棕色，它在不停地抽动着，像是在驱赶看不见的苍蝇。这个生物明显是雄性。

“阁下，”福克斯平静地说，“请允许我为您介绍乔治·休利特先生。他是一名裁缝，或者说是制作衣服的人，他将为您制作适合您在地球拜访时穿的衣服。”

休利特不自觉地伸出了手。他发现他这个顾客握手很用力，手指温暖而有骨感，下侧的拇指朝上弯曲到他掌心的方式难以描述，但并非令人不快。出于一些奇怪的原因，他不能再把这个生物视为“它”了。

“基本需求是，”福克斯语速飞快地说道，“一件舒适的服装，在宣介典礼上和随后的社交活动中，让阁下大人保持温暖。服装应当是黑色的，可以镶有金色或银色的编饰，并且应当带有形似纹章的装饰。显然没有现成的家族纹章可用。他还需要另一件不那么正式的衣服，在户外观光的时候穿。”

“那就是一张镶编饰带纹章的鞍毯，”休利特说，“另有一张不带装饰纹章，用作外出时候穿。不过，如您可告知阁下大人是要参加哪种活动，我或许能做出更合适的衣服。”

福克斯摇头，“保密。”

“如有必要，我甚至可以蒙着眼睛，一只手绑在背后工作，”休利特说，“但有这样那样的限制，会让我无法做出最好的成衣。先说到这，阁下大人可否随我进试衣间？”

顾客在福克斯的陪同下，蹄子轻踏出杂乱的步伐，跟着进了试衣间，他站在多角度组合镜前，打量着镜子里的自己。休利特不曾见过比这位更显得不自在的顾客，软尺还没沾身，这位异客的革皮便已沿着背部和身侧抽搐收紧。

休利特小心翼翼地仔细观察抽搐的革皮，试图寻找昆虫或者寄生物的痕迹。但他什么都没找到，便松了一口气，又思考了一会儿，然后打开了从未在夏季使用过的壁暖。几分钟之内，房间里便已热得难受。抽搐停止了。

休利特拿着软尺和记录本开始着手工作，一边问道：“我猜我的这位顾客的母星应该比地球更温暖一些？”

“是的，”福克斯说，“我们当前的温度差不多接近他们深秋晴天的气温。”

从腰下部到尾根，63 英寸，休利特仔细记下。他问：“那他们在冷天会穿衣服吗？”

“是的，一种长袍，松散地盘绕在他们的身体上——哦，我现在明白你为什么打开壁暖了；我早该想到这点；这是我的重大失职。但是阁下大人有充分的理由选择不穿他的传统服饰，他宁可忍受些许不适，也不愿冒风险使你的设计受到影响，哪怕是无意之间。他穿的衣服应当完全是在地球上设计并制造的，这非常重要。”

从背部中线到前腿膝关节，42英寸，休利特记了下来。他对福克斯说：“成衣要求是一件毯状的衣服，但是我的这位顾客肯定需要额外的衣物，如果他想穿得——”

“只要毯子，休利特先生。”

“换位思考，”休利特耐心地说，“鞍毯毫无疑问可以让您保暖，但同时穿着内裤会舒适得多。”

福克斯暴躁地说：“休利特，请遵从指示。不论你为阁下大人做多少衣服，都会收到慷慨的报酬。但如果你企图推销额外的生意只是在浪费你我的时间。”

“地球上的绝大多数文明人都穿内裤，”休利特说，“除非是因为气候条件，或者宗教信仰，或者当地另有着装规范。我认为在别的世界也是这样的。”

“你这是强词夺理，不加配合。你把非常简单明了的指示毫无必要地复杂化了，”福克斯生气地说，“我提醒你，我们仍然可以去街对面！”

“请便。”休利特说。

福克斯和休利特互相瞪了几秒钟，而这位外星人，有着与人类本质迥异而难以分辨的容貌五官，用他凸起的棕色眼睛轮番看着两人。

突然间，他脸上的某一道肉质裂口发出了柔和而嘶哑的声音，与此同时，他脖子上的挂件发出了一阵音量大得多的浑厚男中音。它说：“先生们，或许我可以解决这道难题。在我看来，休利特先生已经展示出了他的个人品质，富有观察力、良好的品味，以及对顾客即本人的关怀。因此，我更希望他能继续做我的裁缝，如果他本人乐意的话。”

福克斯咽了口唾沫，小声说道：“出于安全考虑，阁下，我们协商一致，您在……那一天之前，不会跟任何普通民众说话的。”

“十分抱歉，福克斯先生，”这个外星人通过他的翻译装置说，“但是在我的星球上，休利特先生这样的专业人士可不属于普通民众。”

他转向休利特，继续说道：“如能劳您费心本人内裤之事，本人不胜感激。但是，出于某些福克斯先生暂时不愿公开的原因，这件衣物也必须采用地球的材料和款式设计。可行吗？”

休利特微微欠身，说：“当然，先生。”

“不是先生！”福克斯说。他看上去显然很生气，因为他下的指示被外星人无视了。“这位是杜萨星的斯克林那格勋爵大人——”斯克林那格举起一只有着双拇指的手，礼貌地说，“抱歉打断，那不过是与我的地位头衔相近的称呼。‘先生’已经足够尊重了，用来对话也更方便。”

“是，阁下。”福克斯说。

休利特拿出了一本面料样册和一本服装样式书，斯克林那格从中选择了淡奶油色的软羔羊毛面料，裁缝向他俩保证，这种颜色不管用在哪种服装样式都和他的皮色相衬。时尚样板画[1]让他着迷，当休利特开始动笔，画出经过调整后适合半人马型身体的设计时，这个外星人凑近得鼻息都喷到了休利特的后颈上。

休利特彬彬有礼的询问引出了两桩实情，一是斯克林那格坚持自己更衣，二是他腰部和尾部之间覆盖脊椎部位的皮肤最怕冷。

“如果您不介意的话，先生，”休利特这时候说，“我希望您可以

1. 18 至 19 世纪流行的、用于展示服装的时尚风格亮点的板式插画，通常有很高的审美价值。

告诉我衣物该在何处收紧，何处留出排出身体废物的开口，等等……”

斯克林那格可以将上半身扭过来，用手触碰到远达尾巴附近的身体两侧，但是他只能看见他后背下部。所以休利特设计的内裤必须是能踩进去，并且是依次提上前后裤腿的。它会是双开襟纽扣款式，一片开襟越过后背，在另一侧系紧，而另一片开襟从相对的方向越过后背，在对过一侧扣上纽扣——就像一件前后反穿的双排扣正装。

斯克林那格说，在本地当前的气温条件下，背部的两层布会非常舒服；并且他觉得为了裤门襟和尾部而设计的复杂的系扣双开襟式样简直无可挑剔。

然而，他礼貌地坚持，尾巴半点都不能被遮盖。显然，这背后有着很强的心理学原因。

“我十分理解，先生，”休利特说，“现在请您站直，我好为您量身。这件内裤需要量的尺寸和需要定的形体轮廓要比披毯复杂得多。不过一旦我打好合适的版样，制作更多的成衣就不成问题了。一套四件内裤应该足够——”

“休利特——！”福克斯喊道。

“所有体面的绅士，”休利特很小声地说，“不分地位高低，都需要在重要旅程期间带上不止一套内裤。”

理所当然，无人反驳；休利特继续为他的顾客量尺寸。每量一处，他都准确无误地告诉斯克林那格自己在做什么及其理由。他甚至谈论起天气，试图让他的顾客尽量放松身体，以免成衣尺寸是在身体紧绷的不自然姿态下获得的。

“我打算让内裤的裤腿长度在髋关节到膝盖之间，先生，”他这时说道，“这会最大程度地让您感到舒适和温暖，又与外衣的长度相契合。但如能让我知道更多与这件披毯的使用情境相关的信息，会对我大有帮助——您穿着会做什么样的动作、您是否会拍照留影、场所的地理位置和周边建筑——这样衣服就不会显得格格不入。”

“你是在骗取情报，”福克斯尖声说道，“请不要这样。”

休利特没理他，对斯克林那格说：“先生，我有分寸，您可以相信我。”

“我了解。”斯克林那格说。他转过身来——这样可以从试衣间的镜子里看着福克斯——继续说道：“在这种情况下，产生一定程度的好奇是自然而然的，既然我们已经打算信任休利特先生，不向他隐瞒我待在这座城市的事实，那我在这里的缘由也理当不应该成为秘密，不应该限制他的工作——”

“恕我直言，阁下，”福克斯说，“在所有必要的准备工作完成之前，这些事情不应当公开。”

休利特记下，前腿周长，46英寸。他按捺住自己的恼意说道：“如果这些衣服的选料、后处理和配饰都是为了某个场合——毫无疑问是个重要的场合——我的确应当知道一点相关信息。”

短暂的沉默之后，斯克林那格通过他的翻译装置发出了大概是外星人清嗓子的声音。他昂着头，站得笔直，说道：“作为杜萨星及银河联邦驻地球的正式代表，我将会在圣詹姆士宫的例行仪式上递交国书。在同天晚上还将有一个接待晚宴，届时英国君主也会出席。尽管我的正式身份只是一位大使，但接待礼仪将与来访的国家元首相同。晚宴由媒体全方位报导，在此之后还有采访……”

休利特并没在听他讲话。他十分生气，气到耳朵里听进去的每一个字大脑都自动过滤掉其含义。他轻声向斯克林那格致歉失陪，然后对福克斯说：“我能跟你私下里说句话吗，去外面？”

他没等福克斯回答便扬长而去，出了试衣间，走到店铺门口并带住门，好让福克斯走在他前面。到了门廊下，他随即重重地关上门，震得玻璃碎了一地，在门廊的地砖上哗然一片。

“这种场合，”他狠狠地小声说，“你想让我做一张——鞍毯？”

福克斯同样狠狠地回答：“不管你信不信，我能理解你的感受。但是这可能是人类历史上最重要的事件了，必须万无一失！这不仅仅是为了斯克林那格。我们在这里做的任何事情，未来都将作为世界各地大使馆的标准和范例；必须滴水不漏，无懈可击。有些人会觉得外星人的首访应该先去他们那儿，所以一定会鸡蛋里挑骨头，而我们不能给他们任何机会。”

一位身穿过于干净的工作服的特殊部门人员听到玻璃破碎的声音赶了过来，走上了门廊。福克斯挥手让他离开，继续说：“他当然不应当只穿一件鞍毯，我和你一样清楚这点。但是我本不想让你知道这件事有多重要。除了考虑到走漏风声的风险，这点，你的可能性倒是不大，我不想让你因为这份工作太过操劳，导致最后整个人都崩溃了。

“与此同时，”他用严厉的口吻继续说道，“他要是显得滑稽可笑，我们可担待不起，他不能看上去像是马戏团里盛装打扮的马和穿着晚礼服的黑猩猩的混合体。他可实实在在是个重要人物，对地球和人类而言也是实实在在的重要场合，容不得我们冒半点出错的风险。”

他声音放轻，继续说道：“斯克林那格很自然地想给我们留下美好的第一印象；然而我们人类作为一个种群整体，也必须给他留下一个好印象。所以，用一件毯子作为他的着装，尽管既缺乏想象力又不够体面，但在很多方面而言都是更稳妥的选择。不过，休利特，如果你*想要*为首位来自外星的大使裁剪更精致的衣物，那它必须完全契合使用场合。你愿意担负起如此重任吗？”

极度的焦虑混杂着纯粹的欢喜，似乎让休利特的发声器官彻底瘫痪了。这不仅仅是作为某个个体所接受的终极挑战，更是作为人类已知的最古老手艺之一的行业成员所接受的终极挑战。他点了点头。

福克斯显然松了一口气。他非常严肃地说："你接过了很大一部分本该由我承担的责任。我十分感激，如果你还有别的建议的话……"

"就算跟我没有关系？"休利特问，又紧接着补充说，"跟我的裁缝生意没有关系。"

"请继续。"福克斯警惕地说道。

"我们刚刚还提到盛装打扮的马，"休利特继续说，"我的顾客与其说像人类，不如说更加像马。他非常有外交官的气度，不会发出抱怨；但如果您能站在他的角度想一下，想想即将对您产生影响的因素，包括仪式的排场和盛况、交通安排，还有——"

"斯克林那格已经研究过并且已经适应了我们文明里的个人教养，"福克斯说，"进餐的时候他把腿收在身体下面，使得上半身躯干挺拔，以保持用餐和与人交谈的适宜高度。由于餐布无法盖在他的大腿面上，就依原样折叠摆放在餐盘边上。说到盥洗设施——"

"我是在想，"休利特说，"他要是看到马车载着他，或是看到人类骑马的时候会有何感受。我建议使用国宾轿车而不是马车，而且国宾护卫队应从皇家近卫团中挑选，不要皇家骑兵或是别的近卫骑兵团。斯克林那格和地球上的马在生理结构上有几分相似，虽然程度不及人类和大猩猩，但还是最好不要有太多形似的动物在来访大使左右，您说呢？"

"我不得不说，"福克斯说，跟着轻声咒骂了一句，"早该有人想到这些的。"

"有人刚刚想到了。"休利特说着打开了门，示意福克斯走在前头，两人跨过碎玻璃回到了试衣间，地球裁缝有史以来接待过最重要的顾客正在里面等着，轻轻地跺着四蹄。

“先生，抱歉耽误了您的时间，”休利特彬彬有礼地说，“但是现在我对贵我双方预期的东西有了更清楚的想法。在我继续给您量尺寸之前，请问您对某些特定材质过敏吗，或是什么特定敏感区域会造成您不适？”

斯克林那格看着福克斯，福克斯说：“我们十分仔细地研究了这件事；这里有一份很长的物品清单，清单上的物品如果长期接触阁下大人的皮肤的话会造成麻烦——其中有一些是大麻烦。

“具体情况是，”他继续说，“来自外星的病原体无法在人类体内生存，反之亦然。这意味着我们不会被斯克林那格传染疾病，他也对我们的病菌免疫。但是，纯粹的化学反应另当别论。有一种材料可以让阁下大人起疹子甚至产生更糟的情况，那就是布料中的合成纤维，其实所有种类的合成纤维都会。你明白问题所在了吧？”

休利特点头。大使的内裤、衬衫、领带和袜子将会用纯羊毛、纯棉或者真丝制作；正装的材料只能是精纺羊毛料，休闲装用哈里斯花呢或爱尔兰的防刺粗呢。纽扣需要骨质的，拉链需要金属材质而不可以用尼龙。镶边、硬衬布、塑形用和使衣物蓬松用的填料还有锁边，都不可以用合成材料；同样，针织用的线必须是老式的棉线，不能用尼龙线。他完全明白问题所在，这个难题其实和多数的大问题一样，其实也是一连串的小问题。

“我们选你做这份工作的一个原因，”福克斯说，“就是你的想法非常老派，会在库存里留着这些材料。但是，说实在的，我之前担心过你因循守旧的作风可能会影响你对这位……不寻常的顾客……的态度。幸好实际上来看，你并没有表现得恐外。”

“以前我读过不少科幻小说，后来的科幻太软了就不看了。”休利特不温不火地说。之后他转向斯克林那格：“先生，我可能还需要再量一些部位的尺寸，因为我要做的东西不只是披毯那么简单。而且做这样一件衣物我必须边量尺寸边打版。活要做得漂亮的话，剪裁、试穿和收尾工作都得下功夫。因此，我会用木板封住碎掉的店门玻璃，张贴告示说本店因改建要暂停营业一阵子……”他看着斯克林那格充满外星特点的身体轮廓想，要改的地方还真不少呢。“当然，眼下我会把全部精力用来完成这份订单。但我觉得至少需要 10 天的时间。”

“你有 12 天的时间，”福克斯说，看起来松了一口气，“我会安排人尽快修好门上的玻璃。我们做调查的时候给你的店铺正面拍过照，所以我们应该可以重做那些金字。毕竟那些玻璃是因为我才弄碎的。”

“请容许我冒昧反对，”斯克林那格插嘴说，“作为造成这个麻烦的主因，我应当负责。休利特先生，如果您允许的话，我希望能用我飞船上的材料替换那些玻璃，算是我到此一访的留念。材料是透明的，既可以抵挡陨石撞击，也能防止小小的情绪波动。”

“先生，谢谢您的好意，”休利特笑着说，“那我就恭敬不如从命了。”他在记录本上写着：背中部到腰，35 英寸。

他花了近 3 个小时才把活儿做到让自己满意，其中有半个小时用来讨论有关肢体的肌肉和关节，还有为保证衣物既舒适又有型所需要注意的方面，特别是脖颈、前胸、腋下和裆部这些部位。

斯克林那格和福克斯离开后，休利特锁上店门，爬上楼梯，经过二层楼的储藏间来到楼上的住屋，告诉他的妻子这件突如其来的大事。

休利特夫人 18 年前因交通事故跛了腿。她一天可以在住屋里走上 3 个小时而不觉得太难受，她把这点时间省下来花在晚餐和餐后与丈夫的闲谈上。白天其余的时间她在轮椅上度过，自己摇着轮椅到东到西，清洁打扫、做菜做饭，看看有什么活儿自己能干，要么就去睡觉，但就算在晚上也睡不踏实。

他告诉她关于外星顾客的事，并说这段时间要严格保密。她饶有兴致地研究起他画的草图和记下的各项尺寸，计算着这件活儿所需的布料和镶边的码长。她说，休利特想法子骗她相信这么个天方夜谭，真不害臊。她提醒休利特，她年轻的时候给一匹上台表演的马做过道具服装。要求这个数量的道具服尤其是短裤套数的原因自己并不清楚，她说，但毫无疑问，是用在一场时髦的默剧或哑剧里，估计马身上的道具服会被褪去一部分。对于裤门襟扣的草图细部，她不满地说道，大概说明了这是一场非常时髦且下流的表演。

“根本不是这回事，亲爱的，”休利特一脸正经地说，“本质上更接近一场轰动的表演，而且你将会在电视上看到精华部分以及我们做的道具服。”

一向奉行大勇若怯的休利特注意到她满意且兴奋的神情，便没再多说。

和斯克林那格约好了首次试穿日，在此之前的三个白天及多个夜晚里，休利特太太仍然保持着愉悦和兴奋感，尽管偶尔她会说，要是在过去，他俩一定会推掉如此滑稽的委托。休利特回答说，这件成衣要求用裁剪的最高标准来完成，不管最终用在什么场合，这是他接受过的最具专业挑战性，同时也是报酬最丰的一份工作。但他打心底里又在深深地自我怀疑。

对他的考验在于，如何设计、剪裁、打造一套正装，才能让一匹马看上去不像一个人，而像一匹衣着考究、气度高贵的马。这个想法荒谬得彻头彻尾，可斯克林那格是太过重要的人物，容不得显出一丝半毫的可笑样子。

如同休利特所料，首次试穿一看就知道搞砸了。前后裤腿不但没有熨烫并且走形，而且只是用线暂时粗缝在一起；而晨礼服的雏形只装上了一边的衣袖，用棉线将翻领里衬、前身[1]和肩垫粗缝在一起，看上去更糟。休利特一边摆弄着手上的缝衣针、粉块和别针，一边尽其所能向斯克林那格和福克斯传达信心和宽慰；但显然他们两人都没有领会。

这位外交部官员看上去忧心忡忡、闷闷不乐，大使脸部的皱纹和褶子的纹路看起来也几乎毫无疑问是相同情绪的外星表达方式。

休利特将这份自我怀疑藏在心里，先制作出两套十分合身的内裤，尽可能地挽回了一些局面。他解释说，这衣物用弹力紧身材料制成，相对简单。至于斯克林那格和福克斯两人抛出的暗示，不如还是凑合着用鞍毯加内裤的想法，他则不加理会，约好四天之后再次试穿。

斯克林那格的正装外套又宽又大，结构复杂，不仅能覆盖前面的躯干，还能裹住后面的身体直到臀部和后腿。正装外套的前身裁成锐角，前身后侧的裙边呈水平直线，位于四腿连接身体处下方两英寸。可由于正装外套所用面料的长度和大小的缘故，使得裤腿包裹的四腿看上去不成比例地细。

休利特显然能够缩减外套的大小，只要沿着脊椎处用上一套假褶并在后摆处开叉；他还在身体轮廓的不合身处策略性地用到了一系列收身的省缝。但他不得不废掉原先的长裤，重新裁剪，长裤的裤筒宽度改成之前的差不多两倍宽，裤脚处改成平整的锥形收口，大约是蹄子直径的两倍宽。这意味着要重新修改背部的吊带设计，并在裆部做修改，这样，总体效果看上去就平衡多了。

第二次试穿时，休利特欣喜地发现自己已经解决了一个烦人的折皱问题，即当斯克林那格行走的时候，他的前腿肌肉会一次次地

1. 上装的前面部分。

弄歪正装马甲。但在斯克林那格和福克斯这两个外星人的眼里，这套正装仍旧看似鸡肋，还是《威尼斯商人》般的一磅鸡肋。显然他俩已经打定主意——几乎肯定是错的主意，而休利特则竭力地打消他们的这个念头。

“我们非常非常幸运，”他笑着说道，“16 号尺码的立领衬衫对您来说正好合适，先生，8 号尺码的礼帽也一样。多数场合，帽子只需带着，不用戴着，手套也一样，不过不太合——”

“您不觉得，”福克斯突然开口，“您或许是在海底捞月，休利特先生？”

斯克林那格轻声细语地加入进来：“这绝不是在批评您的专业能力，您可以非常好地按照要求制作成衣；但是，你不觉得我们早先谈及的毯状衣服可以作为有益的备选？这样也能帮您摆脱这个重担。”

“我并非想要摆脱这个重担。”休利特说。这个重担开始逐渐吓着他了，他真的应该选这条容易走的道，但他对自己的能力信心十足，或许应该说信心过头了。他继续说道：“先生，既然我已接受这份委托，为您即将到来的社交场合和正式场合制作服装，您就可以信任我的尽心尽责。”

“不过，”休利特语速很快地继续说道，“有个关于遮蔽足部的小问题。黑色羊毛袜裁剪修改之后虽然合适，但地球式样的鞋履会看起来格格不入，也很难让您放心地穿上。可否在您蹄部的骨质处用无毒涂料上色，正式场合用亮光黑，与普通民众接触时用棕色？蹄底也需要垫上软垫，因为蹄声也会被视作不合时宜。”蹄声会让你更像一匹马，休利特心里想。他又说道：“还有一个问题是，尾巴的展示，先生。您的尾巴修长而茂密，相当帅气——”

“谢谢。”斯克林那格说。

“——但尾巴持续摆动，可能会分散与您交谈之人的注意力。福克斯先生告诉我说这种摆动身不由己。不过就我看来，您的尾巴类似地球人的颅顶或面部的毛发。有此类毛发的人在正式场合常常以其最佳形象展示，可以盘、编、用各种时尚元素装饰，或是梳理上油使其更富光泽。如果您没有异议的话，我们或许可以将您的尾巴掺上一些，比方说，白色银色的长丝线之后编织起来，接着致密地盘起，我可以在衣服背中缝处附加一条束带，用来扎住盘起的尾巴。”

“没有异议，休利特先生，”斯克林那格说，“在杜萨星，我们也有类似的做法。”

“这些都是细枝末节，休利特，”福克斯说，“细节很重要，我承认，任何类型的服装都要考虑到，但——”

“还有件事情是关于服装上的装饰物的，先生，”休利特接着说，“有些彩色缎带和镶刻金属片显示了佩戴者或其祖先获得的丰功伟绩。接待晚宴上会有很多穿着制服和晚礼服的人，也会佩戴我刚才所说的装饰物。我希望您能佩戴某些装饰物或勋章，”他用严肃的口吻继续道，“但最好不是为了这个场合凭空编造的。您对此有什么合适的建议吗，先生？”

斯克林那格沉思了一会儿，说道：“我的种族没有与勋章相对应的东西，工作需要用到的翻译机可能勉强算吧。我有一个大号的翻译机，上面饰有联邦的标志，在需要同时处理不止一种语言翻译时佩戴。但这也不过是我的职业所需的工具。”

“但这份职业并不普通，不是吗？”

“的确如此。”斯克林那格说，他的五官挤弄着，传递出的应该是属于外星人的骄傲的表情。

“如将此设备挂在彩色缎带上展示，您可有异议？”

“没有异议。”

"谢谢您，先生，"休利特接着继续轻快地说道，"晨礼服应在约定之日的早餐时间之前备妥候取，晚礼服应在同一天下午前备妥。您的外出用正装和相应配饰，在您进行正式的访问项目全部结束之前不会用到，且制作起来会容易许多，因为有了第一套服装的经验——"

"也就是，"福克斯非常坚决地说，"一条精心裁剪、装饰雅致的披毯。"

休利特假装没有听见，说道："您可以相信我，先生。"

"我信任你，休利特先生，远超这个星球上任何其他人……"

他们走后很久，休利特还在琢磨斯克林那格的临别话语。此刻，他和妻子正在重新裁剪第一套套装并做最后修整，他烦恼了。自己是不是在犯蠢，在自以为是，在裁缝事宜上眼高于顶？还是自己真的有权利去指使斯克林那格，一如现在的做派？

大使是一名极其重要的角色，实际上代表了联邦内所有其他政府，他迫切地想给地球留下好印象。但人类也将在双方会面时给他留下印象，要么是好感，要么是恶感。从实际角度出发，就人类而言，后一种印象来得更加重要。想必斯克林那格有足够的权力做出决定，决定他的星球以及其他联邦成员是否要与地球保持接触，还是坚决地将地球撇在一边。

而他自己所担当的角色，一个恃才傲物却又囊中羞涩的小裁缝，正要为人类历史上顶顶重要的场合制作服装。当然，他会竭尽所能为他打扮得体，但新闻媒体喜欢出重要人物的洋相。给点机会，他们就会激怒斯克林那格；而大使就会从此一去不返，连带他的同僚友人也再也不会回到这个人民缺乏教养，让联邦代表出丑的地方。

在他为了抹平肉眼看不见的面料鼓起，拆开线脚又重新缝上的时候，在他将西服口袋缝上他招牌式的双针线迹的时候，他多次想到，是不是该将这活儿扔到一边，换成几小时工夫就能完工的毯子。他深思着，一边做着决定，一边不停地忙活着。直到第二天大清早，他和妻子才上床睡觉，没睡几个小时又起床继续干活的时候，他还是没有打定主意。

比起到时候效果一塌糊涂的服装，还是缝制一条看起来精致的鞍毯要来得更保险一点。可如果就这么做了毯子，就等于自己听命于人并把责任推回给了福克斯，也就是允许一个外行对自己指手画脚，发号施令。

就这么一眨眼的工夫，晨礼服和长裤制作完毕，熨烫妥帖，连同配饰一起挂在了休利特用一个半的橱窗假人搭的模特身上。已经不够时间再去做一条毯子了，因为现在已经是和斯克林那格约好的试衣日的早上。

休利特向大使示范如何系紧衬衫，如何打领带，如何把涂黑的蹄子套进深色筒袜以试穿袜子还有其他东西的时候，大使一言不发。当试穿起长裤、正装马甲和外套时，裁缝滔滔不绝地说起动作舒缓的好处，动作过急会显得缺乏气度，在电视上观感不佳。他注意到自己话太多了，而且说话的时候每冒出几个词都会打个哈欠，听上去很滑稽。

可能斯克林那格意识不到休利特究竟有多紧张，多没把握，因为全部行头的整体效果跟休利特预想的不一样——而眼下他身心俱疲，根本弄不清楚效果到底如何。

整个过程中，福克斯一直双唇紧闭，一声不吭；但在两人离开的时候，他甩给了休利特一份早报，忧心忡忡地点头致意。

报上刊登的新闻来自宫廷邸报，事关斯克林那格：

杜萨勋爵斯克林那格阁下，将于今日上午觐见女王陛下，并向圣詹姆斯宫递交其受命为银河联邦特别全权大使之国书。随后王宫将举行欢迎国宴，届时会向公众进行音画转播。

休利特把电视搬进了他的工作间，这样他可以一边继续制作晚礼服，一边看电视而不会吵到仍在睡觉的妻子。

但电视上的新闻报导不甚理想。显然各路媒体把宫廷邸报的消息当作某种恶作剧。一名游客拍到了斯克林那格驾临圣詹姆斯宫的影像，只有短短几秒且严重失焦，看不出大使的正装合不合身，就算这样，那人也应该能为此发上一笔横财。

休利特等了一两个小时后，打开晶体管收音机，里面传来了一个兴奋的话音，说刚收到从王宫传来的快讯，大意是杜萨星是一颗宜居星球，它所环绕的太阳距离地球 2 000 光年，而杜萨星人斯克林那格将受到来访国家元首兼大使的礼遇。不管整件事情恶作剧与否，这个话音继续说道，对今晚国宴的媒体报道将与早年间的登月相媲美。

休利特的妻子听的是同一个新闻节目。她的脸上尽显疲态却又喜形于色，好多年他都不曾见她如此开心。不过眼下，她没有跟他开口说话，究其原因是他之前跟她说了实话但又故意装出撒谎的样子。

休利特的意识和手指都十分僵硬和疲劳，他差不多迟了一个小时才完成晚礼服套装。不过没关系，斯克林那格并没有来取。国宴开始前两个小时，来了一名身穿警服的警督，说发生了意外耽搁了，因此由他来取礼服并送至斯克林那格的飞船上。几分钟后，来了一名级别更高的警官，说既然不再有保密的必要，他们要拆除店铺门脸前的幕墙，而且两名玻璃工已经来了，正要为他换门玻璃。

“就不能等到明天早上吗？”休利特问，牙关紧咬，把一个哈欠逼了回去。

“您看上去很累，先生，”警官说，“我很乐意在他们完工之前留在此地，走的时候会锁好大门，把钥匙放进信箱里。”

“您非常体贴，也想得非常周到，”休利特亲切地说，“我确实需要休息。谢谢您。”

“我很荣幸，先生。”警官恭敬地说道，仿佛下一步就要给他敬礼了。

休利特爬上了楼梯，这位友好得不同寻常的警官带给他的暖意渐渐散去。他开始琢磨起斯克林那格没有亲自来取，而是派人上门来取的原因。今天上午穿的套装很有可能一团糟，所以他晚上的着装可能是找别人临时做的鞍毯。作为一名外交官，一个为他人着想的生灵，斯克林那格不愿当着休利特的面表达不满，也不会复述别人对他的评头论足。他只会默默收下第二套套装，仅此而已。

但休利特心里的苦楚没有持续很久。他瘫坐在电视机前的椅子里，看着一众专家讨论与太阳系外异星种族接触的意义，时事评论员总是能助他入眠。

深夜新闻播报前的几小节嘹亮的前奏音把休利特惊醒了，是外星人来访的特别报导。他快步把轮椅上的妻子从厨房里推了进来，接着坐回原位去看斯克林那格的表现如何。

不像之前业余拍摄的驾临圣詹姆斯宫的画面，斯克林那格驾临宴会现场的景象由各个角度的特写和中景镜头全方位拍摄。

大使没有披着鞍毯。

他的礼服外套在领圈和肩膀处很合身，不过每当斯克林那格鞠躬后直起身时，背部就显出褶皱的迹象——他每隔几分钟就要鞠躬一次。长裤正合适，显得四腿不肥不瘦，而黑色袜子和哑光黑蹄的搭配则高雅得不显山露水。尾巴盘成圈并打了个朝前的结，好似纹章上的神兽一般，尾巴偶尔的抽动也几乎注意不到。

唯一一抹彩色是一条真丝宽缎带，将白衬衫的前身和正装马甲作了对角二等分。缎带呈淡蓝色，带有红色和金色的流苏，缎带正中央是装饰繁复的翻译装置，上面有象征联邦的标志。尽管并非现场最夺目的装饰物，但仍在所有的巴斯勋章和嘉德勋章[1]的包围下不落下风。

休利特突然意识到，杜萨星的斯克林那格看起来不错……

接着，杜萨星人开始发表演说，简明扼要地陈述来意，谈及了加入银河联邦能为双方带来的好处。

就在 150 年前，一艘银河联邦无人搜索飞船在地球上发现了智慧生命和快速发展中的科技。之所以对此情况的回应有很长的延迟，斯克林那格解释道，是因为机器不像杜萨星人、地球人或是其他智慧种族那样会衰老或无聊，所以，平常总是一无所获的搜索飞船实际并没有配装极度耗能的终极引擎。搜索飞船在地球轨道上花了许多年拍照、分析、评估动植物种类、书面语和口头语——最后一项的获取对于飞船的软着陆探测器来说尤为困难，因为彼时无线电和电视尚未发明。

用以研究的数据传回杜萨星后，仍有几项艰难的决策有待定夺。当然，毫无疑问的是，不应试图接触地球上丰富多样的文化。但在资料搜集完毕时，许多社会政治团体显出即将崩溃的迹象，而其他政治团体则在实力和影响力方面快速发展。

彼时的大英帝国，权力和商业中心位于伦敦，虽是当时最重要、

1. 嘉德勋章是英国最高级别的勋章，只能授予国君、威尔士亲王，以及其他不多于 24 名的在世者；巴斯勋章是第四级别的荣誉勋章，仅次于嘉德勋章、蓟花勋章（苏格兰）和圣帕特里克勋章（爱尔兰，暂停授予）。

最具影响力的团体，但也显出崩溃的迹象。其发展虽缓慢，然而传统和法律深植于内，表明其不会毁灭性崩溃，而是逐渐没落并稳定地解体。大家公认，在一个如此历史悠久的团体里，一个半世纪前观察到的行为举止不会发生显著的改变……

“这就是我暗中降落在贵国而非其他国家的理由，”斯克林那格继续说道，“我现在清楚当初的选择很正确，但在此类情况下，我们有特定的行为准则。你们或许会想，对于我们这样一个高度发达的银河文明，行为思想竟然出乎意料地因循守旧。但一套合适的行为准则，能在种族迥异的联邦成员之间的交流往来中起到关键作用。”

“其中最严格的一条准则，”他补充说道，脸部开始变得褶皱，无疑是在微笑，“就是我这样的来访者要遵照东道主星球所有的社会准则和风俗习惯；甚至要穿上东道主的服装。”

他最后总结说，他有意愿对地球各国的国家元首进行一轮正式访问。之后他会再次拜访地球，开始休闲观光之旅，这让他能在更轻松的氛围下与人会面。他补充说，地球是大约四个世纪里首个获得联邦成员邀请资格的新世界，他很乐意回答太阳底下的任何问题，无论是这里的太阳还是别处的太阳。

接下来的节目是电视访谈，访谈持续了很久，话题终于转到了斯克林那格的服装上。

“……我们还需要更长的时间来思考您此次来访的方方面面，”访谈主持人说道，“不过现在，我想问阁下一个问题，同时也是称赞您，关于您的衣装。或许我该称赞您的地外裁缝？”

“您应该称赞我的地球裁缝，”斯克林那格顿了顿，继续说，“在许多星球上，衣服不过是在极端天气下的一种防护方式；而在别的星球上，工艺、式样还有穿着方式被提到了主要艺术形式的高度。地球属于后者，而且拥有至少一位裁缝能够让一位地外来客……穿着得体。”

主持人哈哈大笑，问道：“阁下，请问他是谁？”

“目前还是不说为妙，”斯克林那格回答道，“他和妻子辛劳了很久，在名声垂青他俩之前，至少先让他俩睡一晚应得的好觉吧。不用多说，我的裁缝虽然不那么出名，但确是一等一的能工巧匠。他也算得上是裁缝事务里的暴君，一种全银河系裁缝共有的特质。正如您所见，他不惧专业上的任何挑战。”

“的确如此。”主持人说。

“无疑还有别的挑战。”斯克林那格转过脸，正对摄像机继续说道，但休利特明白，他不仅仅是在与主持人讲话。“之所以选择我的种族与人类做第一次接触，没有别的原因，就是我们和你们长得更加相似——尽管你们一定会觉得双方存在显著的生理差异。联邦里的其他种族有着形态差别更大、分布更奇特的肢和附肢；对于不曾见识过的人来说，他们甚至会显得可怖。但所有这些种族的大使都会陆续来访地球，递交各自的国书并献上美好祝愿。他们都需要得体的着装来出席这样的场合。他们会很愉快、很放心地得知，”他最后说道，“这里有一位地球人类裁缝完全值得托付……”

强烈的自豪感和兴奋感本应让休利特彻夜难眠，但实际上并没有；这感觉在他翌日打开店门的时候仍然没有消退半分。街对面的商店橱窗映出来他的样子，看起来和往常一样，但画面里有些地方不对劲，他迅速转过身。

新的店门玻璃跟原先那块有点不太一样。现在，上面写着**乔治 · L. 休利特，裁缝**，而其下正中间是斯克林那格翻译机上的图案的精美复刻——代表银河联邦所有星球的标志——最下方有几个字：**仅接受预约**。

（Mahat　译）

性别和奇幻故事

科幻小说的创作和性别相关吗？

当代有一种普遍的错误观点，认为尽管20世纪七八十年代涌现出越来越多的女性成为科幻奇幻作家，但她们却过多地投身于奇幻小说。一些读者认为，女性创作魔法、巫术和龙的主题，而男性则创作科学与技术的主题。

当然事实上并不存在如此泾渭分明的划分。自从有科幻杂志开始，女性便贡献了各式各样的故事。以C. L. 穆尔为代表的女性作者也一直在《惊异》这种注重科学的杂志上与男性作者平等地竞争一席之地。虽然以前女性写太空史诗的可能性要小得多，但是利·布雷克特（Leigh Brackett）的作品证明了女性可以和男性一样写出太空冒险故事；安尼·麦考菲利“帕恩星”系列（Pern series）的成功证明了这样的能力延续至今，纵然“帕恩星”里有龙的元素。这份名单还在不断扩充，包括了C. J. 彻丽的作品，用到的硬核科学不亚于任何人的作品；帕梅拉·萨金特的“梦想的金星”（*Venus of Dreams*）系列；厄休拉·K. 勒古恩关于人类学的作品等等，不胜枚举。另一方面，A. 梅里特（A. Merritt）和 H. P. 洛夫克拉夫特以写奇幻故事为主；即使像戈登·R. 迪克森（Gordon R. Dickson）这样专注科幻的作者，虽曾化用罗伯特·弗罗斯特关于自由体诗[1]的评价，称“写奇幻故事就像打没有网的网球”，却依然创作过数篇出色的长篇奇幻小说。

话虽如此，有人可能依然会说，女性天然地比男性更偏向奇幻故事，因为在奇幻故事中，人与人的情感关系以及人物触及真正自我、掌控自己内在力量的方式，比解决问题本身来得更重要。许多业内男性作家避免写奇幻故事，即使他们可以信马由缰、不必拘泥于真实性的时候，依然会为奇幻能力加以各种限制，让作品更接近于科幻，这大概可以称为“理性化奇幻小说”。然而勒古恩和彻丽的奇幻作品同她们的科幻作品一样享有盛名，安德烈·诺顿则更多是因“女巫世界”奇幻故事成名，而非核战后求生小说或是她创作生涯早期的去往其他世界的冒险故事。

英国的女性作家的情况让科幻奇幻的阵营区分更加明显。从约瑟芬·萨克斯顿的例子可以看出，多数英国女作者都写奇幻或乌托邦作品，就连摩考克主编的模糊科幻奇幻界线的《新世界》杂志都不太能吸引这些英国女作者，尽管上面倒是刊登了不少美国女作者的作品。后来的安吉拉·卡特（Angela Carter）将自己归为哥特小说[2]作者，自认为连她名义上的科幻小说都更接近于神话小说而非推想小说[3]。约瑟芬·萨克斯顿也抱怨过自己被科幻编辑视为主流文学作者，而被主流文学编辑视为科幻奇幻作者的两难境地。

而塔尼斯·李（Tanith Lee），可能是唯一一个科幻与奇幻作品同样享有盛名的英国女作者了。她 1947 年出生于伦敦，曾就读于

1. 可以自由抒写，不讲究格律、音节、句数，段落没有固定规格的诗歌形式。
2. 18 世纪后期开始兴起的英语文学流派，通常包括恐怖、神秘、超自然等元素。
3. 通常指拥有超自然、未来或其他想象类主题的类型文学，包括奇幻、科幻、恐怖等类型。

克罗伊登艺术学院，在1971年开始发表《龙之财宝》（*The Dragon Hoard*）及后续一系列少儿奇幻小说之前，有过几份图书馆的工作。她与DAW书屋签约后成为全职作家，出版了“生墓三部曲”：《生墓》（*Birthgrave*, 1975）、《文斯考尔，文斯考尔之子》（*Vazkor, Son of Vazkor*, 1978）和《猎杀白魔女》（*Quest for the White Witch*, 1978）。这几部长篇小说将科幻奇幻糅进一个探寻女神的英雄远征故事。

李是一位多产的作家，创作了20余部科幻和奇幻长篇小说、近10部面向少儿的长篇小说和几乎同等数量的短篇小说集，还有6篇广播和电视剧剧本。《别咬太阳》（*Don't Bite the Sun*, 1976）、《饮蓝宝石酒》（*Drinking Sapphire Wine*, 1977）和《银色金属恋人》（*The Silver Metal Lover*, 1982）是她的科幻代表作。她的作品在大西洋两岸都广受欢迎，就如玛丽·文考夫（Mary Weinkauf）在《20世纪科幻作家》中评价其作品“人物塑造鲜明，感情冲击强烈，言语辛辣幽默，书中的俊男美女虽有强大的力量和意志，也必须先经受考验才能自我接纳[1]”。

她的作品也展示出对来自不同文化的神话和童话的关注，有几本短篇小说集重构了这些故事并用另一种方式来重述。她的短篇小说《水中书》（“Written in Water”）首发于原创选集《永恒之光》（*Perpetual Light*, 1982），取材自弗雷德里克·布朗（Fredric Brown）的题为《敲门》（“Knock”）的两句话故事，原故事是关于世界上最后一个男人的故事，而她重新讲述了关于世界上最后一个女人的故事。“敲门”的背后暗藏着惊喜、悬念或恐怖，而李的“门”背后则是一则童话。

（樊明祥　译）

1. 心理学概念，指个体对自我及其一切特征采取积极的、能欣然接受的态度。

水中书[1]

塔尼斯·李

那是一个寂静而漆黑的夏夜。一颗雪白的星星从天而降，掉落到距离房子半英里的黑色田地里。10 分钟之后，吉安娜已经走出了房子，越过修修补补的花园围栏和吱吱作响的大门，向星星坠落的地方走去。现在，她正站在一个年轻男人面前，男人被缠在一张银色的网里，躺在地上，他周围的地面烧焦了一圈。

“你是谁？”吉安娜问，“发生了什么？你可以说话吗，可以告诉我吗？”

男人看上去很年轻，二十二三岁光景。他移动着瘦削而年轻的身体，转过脸来。他看上去十分迷人，以至于吉安娜在再次和他说话前深呼吸了一口气。

“我可以帮助你。你能说点什么吗？”

他睁开了双眼，就像是在黑暗中打开两扇透着阳光的窗户。他什么都没说，连吉安娜听不懂的语言都没说。吉安娜看着他，不自觉地欣赏着他优美的身体，也不自觉地意识到他的目的无关于她的

1. 引用自济慈的墓志铭：Here lies one whose name are written in water（此地长眠者，声名水上书）。

世界，或者她。

“你从哪儿来？”她问。

年轻男人回看着她，看起来像是在猜测，接着像是在思考，然后庄重而优雅地从自己被缠住的网里伸出一只手臂，指向天空。

他坐在吉安娜厨房里的桌子旁，吉安娜给他拿来了药、食物、酒，还有装在铜壶里的咖啡。年轻男人慢慢地摇了摇头。从代表的含义上讲，有些动作是相同的，但是又不完全相同，即使从摇头中，吉安娜也能看出他来自外星。他头发的颜色一如他刚刚拒绝的咖啡，那是咖啡混着几滴牛奶的颜色，光亮如绸缎；他皮肤苍白，以至于不像人类。吉安娜灵光一闪，给他倒了一杯水。水很纯净，是从院子里的水龙头中滤出来的，没有加别的化学物质或者添加剂，但尽管如此，也可能会让他中毒。年轻男人看上去并不觉得被冒犯了，只是错愕地摇摇头。他先前随着吉安娜的手势和指引，和吉安娜一同走进她的房子，而现在吉安娜正想给他拿点什么东西。

吉安娜把装水的玻璃杯放在年轻男人面前。他看着水杯，用两只优美、健壮而轮廓清晰的手将其拿起。他的手让人想到舞者或者音乐家，每只手都有五根手指，非常正常。他把水端到嘴边，吉安娜摒住了呼吸，好奇地等待。年轻男人小心翼翼地把杯子放下，又同样小心翼翼地把它推开，把两只手臂交叉放在桌子上，又把头埋进手臂中，开始哭泣。

吉安娜站在一边，看着他。刚才那张网上的一缕银丝粘在了他的胳膊上，随着他肩膀的抖动闪闪发光。她听着他的哭声——一个年轻男人痛苦的、像是要把自己撕开一般的啜泣声。她靠近他，无助地小声问着：“怎么了，怎么了……”

这当然是徒劳。她小心翼翼地把手放在他的肩膀上，担心着他可能会躲开，或者他们的身体有什么不相容的化学成分会让他们受伤；但是年轻男人没有躲开，吉安娜的手掌和他身上暗色的、无缝的衣服之间也没有出现火光。

“别哭了。”吉安娜说着，虽然她本意并非如此。年轻男人的悲痛感染了吉安娜，她已经很久没有过什么感情了。她轻捋着男人的头发；也许他身上有某种细微的辐射，来自遥远异星的致命粉尘。但她不在意。“哦，别哭了，别哭啦。”她喃喃地说，沉沦在他的眼泪里。

她开着她那辆破旧不堪的车进了清早的城镇，一如往常一样不怎么注意自己。她的生活并没有什么变化，先在自助加油站加油，然后去几家商店，走进又走出那些不招人喜欢的门面，如同例行公事一般。在城市边缘的巨大超市里，她在堆积满地的塑料和罐头间穿行，如往常一般对柔软的背景音乐依稀有些恼火。这音乐自动定时播放，不知道是谁这样设定的，也不管现在已经没人需要了。吉安娜有次曾在冰冻肉类区域后面的地板上见到过一只吱吱叫的老鼠，她尽全力不去在意它，身体僵硬地走出了商店。

吉安娜不怎么喜欢其他人，他们总是伤害她，不尊重她，或者用各种方式占她的便宜。她最终退居到老房子里，想要独自一人生活，做一名隐士。终极的孤独感比她先前曾设想过的更加深刻，简直像是一种刑罚。她35岁，觉得自己像一盏昏黄不定的灯。如同枯叶一般的皮肤，粗糙凌乱的头发，都是她颓然衰老的证据。独自一人，独自一人，她已经独自一人许久了，如同烧焦的干柴，任由周遭的一切如水般流过都无法润湿她。而当来自外太空的年轻男人在她的桌前啜泣的时候，她仿佛被河流与海洋充盈了。

她自嘲地想道，正常人对刚刚发生的事的反应应该是希望联系其他人，告知他们她神奇的发现，她的“邂逅”。她只是品味着这样的想法，思绪又回到了现实。当然，她觉得她没必要以理性的方式行事；而且，她又该找谁讲述她的故事呢？谁又会相信她呢？虽然她自己毫不怀疑眼前发生的一切。

而当她转向通向房子的泥路时，她又突然感到危险。也许终极的孤独已经让她疯掉了，幻想着从天而降的星星，想象着眼睛如同金币般闪光的年轻男人。或者如果这些都是真的……有可能她的触摸所带的来自地球的细菌已经让他丧命了。她情不自禁地想象着，如威尔斯的小说所描述的火星人被地球的微生物杀死，躺在他们巨大的机器中，死亡和腐烂着。

昨天晚上，当年轻男人冷静下来，或者只是试着冷静下来之后，吉安娜带他到了她的卧室，把床指给了他。那是一张窄得只容一人的床，过去的恋人们让她明白，单人床永远只属于她一个人，而不是他们。但是年轻男人一句话都没说便躺了下来。她睡在了楼下房间里一张放在书桌与早已坏掉的电视之间的直背椅子上。早晨在阳光中醒来，带着一种圣诞节早晨的孩子一般羞涩的感觉，她偷偷地看着熟睡中的年轻男人。她想起了很久很久之前读过的诗：

你的睡颜是如此安详而美丽
如此安详而美丽，如同你已逝去

她留下他走开了，害怕惊扰这份美丽，害怕会被他迷住而生根在这里，挪不开脚步。她开车到镇上去找更多的补给，她想给他带回去各种东西：他或许并不会吃的食物，或许并不会喝的水。甚至是音乐，甚至是他都不懂的书……

但是现在，他可能已经离开了，就像未曾存在过一样；或者他可能已经死去了。

她在夏日的尘土里粗暴地停下车，跑过高大的石炭纪树木，绕过栏杆。她的心提到了嗓子眼，感到目眩而喘不过气。

白日的阳光在田野上展开了一层白热的雾。她转过头，试图看透这一切，宛若身处水中。房子看起来安静得像坟墓一般，空无一物。大地也一样，如同空白的磁带。她瞥了一眼发黑的田野。

她跌跌撞撞地走向房子，呼吸急促。这时，他从敞开的门里出来了。

他拿着她用来打理可怜的花园的铁锹。他清理过了铁锹，它看起来明亮而有光泽。他把铁锹靠在门廊上，走向她。当她盯着他，大口呼吸时，他与她擦身而过，开始把东西从车里拿出来带到屋里。

“我以为你死了。”她傻傻地说。她傻傻地站着，她的头傻傻地歪着，突然感到非常不舒服，浑身乏力。

过了一会儿，她也慢慢走进了房子。当他继续像一个服务生一样把盒子和罐子拿进她的厨房时，她坐在他昨晚坐过的桌子边上。她想到她本可以从镇上的商店给他拿点新的衣服，但是为他挑选点什么这样的事会让她觉得有点尴尬，即使只是从超市的衣架上随意拿几件衣服。

他大概原本是想清理下花园——某种程度上作为她热情而不周到的款待的回报——因此光着上半身。她不敢看他。光着的躯干看起来像是舞蹈演员一般，柔软，肌肉发达，完美无瑕。她在心里为自己开脱，如果年轻男人全身每一寸都充满着人类男性的气息，那这害羞和惶恐也是理所应当了。

过了很久，他终于把车上的东西拿完了，然后又再一次拿起了铁锹。

“你饿吗？”她拿起一个罐头，问他。如先前一样，他缓慢而安静地摇了摇头。

也许他不需要吃东西。也许他其实以她的血为食。她感到血管在灼烧，她离开了桌子，快步上楼。她觉得她应该跟别人说说关于他的事，如果她能做到的话。但是她做不到。

他是她的。

她躺在浴缸的冷水里，任由洗过的秀发漂浮在身边。她感到自己仿佛溺于水中，手中细长的玻璃杯里加有五块乳白色冰块的绿色琴酒正随着她的心脏节奏律动。

她听见楼下不知疲惫地传来铁锹与石头碰撞的声音。她曾经费尽心力在院子里种了点什么：几株黑豆、番茄、发黑坏掉的土豆和死掉的葡萄树。但是他应该可以让花园生长繁荣吧。一定的。

她把头靠在浴缸的瓷边上，笑着，颤抖着，乳房尖端如荷尖般在水面浮动。

她幻想着天空中出现一粒银色的小芽，开花变成一艘巨大而火热的飞船。飞船降落到黑色的土地上，为他而来，带他回家。她紧紧抓住他的手恳求，用一种他听不懂的语言，而飞船里传出一种他熟知的语言。她紧紧抱住他的脚踝，而他全然没有注意到她，拖着她穿过枯萎的草地，向发光的传送门跑去。

不然他为什么哭呢？一定是因为某个原因，在某个比月球还遥远的地方，他那高科技的飞船坏掉了。他失去了一切，他的船、他的家、他的世界，还有他的同族们。而在他面前的只有简陋的房子、贫瘠而干涸的土地、他不能吃的食物。他已经与死人无异了。

吉安娜感到愤怒，当她听到铁锹与泥土下坚硬的石块儿发出碰撞声时，她几个月以来第一次感到愤怒——她到头来还是独自一人。

时钟敲了六下，代表已经是下午5点15分，吉安娜从楼上走了下来。她穿着貌似白色餐巾纸一样的连衣裙，涂了点水晶瓶装的好闻香水。她对着镜子化了妆，用细腻的粉底涂了脸，还抹了肉桂色和炭黑的眼影。

她站在门廊上，仿佛蝴蝶一般轻盈。她伸出手来遮挡阳光，姿势如同梦中见过的阳台上的女主角。他立着铁锹休息，看着她。

看着我，她想着。拜托了，拜托了，看着我，看我。

她走下了门廊，穿过花园，径直走向他。他双眼的太阳让她炫目，她无法对他微笑。她指向自己胸前。

“吉安娜，”她说，“我是吉安娜。”她又指着他，并没有碰到他，“你呢？”

她无数次见过这样的场景，在电影里，在书里。现在他应当微微笑着，费劲地把手放在胸前，用某种异世界的外语说：“我是……”

可是他并没有这样做。他凝望着她，又一次慢慢地摇头。突然间，她先前对他抱有的光荣的怜悯和伴随而来的悲伤如洪水般涌了回来，将她淹没。他有没有可能是在说自己不知道，想不起来自己是谁？想不起他的名字、他的种族、他的星球？他从星星之间坠落，他失忆了，完全没有防备；完全归她所有了。

“别干了。”她说。她从他手中夺过铁锹，随它倒在翻动过的土地上。

她再一次带他进了房子，仍然没有碰他。

她在厨房里对他说：“你必须试着告诉我你吃什么，你真的必须告诉我。”

他似乎在继续观察着她，如果他的确看得到她的话。她幻想着他咬掉自己的胳膊，感到一阵恶寒。也许他不需要吃东西——她也设想过。不需要吃，不需要睡——昨晚表面上的睡觉其实是一种待机状态，用来取悦她或者使她安心。她也不觉得他有去过洗手间。他看起来也不会出汗。这样一想，他能流泪真是奇怪啊。

她也不再去想他可能吃掉自己的事了，给自己又倒了一杯带冰的琴酒，坐在门廊上。他坐在她旁边。

他的眼睛看着田野的另一边。想要逃走吗？她能闻到他奇特的无汗、无毛的肌肤散发出的不可思议的男性气息。他不同寻常的肌肤上有一层晒伤的水色釉。

红色的地平线上闪烁着白日最后的余晖。鸟儿如微型飞机一样盘旋。当第一颗行星出现在夜空中时，她知道她会出于恐惧屏住呼吸。

夜的阀门打开了，把天空染成墨色。太阳已经消失了。他听不懂她的话，所以她对他说："我爱你。"

"我爱你，"她说，"我是地球上最后一个女人，而你甚至不是地球人。而我爱你。我很孤独。"她说着，与他先前的啜泣不同，她悄无声息地泪流满面。

过了一会儿，如同她希望在电影中所出现的场景那样，她引导着他环抱住她，慢慢地，慢慢地。她向他靠着，他抚摸着她的头发。她带着一丝莫可名状的悲伤想，他从我这里学到了这样的动作。

她当然不爱他，她又理所当然地爱着他。她是最后的幸存者，而他也是一个幸存者。他们无可避免地必须走到一起，找到彼此，并且相爱。她真想自己此刻更年轻些。当他抱着她，轮廓分明的手指一次次轻轻划过她的头发时，她觉得自己变年轻了。她开始轻声向他讲述那场大瘟疫，尽管他听不懂。它从何而起，如轻吹的风，如远方的落叶；它如何扫遍世界，如同海啸一般席卷全世界的大洲和城市，落叶的海洋燃烧起熊熊大火。人们当时不叫它大瘟疫，官方的名字是"大流行"。当初，人们还在广播里，在电视的荧光屏上讨论它。她曾经见过那时的医院，如同巨大的消毒柜，每一层都堆满了将死之人；她也见证了人们如何渐渐沉默，以及最后，不仅是沉默。人们焚烧了死者，或者是用燃烧着的化学物质火化了他们；人们疏散了城镇；最后，“人们”也不再组织任何事情了。这是一场选择性的疾病，它杀死了男人们、女人们和孩子们。它并不能杀死动物、昆虫和鸟类。还有吉安娜。

当一切刚刚开始的时候，她并没有相信未来会是如此。人们很难相信无法停止的引擎就此发动。广播和电视里报导过在海里腐烂的瓶子，或者是被腐蚀的卫星，在不合时宜的时候把其中装载的病毒释放到了地球上。政府拒绝了承担责任，一直到最后都没有。

吉安娜感到死亡的气息在靠近，越来越近。她从怀疑转为恐惧。她如往常一样在她的隐居处储备了各种物品，在新一轮的恐惧中躲在门后。后来，广播没有了声音，电视在一阵闪烁和噼啪声中变成黑暗。吉安娜站在门廊上，看着整片大陆笼罩在黑色的阴影之中。

在距离房子半英里的地方，人们燃起了巨大的篝火，烧掉了许多已死之人。余烬随风吹过夕阳，在天空中继续燃烧。

第二天，吉安娜发现身上长满了令人刺痛的小斑点。她的头抖动起来，一如身边的危墙一般。她带着恐惧躺了下来，害怕着死亡。然后她又不太在乎是不是会死了，她想要死去。最后她却并没有死。

一个月之后，她开车去了城镇。她看到了疏散之后空无一人的城镇，还有两英里外另一场巨大山火的痕迹。又一英里外，死人的尸体躺在阳光里，慢慢变成一堆白色的粉末，无所畏惧又对疾病免疫的鸟儿，如黑雨一般降落到尸堆之间。

吉安娜开车回了家，变成了地球上最后一个女人。

她的生活并没有发生什么变化，她在大瘟疫前已经独自生活了许多年。

她有时思考自己是怎么活下来的，但只是出于任何幸存者都有的愚蠢而错误的谦卑。每个人都觉得自己不会死，不管其他人，他们自己肯定能活下去。而这些人都错了，除了吉安娜。

之后的某个晚上，吉安娜便见到了雪白的星星，外星降落伞的银网，还有美得不真实的年轻男人。

她靠在他的肩膀上，告诉了他这一切。他可能依然会死，死于火星人也会感染的瘟疫病毒。或者他会离开。

天已经黑了。她在黑暗之中将嘴唇靠近他的嘴唇。她吻他的时候，并不知道他会怎样做，他似乎毫无反应。他会和她做爱吗，或者会想吗，或者能吗？她的手抚过他的肌肤，感觉像温热的光滑石头。她爱他，而他或许其实只是个机器人。

过了一小会儿，她抽身离去，留他一个人在门廊上。她到了厨房，把杯子里融化的冰倒进了下水道。

她上了楼梯，躺在窄小的床上。孤独，无尽的孤独。但不知怎的，即使在这时，她感到还有事会发生。当他走进房间的时候，她并不觉得惊讶。他无言地靠向她，眼睛在黑暗中闪着光，如同猫一般。她试着去让自己害怕他。

“走开。”她说。

但是他在她身边躺了下来，靠得很近，床又十分窄……就像是他刚刚读了她的心，学了人类做爱的礼仪一样。

“你是个机器人，你不是人类，”她说，“你快走开。”

他吻了她。她闭上眼睛，看到了星星，闪亮而炽热的星星。他并非机器人，而是个真正的男人，俊美的男人，而她，爱着他……

十万八千里之外，挂钟敲了八下。这是晚上 7 点 15 分，在崭新的世界的第一个夜晚。

第二天早晨，她烤了面包，趁热拿了一些给他。他像拿着僵硬的小鸟一样捧着面包。吉安娜指着自己，“拜托了，请叫我的名字，吉安娜。”

她十分确定她可以让他明白。她知道他不是哑巴，她听到过他哭泣，还有他们做爱时他的低吼。她也会教会他吃东西和喝水。她会教给他一切。

他继续在花园劳作。他在倒塌的棚子里找到了幼苗，正把它们种到地里。她来到他身边，带他到了那辆摇摇欲坠的车旁边。她开车带他进了城，带他进了服装店，小心翼翼地指引着他。他按照她的指示往车里装满了东西。她从未见他笑过，她也不确定自己是否能见到。他抱着成堆的牛仔裤的时候依然是永恒的面无表情；还是先前那个服务生。

下午，她看着他在花园劳作。她心里小鹿乱撞，满脑子都是他自然晒黑的肌肤和矫健的肌肉线条。她被他迷住了。她睡着了，梦着他。

她在清脆的金属撞击声中醒来。她警觉地走出房间，走进最后一抹夕阳，看到他在后院，用锤子修理车上被撞出的凹痕。她看得出有一个轮胎被他换成了新的，那个轮胎之前就磨坏了，她没去管。她放松地靠在墙上，对着他沉思。他简直出乎意料地能帮得上忙，不知怎的，她想到了男耕女织这样的老词。

而在这一切之上却飘浮着不定的乌云。他会离开。搁浅，被遗弃，遭遇海难，这艘巨大的班轮终将重归于苍穹，如神明一般残酷地救他离开。

她半夜醒来，发现自己的嘴唇贴在他的背上，浑然不觉。

她待着不动了好久，然后单肘支撑侧躺着，看着他，装作熟睡，或者真的陷入了梦想。就如同你已逝去。不，他哪里都不会去的。

他的头发闪闪发光，他的睫毛长长地刷在脸颊上。他平静而清澈，如同一汪湖水。她摸了摸他冷冷的腹部。

过了一阵子，她从床上起来，走到窗边，看向外面，看向夜空。她听到一个仇恨和蔑视的低音。在哪？她想。你看到我了吗？你在笑吗？

她走下楼梯，房间里坏掉的电视正安静地待在黑暗中。她打开写字台的抽屉，拿出一把左轮手枪，小心地上了膛。她把枪举在身前，上楼回到了卧室。

他没有醒来——或者他的程序未曾让他看上去醒着——直到黎明前一小时。她一直坐在那里，等着他，等他睁开眼睛看到她坐在他的对面，看到她手放在膝盖上，握着枪，指着他。

或许他可能会不知道枪是什么。或许武器会像某些语义符号一般不言而明。她这样想着。当他睁开眼睛，看着枪的时候，她相信他完全知道那是什么，并且知道她是拿枪来要杀他的。

他大睁着眼，但并没有动。他看起来并不害怕，但是她觉得他一定很害怕了，如她所希望的那样害怕，或者更甚：对外星人的自然恐惧，排外现象。她觉得他其实根本就能听懂她的话，一开始就是，懂得她的语言，她的孤独。这应该是他技能的一部分——和种地、换轮胎、做爱、装睡一起被教会的。与此同时，他们肯定还给他接种了这种致命瘟疫的疫苗，甚至是地球上所有病毒的疫苗。

“是的，”她说，“我会杀了你。”

他只是看着她。她想起他先前曾出于厌恶、绝望和对她的恐惧而哭泣，因为他知道不会有任何救援——不论是来自她的星球或是她本人。他并不是随着遇难的飞船坠落到这个世界的，飞船完好无缺，他是在一个选好的时间、算好的地点，干净利落地从飞船出来的。他的降落伞如预先安排的那样展开成云朵。并非遇难，而是派遣。空中快递。礼物。

巨大而安静的飞船不会来找他。它已经来过了，并且已经离开了。

他们为什么那么在意地球呢？她想不明白。一连串的干扰——这是神的特权吗？是在践行利他主义，或者只是当作玩具在玩耍？或者是某种实验。他们并没能阻止大瘟疫，或者并不想——召回大洪水，撤销蛾摩拉的神罚——但是当瘟疫渐渐退潮，洗刷了人类文明时，他们观察了地球，并看到了吉安娜，独自一人在地球上游荡，她是地球的女人，人类中的最后一员。所以他们为她造了他，帮助她，陪伴她。

大概那些不知是谁、不知在哪又无所不在的外星人，并非根据他们自己的形象制造的他，而是根据地球男人的形象。

她不知道是什么导致了她最后拿着枪对准他。他的默许，这一连串不可能发生的事，或者是幸存者们相遇并互相舔舐伤口的愚蠢巧合；或者是最后的男人和女人一起延续种族这样戏剧性的发展让她潜意识里意识到幕后的操纵者；或者只是她自己的误会？她的一切错误，或者痛苦的设想，都在向她大声呼喊，告诉她这一切和她隐居之前没有什么不同，她依然被别人操纵着，依然有人干涉着她。

“好吧，”她轻声说，通过左轮手枪的枪管看着他，“我觉得自己少了根肋骨。我该叫你亚当吗？或者叫夏娃？”她打开了枪的保险。她剧烈地颤抖着，声音却依然平静。“不管亚当还是夏娃，你听说过避孕吗？他们以为我没听说过或者没用过避孕措施吗？他们觉得我会冒险怀孕吗，在这没有医院甚至没有兽医的地方？在35岁的年纪？我为你穿着打扮的时候，可是全副武装，全副，就是为了以防万一。我预料到了。我觉得你那经过特殊设计的、强壮的精子也不可能让我怀孕的。他们在培养室培育你，或者是在工作坊制作你的时候，想到这一步了吗？我不想要你。”她细声说，“你哭得像个孩子一样，是因为他们让你来我的世界，和我一起生活。你觉得我会原谅你吗？你觉得那之后，我知道一切之后，还会想要你吗？”

她举起枪，开了火。她看着他眼中的光芒消逝而去。他的血液鲜红，一如寻常。

吉安娜走过大地被烧灼出的伤疤。她设想巨大的飞船悬在她上空，设想它不再监视着她，已经无情地远去，远去。她拖着铁锹走着，一如她拖着自己的身体。现在，这铁锹种过土豆，翻过豆子，还埋过外星人的尸体了。

她站在老房子的厨房边，夜空的黑暗又一次铺满了苍穹。吉安娜屏住呼吸，就仿佛身边的空气都变成了水，淹没她。因为她知道。在很久之前就知道。当她看到第二颗雪白的星星从夏夜的天空坠落时，她只是叹了一口气，非常受宠若惊。

（樊明祥　译）

超越共性

在讨论群体特征时，往往会忽略成员超越其所属群体的方面。传记、文献和关键性的详细资料有助于更好地平衡普遍和个别，但还是有必要经常提醒人们，共性并不精确。

伊恩·沃森（Ian Watson）就是个例子。他永远不会被误认为是美国作家。他太四海为家，太欧洲化，太关注历史、形而上学和文学风格。但同时，他也不是典型的英国作家。赛·肖万（Cy Chauvin）在英国杂志《基金会刊》上写的文章里说沃森是“古怪的鸭子”，而格雷格里·本福德称他是“（这个领域里）最疯狂、最大胆的重量级人物”。J. G. 巴拉德在《新政治家》上称沃森为“英国有思想的科幻作家中最有趣的——或者更准确地说，是英国唯一有思想的科幻作家”。奥尔迪斯和温洛夫在《万亿年狂欢》中，将沃森与“最英国的作家”基思·罗伯茨（Keith Roberts）进行了比较，他们写道：“他的作品没什么明显的英国色彩。对他来说，一部小说的思辨内容要重于区区人物……他的所长在于超越物质的世界，而不是物质的世界。”

对沃森的作品有影响的因素之一是他接触过另外的两种文化。他1943年出生于诺森伯兰的北希尔兹，在牛津大学贝利奥尔学院获得了一个文学学士学位和一个文学硕士学位。接下来在1965年至1967年间他在坦桑尼亚达累斯萨拉姆大学担任讲师，接下来1967年至1970年他先后去了东京教育大学、庆应大学和日本女子大学。在1976年成为全职作家之前，他还在伯明翰理工学院的艺术设计中心任教六年。

他曾说过，是他对日本文化的体验使他转向科幻小说，作为一种和他称为“我名义上教授的英国文学和外来的环境信息之间的矛盾”相对抗的生存方式。1969年，他出版了一本少年读物《猫眼看日本》；同年他在《新世界》上发表了他的第一篇科幻故事《土星下的屋顶花园》（“Roof Garden Under Saturn”）。

1973年，沃森出版了第一部长篇小说《嵌入》（*The Embedding*），奠定了他的声望和他作品的发展方向。该书所关注的是通过语言获得超越性，书中三个不同的群体发现语言是超越“这个现实”，前往“其他现实”的途径。他接下来的小说中提供了寻求超越的其他方式：《约拿组件》（*The Jonah Kit*, 1975）中是通过鲸鱼形成的活体电脑；《火星印加王》（*The Martian Inca*, 1977）是通过火星土壤中的病毒活化剂；《外星大使馆》（*Alien Embassy*, 1977）里是通过不明飞行物；他的近20部小说和8部短篇小说集都在延续这个做法。

杰弗里·M. 埃利奥特（Jeffrey M. Elliot）和迈克尔·毕晓普（Michael Bishop）（1981年与沃森合著《彩虹桥下》）在《20世纪科幻作家》中写道：“沃森的小说始终在探讨同一个思想，这一本和那一本之间只是外在表现有所不同，间或有些微妙的变化。这是他在战略层面持有的‘信念’，那就是共认的现实，或曰日常经验的世界，已过于成熟，到了该被超越的时候。在小说世界中超越我们身为人类的界限或这个物质宇宙监狱的方法可能各自不同，但有一点始终如一：确实存在某种超越性的精神或宇宙连续体，我们可能或者说应该渴望它。”

此外，沃森是当代场景的敏锐观察员，也是科幻小说本身的——他经常写这个题材的作品，其中包括《2080年世界科幻大会》（“The World Science-Fiction Convention of 2080”），其中利用召开科幻大会的传统仪式讲述了因技术崩溃，科幻小说的史诗一面在诗人们手中回归的故事。1986年首次发表在艾萨克·阿西莫夫科幻杂志上的《大西洋游泳大赛》（“The Great Atlantic Swimming Race”）讲述了另一种史诗——20世纪文化在一个不再相信神祇和英雄的时代努力创造出拟仿的史诗。不可避免地，它涉及讽刺；同样不可避免地，出版于1986年、设定在1990年的这一故事到今天已经变成了一种或然现实。

沃森在一篇关于《科幻小说未成熟》[1]（“The Crudities of Science Fiction”）的文章中写道：“科幻小说是建立在对思想的探索之上的，而不是文体学之上。这是一个思想共同体；总的来说，它构成了人们所谓的‘观念神话’，即关于人类在宇宙中位置的观念神话。”在他自己史诗式的探求中，沃森所选择要追寻的正是这种观念神话。

（何锐　译）

1. 作于1978年，收录于《伊恩·沃森之书》中。

大西洋游泳大赛

伊恩·沃森

人类游过的最长距离是 1 826 英里，是沿密西西比河顺流而下，发生在 1930 年。不过，涉及此事的游泳运动员——俄克拉何马州克林顿市的弗雷德·P. 牛顿先生并没有试图创造速度纪录。27 岁的弗雷德在水中总共待了 742 个小时，时间跨度将近 6 个月。他的平均速度略低于每小时 2.5 英里。

作为对照，最长的连续游泳纪录出现在 1981 年。那年 40 岁的里卡多·霍夫曼沿着阿根廷的巴拉那河顺游不间断地游了 299 英里。（巴拉那河里没有食人鱼。）里卡多在水里待了 87.5 小时，他平均每小时游 3.5 英里。

然而，弗雷德和里卡多都是在河里顺流而下。海洋里的环境显然大不相同。

海中的纪录由美国的老沃尔特·波尼斯奇创造。1978 年，他从古巴一口气游了 129 英里到达佛罗里达，用时 34 小时。64 岁的沃尔特穿着脚蹼，在鲨鱼笼中游泳。

让我们回忆一下另一项纪录：持续游泳时间最长的纪录。女子纪录由默特尔·哈德斯顿保持。1931 年，在科尼岛的一个盐水池里，她足足游了 87.5 小时。男子冠军头衔属于昵称为“齐米”的查尔斯·齐博曼，这位无腿人士在檀香山的游泳池里待了 168 个小时，那年是 1941 年，正值珍珠港事件发生之年[1]。

这些，某种意义上都是序幕，为了这有史以来水上运动中最伟大的壮举：1990 年发起的横渡大西洋游泳大赛。

作为这一雄心勃勃的英勇项目的协调员代表，我打算为这次比赛的理念和它的实施方式而声辩。我要自豪地向奥林匹克古老的神殿致意，它们曾将荣誉的桂冠授予那些不惜一切代价完成超人壮举的人。我也要和那个虚构的历史法庭谈谈，它的陪审团是死者——那些死于饥荒、灾难、疾病、战争、罪恶之人。因为众所周知，大西洋游泳大赛旨在为撒哈拉沙漠沿岸那些遭受持续干旱的不幸国家中的灾民们筹集资金。

路线：从纽芬兰那个名字正好叫“竞赛角”的地方出发，到欧洲任何一处。

拉布拉多寒流应该会把参赛者们迅速带往南方，进入墨西哥湾流。墨西哥湾流会“热情”地把游泳者大致朝着爱尔兰方向推送。

距离：约 2 450 英里。

假设平均速度为每小时两英里，每天游 14 小时，游泳者们应该会在 3 个月内完成全程。除了第一二周会需要穿保暖橡胶套装，温度应该不是大问题。

当然，还有其他问题，事前花了一整年讨论才能确定。

参赛者所有的时间都得泡在水里吗？他们必须在水中进食，在水中排泄吗？如果是的话，要怎么做？裸泳吗？他们必须利用救生

1. 前述人物和事件均和真实历史一致。

圈或橡皮鸭在水中睡眠吗？

“蛆虫因子”由此而来：某位说话拐弯抹角的记者创造了这个说法。

长时间浸泡在水中的人体最终会肿胀起来，样子像得了麻风；皮肤被泡出病了。再加上 90 天浸泡中的“零重力效应”——结果等泡肿了的游泳者抵达他们的终点时，他们也许只能像些臃肿的蠕虫一样爬上岸，那场面可不会让人赏心悦目。

显然，每个参赛者都必须在支援船上入睡；由于游泳者可能分散开来，相隔许多海里，每个人都需要一艘单独的支援船，船上应有一名公正的监督者，以确保每艘船在过夜期间严格停在原位——这很容易通过卫星导航系统进行核查。

接下来是个棘手的问题：该不该使用脚蹼。老沃尔特·波尼斯奇曾用过脚蹼。为什么所有的竞争者不能使用相同尺寸和设计的脚蹼？事实上，脚蹼可能是将比赛限制在 3 个月内的唯一方法。游泳者可能会遇到风暴。冰山可能会逼得他们不得不绕道而行。如果比赛持续超过 3 个月，秋日会悄然进入冬季，大西洋将化身死神。

另一方面，如果又一位没有腿的“齐米”要参加比赛呢？

此外，用通气管潜泳如何？在如此长的一段时间里，持续不断的海浪冲击可能会导致组织或大脑损伤。为什么不像鱼一样把脸埋在水下游完全程呢？

啊！这将导致感官剥夺（这必定有可能带来麻烦）。结果可能是幻觉和疯狂。游泳者可能最终会相信他们是鳕鱼和黑线鳕。

1989 年召开了一次大会，地点在利比里亚的蒙罗维亚：特意选择第三世界的场地好强调比赛的慈善目的。会议持续了 1 个月，所有感兴趣的各方都出席了：奥林匹克联合会、各路游泳组织、众多国家派出的体育部长，还有霍夫曼-拉洛什公司、联合碳化物公司、雀巢公司和菲利普·莫里斯公司等跨国赞助商的代表。

最终的细节渐渐在讨论中敲定：

最多 100 名参赛者。每个人一艘支援船，有电视摄像设备，供泳者不在水中的时候接受采访。有声纳探测设备，以防偶遇鲨鱼。遭遇冰山和水母时的专门规则。商业和海军航行要远远避开所有竞争对手。雇了一艘超级油轮作为补给和医疗设施，有 10 架进行空中摄影的直升机，油轮那巨大的水平甲板可以充当机队的停机坪。其他还有很多——也没忘了派利分成式的国际博彩系统，供人们在参赛者的每日进展上押注。

比赛开始日期：1990 年 7 月 1 日，离蒙罗维亚会议结束整整一年。这将为准备、挑选参赛者以及培训留出足够的时间。

纽芬兰阿瓦隆半岛——它顶尖上就是竞赛角——尽管有个来自亚瑟王故事的浪漫名字，但通常是一个阴风呼号的地方。

然而在 1990 年 7 月 1 日，要好好描绘这里海滨的景象需得劳动拉乌尔·杜菲的画笔：系着 100 艘支援船的趸船码头和筏子连成了一道有 1 英里长的堤坝，每艘支援船上都飘着绘有对应的水上健将标志的旗帜；大大小小的帐篷也排出去数英里，争奇斗艳，好似中世纪的比武场地；直升机像竹蜻蜓般悬在上头嗡嗡作响；还有那艘飞艇，呈鲜亮的红黄两色，从它的吊舱前方伸出来发令的号炮。

让我以体育评论员的方式来介绍一下那些在接下来几周中将会有杰出表现的游泳运动员们……

不。且慢。

在纽芬兰，这些个非凡的男男女女各自的特点——个人或国家的——仍然被掩盖在他们的潜水衣下（只能从肩上印着的迪高荧光漆数字分辨他们的身份）。

所以让我们开炮发令吧。让我们快进掠过 100 名游泳者的进程。

让我们跳过若干天，直到主要的支援船都脱离了拉布拉多寒流，进入墨西哥湾流的那天，当天早上，我们的水上健将们在黎明时分第一次出现在甲板上接受向全世界播放的电视采访。他们不再穿着黑色胶衣，而是露出了他们天生的肌肤（涂着不少油），脚蹼摇摇晃晃好似企鹅，身穿各自的游泳衣。

让我来介绍这些游泳运动员中的风流公子让-皮埃尔·布瓦德先生，他留着一副精细上蜡的小胡子，穿着的那件长款三色泳装仿佛是 1890 年左右多维尔海滩上常见的款式。

还有坚强、和蔼、沉着、出身高贵的吉姆·图尔维尔-汉密尔顿上校，一位运动员绅士，英国特种航空部队的军官，他的细条纹短裤上绣着卷起来的阳伞。

还有“禅泳者”田中敏郎，他额上纹着神风头带，截掉了自己的耳朵，以让身体更加接近流线型。

还有来自小国阿尔巴尼亚的“马克思列宁主义泳者”朱戈同志，他把缩微影印版的斯大林选集穿在身上，《恩维尔·霍查演讲集》则被固定在他的额头。通过翻译，朱戈同志宣布他将与修正主义苏联的游泳运动员、可爱的阿纳斯塔西娅·季米特洛娃和新资本主义的中国游泳好手齐咼波战斗到底。

然后是“耶稣行于水上泳者”，迷人的五项全能冠军莎莉-安·约翰逊，前折页女郎，宣称自己尚属童身，她的乳沟里贴着缩微版圣经。她在“基督教多数派教会”的赞助下为上帝的荣耀而游泳。

还有来自原教旨主义者伊斯兰共和国的莱拉·福阿德，这位岂能不提？她身上涂的油被染成漆黑一片，以代替罩袍和面纱。她每次往返于遮蔽她身体的大西洋和她在支援船上的帐篷之间时，都必须藏在七重帘幕之后。一天五次，唤礼声音从桅杆顶的扬声器里响起，此时莱拉就会一动不动地漂上一会儿，埋头对着麦加方向。

总共有 96 名游泳运动员抵达墨西哥湾流，但我们应该关注的是这 8 名顶尖好手：福阿德、约翰逊、齐、季米特洛娃、朱戈、田中、图尔维尔-汉密尔顿和布瓦德。（哦，对了，出于另一个原因，我们也许该把日内瓦的勒内·阿曼德的名字加进去。）

让我们再快进 6 周。我们那几位好手们遥遥领先。另外还有 50 名游泳运动员散落在他们身后的大西洋水域中，前后相隔许多英里。

到目前为止，另外已有 40 多名运动员退出，输给了疲劳、幻觉、混乱或者绝望，其中有一人精神错乱。已有三人死亡：一人死于溺水，一人死于中风，还有一人令人惊讶地死于低体温症。还有一位游泳运动员莫名其妙地失踪了。

大多数幸存的参赛者们都在前进，但并非全部。一名新西兰人折而向南，进入了墨西哥湾流下游。如果他继续这样，最终北赤道洋流会把他带回加勒比海。一名丹麦人没能足够深入墨西哥湾流；湾流北支正冷酷地带着他前往格陵兰。

采访摘录：

莱拉·福阿德：“我在带水过沙漠。不，这话错了。我在带水*去*沙漠。去撒哈拉大沙漠，那里的人们死于干旱。我每游 1 英里都是给那些干燥的喉咙带去许许多多的水。我现在是个贝都因人：每个夜里我都在不同的波浪上扎下帐篷，但星辰是一样的！”

齐：“毛主席曾游过长江[1]。人手千双可移巨山。击水亿次能跨大洋。”

季米特洛娃：“双手划过水中，带着希望、能量、未来的荣耀。如果我是芭蕾舞演员，我会在浪尖上跳舞。和西伯利亚大草原一样

1. 原版为“黄河”，系作者误记，经沟通后作者表示应予修正。

宽广。我是辆三套车，正奔向欢乐。”

约翰逊：“赞美上帝赐予我的肌肉，赞美麦当劳提供的美味蛋白质。如果我失去童贞，我会觉得自己犹如参孙被剪掉了头发。我告诉你们众人，每一道波浪都是自由旗帜上新的一道条纹。我的每一次心跳都是在祈祷。”

图尔维尔·汉密尔顿：“本人并不想自吹自擂，但本人确实感觉好似斯科特船长，或者埃德蒙·希拉里爵士。”

布瓦德：“游泳问题，本质上乃一现象学问题，即在此流动不居之宇宙中，个人当如何定位[1]。”

田中：“粒子：我。波：它。

　　一并：存在[2]。

　　死亡或辉煌。”

朱戈：“游泳的卑鄙小人都去死吧。”

过去十年中，撒哈拉干旱造成的死亡人数估计在 1 500 万到 3 000 万之间。自从初次提出比赛以来，到他们游到墨西哥湾流中部的那一刻，大概又有 30 万人口已经死亡：可以说，干旱债务取走了 10% 的年利。

但这并不是媒体目前提及的最大数字。对我们优秀运动员们的每日进展下注的赌局已经到了狂热的地步。所涉及的总金额相当巨大；当然，所有押在游泳者身上的钱，有 5% 会提留给撒哈拉基金。

事实上，毫不夸张地说，每天对这比赛的投注量正在接近能与世界股票和货币市场上的现金交易总额相匹敌的地步——由于莎莉-安、敏郎或阿纳斯塔西娅的前进速度或其他表现中隐含的情绪、民族主义和意识形态的暗示（加上投机者的干预），这场比赛已开始导

1. 原文此处为法语。
2. 这里的语句来自物理学家波尔的“互补主义”哲学。

致各国货币比价出现大幅波动。

因此，在瑞士主要银行利益集团的赞助下，勒内·阿曼德反复抽筋发烧，导致瑞士法郎本身雪崩；不幸的是，整个撒哈拉基金所持有的正是瑞士法郎，它一度被认为像艾格峰的北坡一样坚挺。累积下来的一半资金就像是山谷中的雪，在阳光的照耀下消融了。可我们还不敢太快地转移基金。

第 65 天：一个不愉快的事件。朱戈同志追上阿纳斯塔西娅·季米特洛娃，在水中袭击了她。她的支援船还没来得及干预，“绅士吉姆”——当时就在前面不远的地方——注意到了她的哭喊，富于骑士精神地*掉头*，向俄国选手伸出了援手。

后来得知，吉姆·图尔维尔-汉密尔顿的父亲第二次世界大战后曾参与了英国失败的颠覆朱戈的新生共产主义家园的阴谋。阿尔比昂试图操纵阿尔巴尼亚。

马上就有人要求取消资格：吉姆要取消朱戈的，朱戈要取消吉姆和阿纳斯塔西娅的，阿纳斯塔西娅要取消朱戈的。有人将此与美国赛跑冠军玛丽·德克尔在 1984 年的奥运会上被带有前南非政治色彩的学生佐拉·巴德[1]绊倒相提并论，那之后美国爆发了反对种族隔离的大规模抗议活动；如果玛丽·德克尔是黑人，情况可能会更严重。

然而，尽管我们花了很多时间为一系列突发事件做准备（最终在蒙罗维亚会议上达到高潮），令人惊讶的是，关于竞争者在远离法律管辖区的海洋中不体面地攻击他人，我们没有制定任何规则。

朱戈继续向前游去，处于领先位置。

吉姆和阿纳斯塔西娅手拉手游了一会儿，让莎莉-安·约翰逊大

1. 当时南非运动员因种族隔离政策在国际上被禁赛，巴德系以父系血缘为由突击申请到英国护照，代表英国参赛以回避禁赛令。

感厌恶。

布瓦德先生将这称为“*一起政治激情犯罪*”[1]。

莱拉·福阿德开始戴上巨大的黑色护目镜。

第 70 天：图尔维尔–汉密尔顿上校在水中宣布了他和阿纳斯塔西娅·季米特洛娃的婚约；1 英镑的汇率从 50 美分下跌到 35 美分。投机者开始猜测英镑比价未来可能出现负值，比方说，1 英镑的价值等于–5 美分。英国长期执政的保守党政府宣布对此并不感到担忧。总算是出现了一个能消除国债的经济工具。美国政府也许有一天会乐意把它应用到他们万亿美元的预算赤字上。

第 73 天：朱戈同志袭击了追过他的莱拉·福阿德。他乘对方祈祷时游近，摘下了她的黑色玻璃护目镜。原教旨主义者伊斯兰共和国和朱戈的祖国之间发生了一场短暂的单边核子交流，继而朱戈同志就成为唯一幸存的阿尔巴尼亚国民。朱戈毫不气馁，他（通过翻译）宣称，只要一名真正的阿尔巴尼亚共产党员还活着，列宁、斯大林和恩维尔·霍查就能安然无恙[2]。

第 80 天：也许是因为他截掉耳朵的副作用（他的方向感被寄生虫扰乱了？），田中敏郎开始绕着圈游。

田中：“海洋，一个在太空中的
　　球形水体；不存在陆地。
　　直线是由内穿过，而不是在上横越！”

1. 原文为法文。
2. 1985 年霍查去世后，阿尔巴尼亚有文稿称“他还活着，他永远不死，因为他身后的人民永远不会遗忘他”。

第二天田中像只身姿优美的海豹一样潜入水下；然后再也没浮上来。

日元也跳了水。不幸的是，撒哈拉基金刚刚被秘密地从瑞士法郎换成了日元。

不过，禅师们声称田中已经在日本海浮出了水面。日元小幅上涨，然后又下跌。

由于所有主要货币现在都随着游泳者的击水而剧烈波动，基金（迄今为止）的剩余部分被一位越来越古怪的总会计师匆忙转换成了一篮子小币种。他解释说，第三世界的资金就应该存入第三世界银行。因此，他突然转而支持越南盾、哥伦比亚比索（不幸的是，哥伦比亚爆发了内战）、土耳其里拉（恶性通货膨胀随即开始）和马拉维“班达爷”[1]（那里随后发生了军事政变）。

第 85 天：一只爱尔兰海鸥短暂地在莎莉–安·约翰逊的头上落足，就像从方舟中飞出的鸽子。

第 90 天：齐昺波在康尼马拉的巴利康尼利湾上岸，并做自我批评。

朱戈同志比他晚了 1 小时，第二个到达，很快神秘地消失在爱尔兰共和军的队伍当中。

莎莉–安·约翰逊抵达岸边后宣称，由于康尼马拉看上去不是美国领土，她不愿落足此地，一根脚趾头也不。她转身再次出海，要游回家去。最后是一艘美国“隐形”潜艇浮出水面，拦住了她。

莱拉·福阿德也拒绝踏上那片浸满酒精的异教徒的土地[2]。

1. 马拉维货币单位为“克瓦查”，1 000 克瓦查纸币上印有马拉维国父班达的头像。
2. 康尼马拉当地以出产威士忌而闻名。

布瓦德先生站在克莱尔郡的海滨[1]，喝着香槟，抽着高卢牌雪茄，引用笛卡尔的话。（“我游，故我在。”）

图尔维尔-汉密尔顿上尉勇敢地带着他的苏联未婚妻越过礁岩登岸。（请看《水中花车》，这是随后制作的关于这对年轻夫妇、这对世界的宠儿的故事片，由阿纳斯塔西娅和一位长得跟图尔维尔-汉密尔顿很像的美国演员主演；后来她和这位演员私奔了，再往后她犯了思乡病，回了俄罗斯。）

唉，这之后才发现，除了把大大缩水的基金存进了一些奇怪的货币之外，总会计师还盗用了大量资金；而且消失得无影无踪了。

好不容易才从胡志明市、波哥大、安卡拉和利隆圭将残余的基金撤出，支付了所有未付的账单，并颁发了一些奖金之后，结果钱已经一点都不剩了。

我们不会为此灰心失望！这基本思路是正确的。我们需要更加雄心勃勃地思考。我们需要更大的构想。

如果能够成功泅渡大西洋，更广阔但更温暖的太平洋又有何不可？

这就是我为拯救撒哈拉人民募集足够援助的计划：太平洋游泳大赛！

非洲的干旱仍在继续。年复一年，撒哈拉不断扩张。我们有足够的时间来组织这场更具挑战性的国际比赛。我在脑海中已经能看到比赛路线了：要么从下加利福尼亚经北赤道暖流到达菲律宾（只有 8 700 英里），要么从秘鲁的蓬塔帕里尼奥斯经南赤道暖流到达新几内亚（约 9 200 英里）。较短的路线将大约需要 310 天，这看起来

1. 原文为法文。

并不完全不合理——完全还在一年之内。

显然需要使用鲨鱼笼。应该是特别设计的，要很大，给每个游泳者一种完全自由和空旷的感觉。在一个小笼子里游过广阔的太平洋会是多么愚蠢！我预料巨型笼子的长度和宽度应有奥林匹克游泳池的两倍，并且有100码高（以防遇到巨浪），从每艘支援船的船头伸出来。石油钻塔技术完全有能力制造和安装这种设备。

在三百多天的时间里，参赛者们的所在区域可能会比大西洋更广泛。甚至第一梯队的游泳运动员们之间也可能彼此相隔半天或一整天的路程。这会降低全世界观众的浓厚兴趣吗？我觉得可能很低！

我有一个梦想。某天游泳运动员们能环绕整个世界的腰围。难道不可能吗？

（何锐　译）

科幻传奇

美国作家、评论家达蒙·奈特曾经说过，所有科幻作家小时候都是癞蛤蟆，对此，他的作家同行及同为未来派协会[1]成员的好友弗雷德里克·波尔回应说，其中一些长大之后被公主亲吻了。当然，所有作家都在一定程度上远离了来自社交关系的寻常乐趣，而科幻作家疏远此类与社交关系有关的阅读体验。由于从小就生病、缺少朋友或者缺乏正规教育阶段的督促，比起更常见的童年消遣，作家们常常能从阅读中发现更多的乐趣。从 H. G. 威尔斯——将逃离母亲为他规划的传统职业归因于两条摔断的腿[2]，到奥尔迪斯、巴拉德、康普顿，再到其他英美作家，科幻作家都有类似的与人疏离的记载。有一位作家整理了许多作家自述童年得过猩红热的报导，不无讽刺地推论出，写科幻小说或由儿时感染的一种病毒所致。除了使用同

1. 又称未来人协会，指在 1937 年至 1945 年间，由一群科幻爱好者组成的团体，大本营在纽约，其多数成员后来成为科幻编辑和作家，成为当时推动科幻写作和科幻爱好的主要力量。主要成员除了本文提到的达蒙·奈特和弗雷德里克·波尔，还包括阿西莫夫、詹姆斯·布利什等黄金时代的科幻大师。

2. H. G. 威尔斯曾经摔断过一条腿，在床上养伤的时候阅读了大量的书籍，激发了他的探索心和写作欲；他的父亲后来也摔断过一条腿，断送了职业板球运动员生涯，导致收入大幅减少，而迫使 H. G. 威尔斯后来从事过几份母亲为他选择的但他不喜欢的工作，如布店学徒、药剂师学徒等。

一语言，直到不久前还是沿用同一文学传承之外，英国作家和他们的美国表亲在这一点上也非常类似。

在一篇发表于《基金会刊》（1990 秋）上的自传体文章里，布赖恩·斯塔伯福德认为年轻人放弃主流文学转而阅读科幻，是因为他们感觉自己成为与社会脱节的人："不能指望离群索居的外星人能对那些因社交关系而困扰的虚构人物产生认同感。描绘这个外星人不属于的世界的各种世俗小说无关紧要，要紧的是那些小说描绘的世界正是他试图奋力逃离的。"斯塔伯福德是在描述自己的童年，那时他单薄瘦小，戴着眼镜，与大他两岁的同学们一起上课。

斯塔伯福德很早就从阅读和写作科幻小说中寻求慰藉。他于 1948 年出生在约克郡的希普利，在曼彻斯特文法学校和约克大学接受教育，并于 1969 年获生物学学士学位。在这之前他已于 1965 年在《科学幻想》上发表了《时之盾的那边》（"Beyond Time's Aegis"，与同学合著），出版了他的第一部长篇小说《太阳的摇篮》（*Cradle of the Sun*），还完成了另外四部长篇小说。

在接下来的几年里，斯塔伯福德一边高产地写作，以长篇体量为主，一边攻读研究生课程，先是生物专业，之后是社会学专业。他最终在 1979 年获得社会学博士学位。他从 1976 年起在雷丁大学担任社会学讲师，直到 1980 年代末开始全职写作。

他的学术经历使得他对非虚构作品、学术书籍和文学评论产生了长期不间断的兴趣，在这方面的成果和他的小说创作并驾齐驱。他写过 30 余部长篇小说，近 10 部非虚构作品，其中包括为科幻学术研究做出重大贡献的《1870—1950 英国的科学传奇》[1]（*The Scientific Romance in Britain, 1870—1950,* 1985）和《科幻社会学》

1. 19 世纪末至 20 世纪初对科幻小说的常用称呼，又称科学小说，通常指儒勒·凡尔纳和 H. G. 威尔斯时期的科幻小说。本文标题的科幻传奇便是由此引申。

（*The Sociology of Science Fiction*, 1985）；他还为《科幻小说百科全书》，麦吉尔所著《科幻文学纵览》（*Survey of Science Fiction Literature*）、《惊异剖析》（*Anatomy of Wonder*）、《科幻小说新百科全书》，以及各类学术杂志和评论媒体贡献良多，总量相当于数本著作。

斯塔伯福德在他的写作生涯中创作过一批草草而就的长篇小说，但总是不乏深奥的创意点子和复杂的科幻文学范式。在他最近发表的《恐惧引擎》（*The Engine of Fear*, 1988），还有计划中的三部曲中的第一部《伦敦狼人》（*The Werewolves of London*, 1990）这两部作品里，斯塔伯福德所展现出的远大志向、精湛技巧和不懈耐心，让他在小说领域的贡献超过了评论领域。

他对长篇的偏爱让他鲜有时间写作短篇，但在最近出版了他的第一部短篇小说集《性化学：基因革命的讽刺故事》（*Sexual Chemistry: Sardonic Tales of the Genetic Revolution*, 1991），而1986年首次发表在《中间地带》（*Interzone*）杂志上的《而那不忙于活着的人》（“And He Not Busy Being Born”）便是其中的一篇。

《而那不忙于活着的人》是对本卷的一个恰如其分的总结。主流文学偏爱的“面对不可避免的死亡时，人该如何表现”的主题，遇见了科幻小说所关心的“解决问题”，产生了一种全新的看待永生不死的视角。

（樊明祥　译）

而那不忙于活着的人[1]

布赖恩·斯塔伯福德

1973年9月，亚当·齐默尔曼刚度完蜜月回来不久，开始读马丁·海德格尔的《存在和时间》。尽管他是土生土长的纽约人，但他可以流畅地阅读德语；他爷爷是奥地利犹太人，1933年带着他父亲（当时还是个孩子）逃离了维也纳，他与父母的疏远使得他更加热衷于自己的民族根源，而不是他的宗教信仰。为此，他很少伤感，同时又放纵自己的焦虑，他是追求自我怜悯的朝圣者，这是存在主义者勇敢的红色徽章。

虽然他每次读上几章海德格尔的书，但是在他选择不主张夫妻权力的那些夜晚，亚当觉得自己并没有被传授多少有助于使意识清醒的知识，而这种知识一直存在于他内心，隐蔽而无法理解。他根本不需要被告知焦虑是存在的基本模式，因为那总是深嵌于他的灵魂之中。当海德格尔解释说，我们对可能的死亡的认识虽然不可思议得可怕，却一直被小心翼翼地压抑在潜意识层面，以便人们可以接受那虚无的威胁时，亚当感到一种巨大的解脱。如同一个囚禁在

1. 原标题 And He Not Busy Being Born 出自鲍勃·迪伦的歌曲。

他心里的真理突然被释放出来。

当他最后一次把书放在床头柜上时，他那昂贵床单的丝绸般的爱抚似乎被注入了新的含义。25 年来，他一直是自己的陌生人，而现在，他终于真正地认识了他自己。

他叫醒了他结婚八周的妻子西尔维娅，说："我们都会死的。"

虽然被以这种粗鲁的方式从温柔乡里叫醒令她有些烦躁，西尔维娅却自然地用一种关爱的语气说："不会的，亚当，"她说，"我们健康得很。"

"西尔，我们存在的一个常态，"亚当冷静地告诉她，"就是这种不断困扰我们的意识，我们的存在随时都可能被扼杀，从而不复存在。这是一种动摇灵魂根基的深层不安。

"我们千方百计试图压制并击败它：我们创造灵魂不朽的神话；我们试图隐藏于乏味的日常；我们试着用爱和崇拜化解我们的恐惧。但这些都不管用，西尔。到最后全然无用。海德格尔认为我们可以打破常规，把自己从平凡的奴役中解放出来，实现真正的存在，但即使这样也行不通。那只不过是另一种试图逃避问题的廉价伎俩。焦虑总是会最终胜利。我们能*做*什么呢，西尔？"

在一年的恋爱和八周的婚姻中，西尔维娅已经有了充足的机会去了解她爱人那令人讨厌的自命不凡，但她仍然认为他很了不起，也就不怎么在意了。

"睡觉吧。"她建议道。

亚当太爱西尔维娅了，并没有对这种肤浅的回答予以理所当然的鄙视。相反，他放任她遵循自己的建议，而他则继续思考。他思想所面临的峭壁，使他无法逃进睡神的怀抱。他关掉床头灯，坐在黑暗中，对自己面前出现的虚无幻象惊骇不已，在可怕的无望感中备受煎熬。

猜测睡眠能否拯救他是没有用的；如果他能够在这种情形下入睡，他就不需要拯救了。事实上，在这个无眠的夜晚，亚当·齐默尔曼变成了一个痴狂的人。当试图向昏昏欲睡的西尔维娅解释自己时，他脱口而出的那几句粗糙话成了他生命哲学的公理。

海德格尔对人类困境的分析——在可能的死亡面前，生命因其自身的不稳定性而遭到禁锢、限制、颠覆和贬值——亚当完全接受；但是他否认了这位哲学家在一些奸诈巧妙的思想中找到治愈方法的无力尝试。

他继续阅读其他存在主义作家的作品，《恶心》使他读到呕吐，之后却强烈地喜欢上了萨特，但他尽其所能也无法达到独立思考，得不到解脱，也找不到灵魂的支柱。

亚当曾一度想放弃他在一家大公司的会计师工作，理由是无休止的数字游戏简直荒谬到毫无意义。它似乎证明了无可救药地沉湎于琐事是解决存在问题最虚无的错误方法之一。因为弹得一手好吉他——这是他放松的一种方式——他打算开始一段新的职业生涯，做一名与世无争的民谣歌手。他留起长发，蓄起胡子，把名字改成亚当·X，以象征家庭作为代际传承渠道的虚伪。他最后决定不这样做，因为嬉皮士已经过时，加之他想到了一个更好的计划。

西尔维娅由衷地赞许这个决定，但后来无论如何还是和他离婚了，理由是他太过悲观，无法为她提供必要的情感支持。

"你的问题是，"她离开他的时候说，"你沉闷得要死，过分沉湎于愚蠢的宣教，且无法享受自己的生活。"焦虑，在西尔维娅看来，是婚姻中的一种罪过。

（结果，靠着他给付的赡养费，西尔维娅的余生过得很舒坦，但她未能逃脱她自己*焦虑*的蹂躏，最终在1999年因酗酒过度而死。）

亚当自己摆脱人类困境的计划十分大胆，但却简单得令人震惊。

他认为，如果生命质量因死亡的瞬间可能性和最终必然性而永久地、致命地受到损害，那么唯一真正的解决方案就是永生。

在离婚之前，他向西尔维娅提出这个议题，她轻蔑地笑了，全然忘记了那些因爱而有所忌讳的日子。这说明她确确实实不理解他。尽管亚当有许多缺点，但他并不沉溺于空想；当他说他认为有答案时，他是认真的。他也不是在谈论什么比喻性的或形而上学的永生；他不相信可以从“活在”新书的几页纸里或者新的孩童中的想法中得到满足，即使在20世纪80年代原教旨主义复兴的鼎盛时期，重生的乐观主义前景也没能吸引他。亚当需要比基督更坚定的东西来寄托他的信仰，于是他把它寄托在了冰上。

当亚当对于人体冷冻感兴趣时，加州人体冷冻学会和六个类似的组织已经尝试过冻结新鲜尸体。他们的努力付之东流，已经不光彩地倒闭了。亚当对于这些失败并没有灰心。他无论如何都无法说服自己，未来的医学将会发展到真正的复活，而且他知道，现代的冷冻技术难以避免组织损伤。不过他相信，假以时日，在资金充足的情况下，冷冻科学家很快就会设计出方法，可以让活着的人几乎无限期地保持在假死状态。

当然，还有一个有关时间的问题需要解决。亚当想等到最先进的技术可以为他服务的时候，另一方面，他希望那时他还是健康硬朗的。他也知道，如果他想要在几个世纪的休眠中得到最好的照顾，他将需要相当雄厚的财力。

平衡所有这些事情并不容易，但多年来对数字游戏的投入赋予了他无与伦比的计算技巧。他最终决定，最好的选择是在2001年接受冷冻，那时他53岁。为了保险起见，他那时最好至少拥有10亿美元。

这个决定是在他离婚两年后的1986年做出的，按照他的打算，只要他不再结婚，10亿美元是可以实现的。他考虑过保持独身，但在研究了博迪尔伦关于性活动和死亡风险的数据后，他认为保留一群情妇是一笔合理的支出。

1986年，一个有抱负的公司会计师可以通过多种方式计划在世纪之交时赚到10亿美元。它们都涉及把别人的钱大规模地据为已有，但当时美国资本主义的实体和精神相对来说不受法律约束，不需要承担不必要的风险。当然，亚当并没有从雇用他的公司偷窃，而是代表他们进行掠夺，从每笔交易中收取完全合理的佣金。

亚当在他20世纪90年代的交易中很幸运，许多人称之为资本主义的黄金时代。那是属于跨国开拓者、国际金融冒险家和软件冲锋队的时代，几乎每个月都有一个国家整体破产。在资产剥离第三世界的令人兴奋的岁月里，亚当为自己争取到了大量份额，他还是策划1996年东京大崩溃的幕后人物之一，这打破了新武士的脆弱商业霸权，将整个世界的电子产业带入了垄断，置于一家公司的股掌之中，而他就是这家公司的首脑之一。

虽然参与这些交易使他成了世界上最富有的人之一，但亚当的穿着和举止仍然谦虚而不张扬。他众多的副手和助手都认为他害羞而友善，尽管他的确有一种烦人的习惯，那就是喜欢给他们做一些华而不实的小演讲，比如积极思考的力量、节俭的美德和享乐主义的危险性。

说来也怪，他最喜欢的话题之一是名声。“名声，”他会严厉地告诉他们，“本质上是一个吸引注意力的问题，而对那些靠掏他人腰包为生的人来说，注意力至关重要。人们应该不惜一切代价避免有趣，它不仅使人容易受到好奇心的伤害，还会容易让人受到奉承。奉承是一种强大的力量，它的诱惑难以抵挡。

“一个人必须经常提醒自己，名声是对自己终将死亡最可怕的提醒之一。民众总是渴望不幸和灾难，喜欢陶醉于与他们偶像的痛苦相关的悲剧和悲伤之中。公众创造名人，主要是为了陶醉于他们的衰败和消亡，而名声总是滋生疾病和自虐。”

这样的演讲被他的同事视为玩世不恭的证据，人们普遍认为，亚当·齐默尔曼过得并不快乐。这个故事在认识他的人中间传开了，说当他的挚爱西尔维娅抛弃他并与他离婚时，他的生活就毁了。有时人们会说，他机械无情地赚钱是对他人生某一方面失败的可怜补偿，且这一方面对他来说非常重要。甚至他的情人们也相信这点，她们也许有更好的理由，因为有时在鱼水之欢过后，他会为世上所有因他和他的同类盗取财富而陷入困境和饥饿的人们流下几滴愧疚的泪水，而在一个更理智的世界里，这些财富本可以让他们过得更舒适。在这种情绪下，他会做出不同的陈述。

“我们必须记住的是，”他会认真地说，“随着每一刻的消逝，我们都在死去。我们甚至在出生之前就开始死亡；卵子在受精的那一刻便开始衰老。胚胎即使在生长的过程中也在衰老，而且生长力成功超越衰变力的时期确实很短暂。

“我们认为，当二十几岁的时候，我们仍然拥有青春的绽放，但这是一种残酷的幻觉。当我们只有 9 岁的时候，死亡便开始赢得与生命的斗争。此后，虽然我们细胞的体积和数量继续增加，但是死亡的腐朽已经开始。平衡的时刻已经过去，我们生产的新细胞，已经在核酸里积累的复制错误中和使我们的功能蛋白失效的交叉链中显示出衰老的迹象。

“我们所谓的成熟是死神给我们的封印，直到科学找到一种方法来扭转这些过程，纠正核酸错误并消除交叉链接，我们任何人都没有希望，无论我们是睡在丝绸床单上，还是在贫瘠的荒原上挨饿。在死亡的恐惧面前，我们都是平等的，不管我们是否得到了最好的照顾。在这种情况下，良心并不荣耀，自私也并非耻辱。在一个邪恶的世界里，我们可以随心所欲地作恶。”

他的情人们通常能理解这些论点，因为他总是挑选聪明人为伴，但她们很少能同意他的看法。她们无一例外地断定他是孤独、痛苦和神经质的，她们就像爱他一样同情他。他有本事找到对自己一往情深且对他的钱毫不关心的女人，而他总是在不经意间伤了她们的心。

亚当从未使用过自己的任何资金来支持辛辛那提亚哈苏鲁斯基金会在 20 世纪 90 年代进行的低温研究，但他确实促使很多参与公司业务的参议员和国会议员将大量的政府资金投入到这个方向。

他一直认为这是他行动的人道主义的一面，允许全世界人民——归根结底，他们是大公司纳税的财富来源——入股人类有史以来最了不起的事业：对抗死亡的战争。实际上，由于他的干预，他们中的许多人优先成了这场战争的牺牲品。

因此，2001 年 4 月，亚当·齐默尔曼非常自豪地成为首批接受最先进的冷冻新技术的少数志愿者之一，而且是在完全健康的状态下。他把他的巨额财产托付给别人，为他的身体支付租金，如果有必要的话要持续上千年，以等待与死亡的战争胜利，使得永生成为全人类共同的遗产。

亚哈苏鲁斯基金会凭借与亚当工作过的公司的联系，在他的财富受托人的帮助下安全度过了 21 世纪 20 年代的大萧条、40 年代的资源危机和 60 年代的瘟疫战争。在 22 世纪和 23 世纪的温室危机中，仍然保持着富有和强大，在个别破坏者和鲁底特政府的偶发敌意中幸免于难。基金会在新一代税赋征收者的掠夺下幸存下来，这些赋税征收者是在日益强大的联合国控制了那些老牌民族国家，开始与控制世界财富的宇宙公司争夺权力时产生的。

相对来说，基金会在 26 世纪和 27 世纪的小冰河时代却没遇到什么麻烦，尽管它将大部分的财产——包括它富有的冻眠者——与世界上其他的精英一起转移到了其中一个神话般的宏观生态建筑中，在精心设计的人工光合技术使月球变得肥沃之后，它就在那里蓬勃发展。

亚当·齐默尔曼的身体于 2724 年从月球转移到一个轨道栖息地，然后于 2887 年再次回到地球，那时，联合国的生态工程师终于为曾在冰川世纪之前属于温带的北半球带来了永恒的夏天。

到了 3015 年，亚当仍然安静地躺在他的私人冰柜里，回到了他开始的地方，最近新建在辛辛那提旧址上的超级城市。

亚当·齐默尔曼的财产受托人变得非常富裕，一代又一代，他们忠心耿耿地抵制了一系列让他复活的尝试。

最早的长寿技术诞生于 24 世纪，涉及大量的组织再生手术，将人类的寿命延长到了 150 年，但这远非亚当所梦寐以求的长生不老。取代它的技术是基于人类卵子的基因工程，除了还未出生的胎儿，对任何人都毫无用处。因此一直到 3000 年，对长寿技术的研究完全集中在胚胎工程领域。这对亚当同样无用。

到了 3250 年，亚哈苏鲁斯基金会已将其利益多元化，几乎没有将任何精力放在亚当·齐默尔曼认为与其野心相关的研究上。愤世嫉俗的观察家们认为，亚当的受托人显然缺乏热情去创造他们必须把财富交还给其真正所有者的未来。受托人做出了准确的回应，他们说，根据他们的信托条款，他们不能把亚当带回他们的这个世界而又不背叛他最恳切的愿望，他们必须做好准备，耐心等待。

当联合国终于在 34 世纪打败了宇宙公司的经济支柱时，亚当的情况发生了变化，他的信托非但没有变得越来越富，而是越来越穷。在 3453 年——那时已经没有任何一家老牌公司作为独立实体或者权力储备而存在了——亚哈苏鲁斯基金会并入了联合国的一个小部门。

如何处置大批冻眠者的工作变成了一项无聊的官僚决定。他们中的许多人都回到了生者的土地上，但亚当的情况非常困难，即使在这个时代，官僚主义的本质使得决定的推迟比做出更加容易。随着人类寿命的延长，生活节奏大大减缓，这种推迟延续了几个世纪。

最终，亚当遭遇了所有官僚记录的终极命运：他被所有活着的人遗忘了，只有计算机文件冷漠的智能"知道"他的存在。他和其他 11 个冻眠者被打入了信息的冷宫，不知要等上多久才能被重新发现。

到了 3770 年，在第二和第三个千年被冷冻的所有其他人都复活了，人们不再为了任何目的而使用冷冻保存，但是亚当和他的同伴们出于一时的偶然得到了豁免，继续沉睡，他们冷冻室的电力供应由尽职的自动机精心地维护着。他们周围的世界在继续变化——相当缓慢——但是他们仍然不受影响。

事实上，直到 47 世纪，人类所使用的长寿技术才达到了它的终极阶段，如果不受暴力事故的影响，使用者们将被赋予他们所相信的无限的寿命。然而直到 52 世纪，辛辛那提第四次的重建和翻新才将这个秘密冷冻室带回了地球表面，亚当的身体已经在里面保存了几千年。

在一个几乎没有任何新鲜事发生的世界里，12 具冷冻人体的重新发现是一项重大事件，它激起了年轻稳定的新黄金时代人们的想象力。在这个了不起的乌托邦时代，唯一明显没有得到满足的需求便是惊喜，没有比发现某种古老而神秘的事物更大的快乐了。

不幸的是，尽管受到慷慨资助的亚哈苏鲁斯基金会倾注了大量的努力，但结果证明，2001 年的冷冻技术远非完美。不管怎样，存放在墓穴里的 12 具冷冻人体，有 11 具都无可奈何地腐烂了。只有一具可以复活，这种独一无二性简直是个虚拟的奇迹。

唯一的幸存者是亚当·齐默尔曼，这一事实无疑是公正的，因为为了确保他们存活的可能性，他比其他 11 个人做出了更多的努力。

当亚当从他漫长而无梦的睡眠中醒来时，他发现自己躺在一张舒适的床上，感觉床单像是最柔软、最精致的丝绸。他的床边坐着一个迷人的金发女孩，看上去大约有 9 岁。他对她露出灿烂的笑容，问道："现在是哪一年？"

"按照你的日历，"她告诉他，"这应该是 5186 年。"她的发音有些迟疑，稍显笨拙。

亚当又笑了笑，但当这一刻到来时，他还是不敢陶醉在这种他对自己承诺过的安全感之中。

"你是永生的吗，小姑娘？"他问。

"这一点谁也说不准，"她说，"但是我今年 317 岁了，我没有什么理由不长生不老。"

亚当忍不住对这个愉悦的矛盾笑了笑，一个三百多岁的人，看起来只有 9 岁：一个金发、翘鼻子的小女孩，眼神中散发着天真的光芒！当然，他相信她所说的话。

"我也会永生的。"他说，甚至不把这当成一个问题。

亚当·齐默尔曼的性格和内心素质十分强大，当她用一种对她来说完全过时的语言尽可能委婉地告诉他，他不是永生的时，他并没有痛哭流涕。

这一切的严重性并没有立即显现出来。他只是在一定程度上了解他来到了一个什么样的世界。他的任务因混乱而变得更加困难，并受到深度抑郁的困扰，这种抑郁只有在他偶尔被新时代的奇观所淹没而不至于绝望的时候才得以缓解。

事情的真相很简单。他来到了一个没有死亡的世界，除非他或她自己选择死去。疾病和衰老被彻底征服，技术的独创性把致命事故的概率降低为零。轻微的伤口可以通过组织再生愈合，甚至可以置换失去的肢体或损坏的器官。人类行为手册上再无暴力和侵略。世界处于和平时期的天堂。

尽管存在着从单细胞克隆人体以及在人工子宫中孕育胚胎的技术，但再没有人出生在这个世界上。基因工程师把所有活在这个世界上的人都塑造成了完美的肉身。他们身体的发育被定格在生长力与衰老力完全平衡的状态，在亚当看来，世界上的每一个人都是 9 岁。这个世界没有青春期，也没有性交。人们不需要这种身体接触的乐趣，既不需要性唤起，也不需要性高潮。

在这个时代，所有关于长寿技术的知识都是关于改造人类卵细胞和早期胚胎的方法。永生已被植入人类本能，甚至当初用来延长第三个千年人类寿命的组织更新的原始方法，也已经数千年未再使用，尝试它们将是一桩危险的事情。尽管这些人掌握了精湛完善的科学技术，但他们想不出怎么做才能帮助亚当延长他既定的寿命。他们可以保护他免受疾病和癌症的侵害，也可以在他的组织磨损之后帮助它们再生，但是对于积累在他 DNA 中的复制错误和导致他的蛋白质失效的交叉链接，他们无能为力。他也许可以活到 100 岁或者 120 岁，但他之后就会死去。

亚当慢慢地意识到，他是世界上唯一注定衰老和死亡的人。他是海德格尔焦虑症的唯一继承人。他也是世界上唯一拥有性欲的人，虽然新时代的人们非常愿意帮助他满足这些欲望，只要他清洗干净。他还没有做好心理准备生活在一个恋童癖的乌托邦里；一想到要与那些看起来只有 9 岁的人性交，他就感到恶心，不管她们的实际年龄如何。

尽管世界上的其他人都有心底的渴望，但事实上他已经彻底与之一刀两断——这只是亚当新处境中的讽刺之一。他一觉醒来发现自己成了名人。

凭借他的天性，他成了人们迷恋的对象，比历史上任何其他人更伟大、更受欢迎。世界上没有哪个男人或女人不知道亚当·齐默尔曼，没有谁不想看到和接触到亚当·齐默尔曼，没有谁不想随时了解他生命进程中的每一个细节。每个人都渴望他的思想，迷恋他的行为。

他非常清楚地看到，他在遥远的过去所说的那些关于名声的玩世不恭的话，在这个令人吃惊的当下显然再正确不过。他名扬天下的基础，是他会死去；令这些人最为着迷的是他那可怕的不幸：作为一个人，他终将死去。

当然，他们尽量做到彬彬有礼。他们欣然承认了他所拥有的隐私权，并且尽量不去侵犯。在没有征得他同意的情况下，他们没有做过任何涉及他的事情。他们为每一次打扰而道歉，并恳请他同意他们所有的请求。如果他要求独处，他们就离开，但总是待在附近，以应对他的每一次心血来潮。当他不想独处时——他简直无法忍受孤独——他们无法抛弃他们的好奇心，完全沉醉在他的死亡和命运的奥秘之中。

亚当很快发现，如果他要求他的支持者再次把他冷冻起来，他们会这么做的。他不再拥有大量财富，来支付他的维护费用并保护他的利益，但在这个世界上，除了需求本身，已不再需要任何货币。不论他向这些人提出什么要求，他们都会答应，但如果他选择离开，他们会失望透顶，他们不忍心拒绝他的任何要求。

他意识到，他可以要求他们做出巨大努力，去开发那种他需要的长生不老技术——全世界只有他一个人需要！他们会很乐意这样做。他们会在他冷冻沉睡的时候，骄傲而开心地为他工作几个世纪或上千年，也许有朝一日他将得到苦苦寻求的东西，他们会因这种可能性和他一样高兴。

然而，他们的喜悦掩盖了失望，因为如果他成为他们中的一员，他将不再令人着迷。

亚当·齐默尔曼考虑了一下他的选择，犹豫了。

他有生以来第一次对永生的前景产生了怀疑。到头来，这种奖赏会不会喜忧参半？他真的能够忍受时光倒流，永远停留在9岁吗？这真的可以有效解决他的生存困境吗？

亚当生活在52世纪极其舒适的世界中，随着时间的流逝，他开始怀疑焦虑是否仍然是他存在的唯一和核心事实。另一种恐惧开始与他对死亡的恐惧抗衡。不是对永生本身的恐惧——那太荒谬了——而是对这种想法感到恐惧，即在获得永生的过程中，原本的亚当·齐默尔曼会被消灭掉，就像死亡一样彻底。

新时代的人们健康、快乐，且富有智慧；他们的品质令人羡慕，但这些品质与生俱来，如果他想继承的话，他就要把它强加在自己身上。那将不会也不可能相同。他开始意识到，即使这种科学奇迹所创造的青春前期的化身是永生的，但它并不能造就一个永生的亚当·齐默尔曼。在第三个千年的头一年，他曾追求的让自己漂流在永生之海上的目标——永远保持本我的存在——仍然遥不可及。

亚当意识到，如同他之前的许多人一样，他治愈人类困境的方法是行不通的。如同所有古老的哲学家和爱人、所有的艺术家和业余爱好者、所有的神秘主义者和殉道者一样，他最终发现他无法打败*焦虑*。他可以压制它、忽略它、升华它、正视它，乃至冻结它数千年，但他无法摆脱它。

亚当并不喜欢这个发现，但他并没有完全被击败。除了意识到他并非真正想要这些人可能会带给他的那种永生，他还意识到有一种替代的方法。与其要求再次被冻结，不如任由自己因奉承和名声的诱惑而堕落。他可以为这些黄金时代的天真者们提供他们所渴望的东西：一种人类遭到遗弃和死亡的滋味。整个世界，只有他一个人可以通过向他们展示没有永生是什么样的，让他们对自己所享受和认为理所当然的特权心怀感激。

亚当一生中大部分时间都在寻找逃脱焦虑的方法；现在，他改变了方向，听任自己为名气所诱惑。他决定尽情享受焦虑，以向一个没有焦虑的世界展示人类存在的真正意义：他自己存在状态的真正意义。

“我不仅仅是一个人，”亚当对他贪婪的听众说，“我是一个象征。你们必须学会理解我，因为我不仅出名，而且我就是名声本身。”

他们喜欢这个。

他们垂涎于每一句二手格言。

亚当决定让他的暮年成为终极的戏剧表演。他要向他们展示有尊严的死亡。

他下定决心，要让那些为他痴迷的人们亲眼看见他经历死亡时肉体的衰败过程，以及在他过去的世界里被人们视为必然的心理战争。他意识到，在他自己的世界里，因为资产负债表上几个变动的数字而死去数百万人，是司空见惯的小事，而现在，这将不仅是独一无二的，而且影响巨大。

他的死亡将终结所有的表演。这是一个不容错过的机会。

在随后的年月里，亚当的头发逐渐变得花白。他任由它长得很长，胡子也很茂盛。他让他的支持者为他制作了一把吉他，重新开始演奏，用德语和英语唱他童年和少年时记住的歌谣，并学习他忠实的崇拜者们在古代数据库中发现的新歌。他甚至还自己创作了一些歌曲：关于性与死亡、战争与贫穷、痛苦与爱情的悲伤歌曲。

他放弃了隐私，完全把自己交给了公众。当他不唱歌的时候，他就坦率地讲话，偶尔带着痛苦的诚实，允许他所有的思想被记录下来，既留给无穷无尽的子孙后代，也被在场的听众热切地接受。他开始自称亚当·X，以表明他是个伟大的未知。

尽管从一开始就排除了自杀的可能性，他还是精心策划了他的死亡。他决定，他必将死于他过去所处那个年代的自然原因；他必将被癌症杀死，它会在他脆弱的肉体中自然而然地爆发；他将死于自身组织的逐渐衰败；死于将他完全不同的细胞结合成一个连贯整体的协调系统的衰竭。

他决定不使用麻醉剂，忍受各种病痛带来的痛苦。这并非是出于勇气而做出的决定——他一直是个身体上的懦夫——而是出于责任感。这是第六个千年的人们理解苦难的唯一机会，他决不能欺骗他们。他的痛苦、他的眼泪、他的颤抖、他的悲伤、他的恐惧——他所有珍贵的耻辱——都属于他的观众，因为正是这些，赋予了他生命的意义。

在计划这一切的过程中，在精心准备这一切并付诸实施的过程中——这当然并非没有困难——亚当·X慢慢变成了一个快乐而满足的人，与自己和自己的焦虑和平相处。与当年贪婪地参与掠夺世界时的自己相比，他变得更加骄傲。他也变得比以往任何时候都更加快乐，甚至达到了他和西尔维娅相爱时那种暂时有过的狂喜。

通过让死亡变成现实，亚当剥夺了它曾经对他的想象所起的几乎全部作用。在自己的心灵账簿中，他把自己的焦虑从精神负债方转移到了精神信贷方，通过这种狡猾的举动——这在精神上与他过去最拿手的骗术如此相似——他把潜在的损失变成了可观的利润。

按照他自己的日历，亚当·X死于公元5237年7月25日，享年3 289岁。具有讽刺意味的是，这在一个死亡被驱逐的世界里成了一项纪录。他死在了一张舒适的床上，床单让他感觉到像是最性感的丝绸，这使他愉快地想起他和他最妖艳的情人们一起享受过的恣情纵欲。多年来，他一直在琢磨自己的遗言，不断地修改和润色，并设法在丧失语言能力之前完成了陈述。

"我殷切希望，"他告诉崇拜他的粉丝们，"用我的痛苦和死亡现身说法，把你们所有人从天真中救赎出来，这是你们幸运的遗产。在过去的30年里，我一直是一个害怕待在并非我所创造的世界中的异客，但通过重塑它对自身起源的理解，我已经尽我所能地去改造它了。你们所享受的永生，是在像我这样的人的努力下诞生的，用他们对死亡的绝望制作而成。我们无法拯救自己，但我们为未来的人类播下了救赎的种子，用我们的善意铺平了通向天堂的道路。

"我穿越时光的迷雾来向你们传达一个信息，那就是我们的悲剧和你们的胜利是不可分割的一个整体，并必须理解为同一枚硬币的两面。我知道人类进入了一个理性的时代，我无法用这种贫瘠的语言来表达我的喜悦（为了听我说话，地球上每个人都学会了这种语言），但我知道你们感受得到。

"平安，再会！"

这篇演说词将被地球人永远铭记和珍惜，赋予了亚当·齐默尔曼那种他曾嗤之以鼻的象征性的不朽。凡是听过或读过它的人，无不为之动容；从来没有人觉得这是一件浮夸的、没有价值的事情。

亚当死后很长一段时间，黄金时代的天真者们仍然很喜欢他，为他举办了人类历史上最隆重奢华的葬礼——毋庸赘言，这种情况再也不会出现。他们在电视上一遍又一遍地重播他的演讲，因为那些美妙的话语仍然是人类仅有的可以从悲剧中体味悲欣交集的资源。

（樊明祥　译）